Verordneter Sonntag

Armin Mueller-Stahl gilt als einer der wenigen deutschen Schauspieler, denen in Hollywood der Durchbruch gelang. Doch Armin Mueller-Stahl hat auch als Romancier und – unlängst – als Regisseur für Furore gesorgt. Im Jahre 1981, als der Roman »Verordneter Sonntag« zum erstenmal erschien, schrieb Hans C. Blumenberg in der ZEIT: »Eigentlich hat Armin Mueller-Stahl drei Bücher geschrieben, so kunstvoll er auch die Materialien über die Figuren miteinander verknüpft. Jedes dieser Bücher ist spannend: Arnheims Auseinandersetzungen mit der Kulturhierarchie, Rohdorfs Zweifel, Ängste und Ausbruchsversuche, Nießwandts tragischer, grotesker Irrlauf zwischen Ost und West, sein Abstieg in das Schattenland der Geächteten und Gebrochenen.

Armin Mueller-Stahl, Jahrgang 1930, wollte eigentlich Geiger werden. Sein erstes Engagement als Schauspieler bekam er vor mehr als vier Jahrzehnten. Bereits in der DDR erhielt er zahlreiche Auszeichnungen. Nach den Ereignissen um die Ausbürgerung Wolf Biermanns reiste er 1979 in den Westen aus. Armin Mueller-Stahl spielte in zahlreichen Filmen mit, wie »Lola«, »Eine Liebe in Deutschland« und »Oberst Redl«. Seine internationale Karriere begann mit dem Film »Music Box« von Costa Gavras. Armin Mueller-Stahl lebt in Hollywood und in der Nähe von Hamburg. Im Verlag Marion von Schröder erschien zuletzt sein Erinnerungsband »Unterwegs nach Hause«.

Armin Mueller-Stahl

Verordneter Sonntag

Roman

ECON Taschenbuch Verlag

Veröffentlicht im ECON Taschenbuch Verlag, 1997

Der ECON Taschenbuch Verlag
ist ein Unternehmen der ECON & List Verlagsgesellschaft

Dieses Buch ist erstmals 1981 beim Siedler Verlag, Berlin, erschienen
Umschlaggestaltung: Yvonne Linden
Titelabbildung: dpa
Druck und Bindearbeiten: Ebner Ulm
Printed in Germany
ISBN 3-612-27361-2

Es begann mit einer erbsgroßen Rötung über der linken Brustwarze, wenige Tage darauf erschienen größere Rötungen an den Knien, Ellenbogen und eine wesentlich größere am Rücken, scharf abgegrenzt von der übrigen, etwas käsigen, schlaffen Winterhaut.

Hatte er zunächst diesem Vorgang kaum Beachtung geschenkt, geriet er nun in eine nicht zu zügelnde innere Panik, zumal sich erkennen ließ, daß die Kopfhaut bis in die Stirn hinein ebenfalls von einer asbestartigen Schuppung befallen wurde. Ein Lehrbuch über Dermatologie und Venerologie hat er sich beschafft und seine Krankheit ausgiebig studiert, jene Passagen, die er für wichtig hält, kann er bereits auswendig, etwa: Kratzt man die silbrigen Schuppen vorsichtig ab, fallen sie als Blättchen herab, sie sehen aus wie das Geschabsel einer Stearinkerze. Kratzt man nach Entfernung des letzten Schuppenmaterials weiter, wischt man plötzlich ein zusammenhängendes blattartiges Häutchen von dem Herd ab...

Rohdorf weiß, daß nach dem letzten Häutchen, so jedenfalls steht es im Lehrbuch, es zu einer punktförmigen Blutung kommen muß. Der Arzt sagte, Sie haben eine Schuppenflechte, und Rohdorf weiß inzwischen, daß die seine von Fachleuten sehr viel wohlklingender Psoriasis Vulgaris genannt wird, Psoriasis Vulgaris (Rohdorf läßt die Worte auf der Zunge zergehen) wäre für ihn eher der Name für einen attraktiven Luftkurort oder ein Seebad inmitten hoher Berge, als eine unheilbare Hauterkrankung.

Genau um sechs hat er das Haus verlassen, zehn Minuten später sitzt er in der S-Bahn, die knackend voll ist, er wird, sobald er sie bestiegen hat, von einer Menschentraube zwischen die Sitzbänke geschoben, bis vor zum Fenster, da steht er eingepfercht, den schweren Koffer auf den Schuhspitzen, hochkant, er drückt, schmerzhaft, die Zehen zieht er soweit wie möglich ins Schuhinnere – warum packt er soviel ein, Dummkopf, nie wieder, nimmt er sich vor, nimmt er sich jedesmal vor – und kann sich nicht rühren. Nach einigen Stationen kann er sich, da der Platz neben ihm frei wird, setzen, ein Fensterplatz, um so besser, den Koffer schiebt er zwischen die Beine, lehnt sich in die Ecke und blättert in seinen Gedanken, mißmutig, wie in einem alten Buch, nichts Neues, alles schon bekannt.

Er sieht Häuser, Lichtmasten, Geleise vorbeiziehen und stellt sich vor: Die S-Bahn steht, die Stadt ist im Aufbruch. Totes Material in Bewegung, die Menschheit verharrt ... eine Fassade, eine Brücke, ein Kirchturm eilen vorbei, wohin, er blickt ihnen nach, kurz nur, dann sind sie verschwunden, er drückt sein Gesicht an die Scheibe, sein Atem beschlägt sie, nichts mehr zu sehen, er lehnt sich zurück, reibt sich die Hände, fährt sich über die Bartstoppeln, denkt an gar nichts, versucht es wenigstens.

6.30. Eine Station bleibt schwermütig vor seinem Fenster stehen, Gott sei Dank, alles im Lot, die Menschen unausgeschlafen und grantig, steigen aus, steigen ein, gehen oder laufen, nichts Besonderes, dann doch, ein Mann mit rosiger Gesichtsfarbe, korpulent, auf der linken Backe ein Abdruck, als habe er auf Cord geschlafen, steht, liest Zeitung, wartet, dann ein kleiner Kerl, der den Korpulenten mit Rippenstößen begrüßt, der Korpulente erwidert knapp, der Kleine mit angenuckelter Zigarre erzählt und pafft und erzählt, in das Gesicht des Korpulenten kommt Würze, eine Mischung aus Essig, Senf, Zitrone, so verzieht es sich, der Kleine springt vor Vergnügen in die Luft und lacht und pafft und lacht, schließlich muß es der Korpulente auch, erst wenig, dann mehr, zuletzt aus vollem Halse, zwei Spaßvögel.

Der Kleine, denkt Rohdorf, könnte jener Berliner sein, der einer dem letzten S-Bahnwagen zuströmenden Menge zurief, halt, alles stehenbleiben, und als der Pulk verblüfft und gehorsam stehenbleibt und dem Kleinen freiwillig ein Spalier bildet, besteigt jener als erster, wie Graf Koks von der Gasanstalt, den Wagen und ruft, hier jeht's nach Schönheit, ick bin der erste ...

Noch immer Bahnhof. Für Augenblicke eine Sperrholzplatte vor dem Fenster, dunkel, Rohdorf erblickt sein Konterfei wie in einem Spiegel, eigentlich sieht er ganz stattlich aus ... er bewegt den Kopf zur Seite ... eigentlich, er zögert, ist das mit dem stattlich übertrieben:

seine dunkelbraunen Augen, die ihm im Laufe seines Lebens eine beachtliche Anzahl von Komplimenten eingebracht haben, die er stets scheinbar unbeeindruckt genoß, sind gerötet. Die Qualen, die er als Zwanzigjähriger zu bestehen hatte beim Entdecken einer Andeutung von Geheimratsecke, wären für ihn heute ein Traum, denn sein Kopf ist so gut wie leergewirtschaftet. Kalt ist es, seine Haut wird krisselig, wie geronnene Milch hängt sie schlaff auf den Backen ... er hebt den Kopf an ... was will er eigentlich ... sonst wäre er doch gut in Schuß, weniger als eine Spur von Bauch, im Sommer braungebrannt könnte er getrost als Enddreißiger weggehen, und Glatzköpfe sind Erfolgstypen, und potent, wie er es war oder ist, und mehr als die Partei es fordert.

Komisch, was so auf der Welt passiert. Sie schreiben doch für die Zeitung, Herr Rohdorf, ich habe es selbst gesehen, Sie haben nämlich so einen wachen Blick, und da will ich Ihnen doch ... ich meine, da muß ich Ihnen ... Sie möchte das schon interessieren, schau'n Sie, das mit Ihrer Frau ... sie hat's nämlich mit Herrn Wiechert gehabt, in der Wohnung von Herrn Wiechert, hatte ihm die Haushälterin von Herrn Wiechert auf dem Treppenflur geflüstert, und sich geziert und die Augen verdreht und den Besen umfallen lassen, und Rohdorf sagte: Guten Tag, mehr nicht, und ließ sie, alter Besen wie sie war, mit dem Besen in der Hand stehen.

Davon war kein Wort wahr. Das war vor zwei Jahren. Aber die Gespräche, die folgten, müssen der Anstoß für die Lawine gewesen sein.

6.37. Wieso zog er aus? Wieso, fragt sich Rohdorf, hat er soviel Courage gezeigt und so dir nichts mir nichts ein unerschütterliches Selbstvertrauen 'rausgekehrt und den starken Mann gemacht, da er doch wußte, daß sein Selbstvertrauen leicht zu erschüttern ist? Warum hat er nicht auf seiner bewährten Inkonsequenz bestanden, auf seine Teil- und Viertellösungen gepocht, mit denen er bisher sein Leben, wenigstens die letzten zwei Jahre, bestritten hat? Warum war es ihm plötzlich so wichtig gewesen, eine Entscheidung zu treffen? So ein Auszug ist einfach zuviel für einen an gemächliche Fehler und friedliche Irrtümer gewohnten Körper, da müßte es eine Rückkopplung geben, selbstverständlich. Katastrophen wie dieser Auszug, die Trennung von Inge und den Kindern, und Arno nicht vergessen, waren mehr als genug, um den Körper Gift und Galle spucken zu lassen – und die Seele? Auch sie hat schlapp gemacht, von der Rohdorf schon lange ahnte, daß sie eine sentimentalische Beziehung zu tragischen Ereignissen haben muß, daß sie die Krankheit so lange zurückgehalten hat, um sie kommen zu lassen, als Arno und er gingen, zeitgleich, Arno rüber mit Sack und Pack, und er von Inge und den Kindern mit fast Sack und Pack. Er aus der Rosenthalerstraße (einer geräumigen Drei-Zimmer-Wohnung, in der es sich auch zu viert bequem wohnen ließ) in die Gaudystraße, einer Behausung mit Stube und Küche, WC eine halbe Treppe tiefer, Hinterhof, und Arno aus einer komfortablen Villa. Wenige Tage nach diesen Ereignissen entdeckte er die Rötung.

Am Abend, bevor er auszog, sagte er noch, er zöge nicht aus, am nächsten Mittag, nach der Verabschiedung von Arno, packte er seine Sachen und zog aus. Weiß der Himmel, ihn muß wieder mal das Unsagbare erwischt haben, vielleicht, vielleicht, weil ein Unglück besser zu verkraften sei als zwei, so hoffte er: Arno zog 'rüber und er aus, was soll's, ein Aufwasch.

Die Abschiede waren trostlos.

Als Arno mit dem vollgeladenen Anhänger im Mauerwall verschwand, wurde es kalt in Rohdorf, es fröstelte ihn, in seinem Innern ein Brennen, als würde das Herz mit einer Rasierklinge säuberlich halbiert.

Grenzübergang Invalidenstraße: Er starrte noch lange auf den Mauerwall, der seinen Freund mit Hab und Gut verschluckt hatte.

Der Weg nach Hause war anders, alles war anders, die Friedrichstraße, die Weidendammer-Brücke, die Menschen, die Gesichter, weiß der Himmel, die Stadt ohne Arno ist nicht mehr dieselbe, warum mußte er die Abfahrt auch mitansehen.

Als er aus der Rosenthaler auszog, wiederholte sich der Vorgang: Es fröstelte ihn, in seinem Innern ein Brennen, als würde das Herz mit einer Rasierklinge säuberlich halbiert, eine wahre Tragödie, die ein schönes Buch abgeben könnte. Er griff die Koffer, die unbezahlten Rechnungen, die er auf der nächsten Post erledigte, spuckte sich in die Hände, und vorwärts ging es, welch ein Schicksal. Wäre er eine Figur aus seinen Filmmanuskripten, würde er, gelernt ist gelernt, an sich 'rumbasteln, munter drauf los, wie gewohnt, was schert mich Weib, was schert mich Kind, ungehemmt von moralischen Verpflichtungen, in guten Stunden sogar in den Grenzen elementarischen Anstands, aber: das Leben ist kein Film.

Warum er, als er seine Sachen in der Rosenthaler verpackte, in den Memoiren des Anwar-el-Sadat, die auf Inges Schreibtisch lagen, blätterte, weiß er nicht mehr, jedenfalls las er, eine rot unterstrichene Stelle: Nasser berief Ende Mai eine Sitzung jener Körperschaft ein, die er das Oberste Exekutivkomitee nannte, bei der Amir, Sakaria Muhhiedien, Hussein el Schaffei, *ich selbst* zugegen waren. Bei ich selbst, stockte Rohdorf, ich selbst, als ob es noch *ich anderer* geben würde, aber gut wäre es, gewiß, es wäre gut, sich nochmal für Krisenfälle in Petto zu haben, eine Doppelbesetzung von *ich*, ein Ersatz-Ich. Außerdem lassen sich lausige Zeiten zu zweit besser überstehen. Aber was heißt zu zweit? Rohdorf ist überzeugt, er könnte *ichs* zutage fördern wie eine Babuschkapuppe Puppen.

Dann wieder stellte er sich vor: Er fühlt wie eine Babuschkapuppe (könnte sie fühlen) ohne Puppen, hohl und leer, als wäre er von allen guten Menschen wie von allen guten Geistern verlassen.

Vorgenommen hatte er sich, pünktlich um acht im Krankenhaus zu sein. Warum will er eigentlich pünktlich um acht im Krankenhaus sein? Ohnehin wollte er noch einige Besorgungen machen, und vereinbart war lediglich am 27. April vormittags. Warum will er krank pünktlicher sein als er es gesund je war?

6.45. Geniale Gedanken wuchern mitunter in kleinen kahlgeschorenen Köpfen. Der Dienstbeamte, der an der Gepäckaufbewahrung im Ostbahnhof Rohdorfs schweren Koffer zum Verwahren in ein Regal hievt, ist auch noch Prophet, na, sagt er und streicht sich mit dem Taschentuch über die kleine kahlgeschorene Glatze, von zu

Hause weglaufen und mir den schweren Koffer überlassen, det kostet wat, und dann schiebt er seine kleine Glatze Rohdorf unter die Augen, schielt ihn von unten an und sagt, ick bin auch von zu Hause weg, die Weiber, allet Kotzbrocken, aber wat soll man machen, sie sind nun mal leider det beste wat et in der Art jibt, und er macht mit der Rechten eine Faust, schiebt den Daumen einen Zentimeter durch Zeige- und Mittelfinger, nickt kurz und männlich, verstehen Sie, so is det ...

Er schlendert in Richtung Alex. Es scheint, die Zeit steht auf der Stelle, sie ist ohne Bewegung, ohne Gefälle, sie schleicht wie eine Schnecke, früher besonders die nachmittäglichen Stunden, seit er in der Gaudystraße haust, besonders die abendlichen, heute wird sie mit dem Morgen nicht fertig.

Rohdorfs Gedanken sind wie der Himmel, schmucklos, grau und rißlos wie eine Betonwand ... plötzlich doch Risse, im Himmel wenigstens, Andeutungen von Sonne schneiden sich durch den Beton ... und plötzlich auch Risse in seinen Gedanken, von drückender Trostlosigkeit, Übergang zu durchwachsener Melancholie ... Sie sind unwiderstehlich in Ihrer Melancholie, wurde ihm mal von einem schicken Mädchen gesagt, welches schicke Kleider, schicke Männer, schicke Worte liebte.

8.00. Nieselregen. Er ist am Palast der Republik. Seine Blicke verfolgen die Hände einer alten Frau, die in ihrer Handtasche nach Kleingeld sucht. Warum ist der Palast schon auf? In der Eingangshalle: Er betrachtet die großflächigen Bilder, ein Mädchen steht neben ihm oder richtiger vor ihm, sie wendet sich dem nächsten Bild zu, er ebenfalls, er verschwendet seine rare Aufmerksamkeit ausschließlich darauf, wer als erster zum nächsten Bild wechselt, er betrachtet sie, sie die Bilder, soll er was sagen, warum nicht, aber ihm fällt nichts ein, so am frühen Morgen.

Morgenstunde hat Gold im Munde, so ein Quatsch.

Ob sie seine Verfolgung spürt? Müßte sie, denkt er, sicher. Gut gekämmter Hinterkopf, die Haare landen weich auf dem Kragen eines schiefergrauen Mantels. Bei leichten Kopfdrehungen, die betont langsam ausgeführt werden, sieht er einen Hauch von Profil, ob sie schön ist?

Er stellt sich vor: Verschiedene Gesichtsvarianten zu langen blonden weichen Haaren, es überwiegen ansehnliche, ebenmäßige, gutgeformte Gesichter; aber er macht sich auch auf eine herbe Enttäuschung gefaßt, ein Drachen, ein blasses Neutrum unter weichem Engelshaar. Rohdorf wird übermütig, beinahe ein seriöses Geschäft, ihr zu folgen, nun schon zum fünften staatseigenen Bild, Sitte, Paris, Tübke, dabei kann man bleiben, Fuß fassen, die Verfolgung zu einem florierenden Unternehmen ausbauen, hallo Kollege, ruft es, Olga Heimlich kommt die Treppe heraufgeflogen, was machst du denn hier, ich, ja, Bilder ansehen, wir probieren zehn Tage, die die Welt erschüttern, und während Olga, eine Dramaturgin-Kollegin, auf ihn einspricht, mit dem Besitzanspruch einer ehemaligen Geliebten, lächelt Rohdorf, während er ihr ganz und gar nicht zuhört und Olga sprudelt wie ein Wasserfall.

Das Schicksal zeigt einen gewissen Sinn für Gerechtigkeit: Wo ist sie geblieben? Rohdorf harkt sich mit steifen Fingern durch den spärlichen Haarwuchs, als hätte er eine üppige Mähne zu ordnen, wo mag sie geblieben sein? Er sieht einige Mädchen mit blonden Haaren in schiefergrauen Mänteln. Aber wie soll er sie finden, da er nur ihren gut gekämmten Hinterkopf kennt?

10.02. Im Kaufhaus am Alex: Auf der Rolltreppe wird er erneut angesprochen, hallo Rohdorf, wie geht's – irgend jemand vom Fernsehen – zum Glück fahren sie in entgegengesetzte Richtungen, er kommt noch nicht einmal dazu, ein gut zu heucheln:

Drei Dinge wollte er kaufen, zwei hat er erstanden:

Rasierwasser und Unterhosen. Eine bemerkenswerte, weil seltene Bilanz. Unterhosen: seit ewigen Zeiten zog er zu Hause aus einem Stapel Unterhosen nur einige heraus, immer nur die einigen, die anderen nie. Die waren zu eng, zu weit, zu kratzig, weiß der Himmel was alles, er konnte sich nie entschließen, sie wegzuschmeißen, gestern tat er's, das war schon mal was.

Auch zehn Meilen beginnen mit einem Meter.

Jetzt hat er eine Vision. Er sieht einen alten Mann und eine alte Frau, und die Gesichter kennt er, seine Nachbarn vom Hinterhof. Gaudystraße, als er einzog und seinen Plunder fallen ließ, ging er erstmal ans Fenster. Drüben im zweiten Stock am Rande seines Blickfeldes wollte etwas in sein Bewußtsein, es bestand darauf, erst eine Bewegung hatte ihn aufmerksam gemacht, sein Nachbar, ein freundlicher alter Mann, hockte, die Arme auf ein Kissen gestützt, hinter geschlossenem Fenster und starrte hinaus. Hinter ihm brannte Licht, so war er nur als Silhouette auszumachen. Rohdorf erfuhr in der nächsten Zeit eine Menge von ihm, durch Gespräche von Fenster zu Fenster, die der Alte, da schwerhörig, und eine Frau, ebenfalls schwerhörig, viel zu laut auf dem hallenden Hinterhof führen. Hausneuigkeiten: zum Beispiel Krügers sind auseinander, er ist bei Simmelroths eingezogen, war ja abzusehen. An die beiden muß Rohdorf denken, während er einen Greis über die Straße bringt und der sich bedankt, artig, wie ein Kind.

Die beiden Alten in der Gaudystraße, so ist der Lauf der Dinge, Hinterhofneuigkeiten verbindet sie, Haustratsch und Strick, und Rohdorf denkt an das blonde Mädchen mit dem schiefergrauen Mantel, an Olga, an die gewisse Gerechtigkeit des Schicksals, an den Zufall, an was weiß noch. Daß gelegentlich die Frauen zu ihm kamen, wie die Männer zum Dienst gingen, und daß die Seele sich drücken und biegen läßt wie Gummi ... Rohdorf ist gerührt. Er steht da und blickt dem Greis nach, den er über die Straße brachte, wie er, O-beinig, den Weg in Richtung Alex schlurft.

Überhaupt ist er in letzter Zeit häufig gerührt, ob das eine Alterserscheinung ist, mit knappen fünfzig Jahren? War ihm schon häufig peinlich, besonders bei sportlichen Anlässen vor der Röhre. Bei Nationalhymnen, Siegerehrungen, Podesten, selbst leere Podeste vermögen ihn zu rühren, Begeisterung steckt ihn an; seine Rührung ist innerlich und leise, am Ende versucht er emsig und unbemerkt, das Wasser aus den Augen zu wischen. Meist schneuzt er sich kräftig, um Erkältung vorzutäuschen. Selbst beim Film, sogar bei Filmabnahmen – aber erst in letzter Zeit – kann er gerührt sein und vor allem über Perfektion. Perfekte Leistungen. Ein Geiger, ein Pianist ... Er ist eben krank, nicht in Ordnung.

Dabei täte ihm weinen gut, warum kann er's jetzt nicht,

da er doch auf dem perfektesten Null seines Lebens ist. Fünfzig Jahre also, seit vierzehn Tagen Gaudystraße: (Wie Gaudy schon klingt, als ob das Wohnen in dem Loch eine Gaudi wäre.) Stube, Küche, WC halbe Treppe tiefer, Ehe kaputt, unheilbare Krankheit, Beruf ohne Spaß, was will er noch, zum Heulen, und nun geht's nicht, keine müde Träne würde sich zeigen.

10.11. Vorm Roten Rathaus. Für Entscheidungen war er noch nie zuständig, sein ganzes Leben nicht, das wußte er doch. Warum hat er sich jetzt so verbissen und radikal entschieden, immer und immer wieder fragt er sich, warum? Für die Argumente, die zu einer Entscheidung führen, ist er sehr wohl zuständig: Das Argumentenpuzzle ist seine Erfindung! Er friemelt Puzzle für Puzzle zu einem handfesten Argument, das sich getrost von unten und oben, von vorne und hinten sehen lassen kann. Bis zur Entscheidung mag er zuständig sein. Die wenigen Male aber in seinem Leben, in denen er mit dem Fuß aufstampfte und selber eine Entscheidung traf, traf er sie ohne Argumente, abrupt, von sich selber überrascht, es gibt Beweise dafür, zum Beispiel: Als er dreizehn war, sagte ihm sein Freund Martin? Oder Arno? Einer von beiden jedenfalls sagte ihm, daß seine Freundin (er hatte sie eines Abends gefragt, wollen wir miteinander gehen, und sie hatte ja gesagt, seitdem gingen sie miteinander, meist jedoch nur die Friedrichstraße zwischen 18 und 19 Uhr auf und ab) mit ihm Schluß machen wolle. Am meisten ärgerte ihn, daß alle Welt sagen könnte, sie hat Schluß gemacht, während er Schluß machen wollte, obwohl er keineswegs Schluß machen wollte.

Er nahm sich vor, mit ihr zu handeln; er wäre ja einverstanden gewesen, wenn er das Schlußmachen auf Beide-haben-Schluß-gemacht runtergehandelt hätte, aber als er sie auf der anderen Straßenseite sah, rief er, als wäre er nicht er: Aus, Schluß, Bums. Sie kam herüber und sagte: Du benimmst dich wie ein Achtjähriger, alle Welt weiß doch, daß ich heute mit dir Schluß machen werde.

Vorm Neptunbrunnen. In einem dünner gewordenen Niesel: Er besteht darauf, recht zu haben, auf seinen Argumenten besteht er und besonders auf seinen Argumenten, und als mache er einen Klimmzug und sähe sich mit Anerkennung auf die eigenen geschwellten Muskeln, sagt er sich, was er sich schon einmal sagte, in einem Gedicht nämlich, das er sich schrieb, als alles so war wie jetzt: ich bin stark, entschlossen, entscheidungsfreudig, ich bin ... und er holt das Gedicht aus der Erinnerung hervor:

Manchmal taut der Schnee nicht weg
weil das Wasser ihm zu kalt ist
und die Schule läuft zum Kind
weils zur Schule viel zu weit ist
Und das Haus geht in den Mensch
und der Wald springt in das Reh
das Klavier spielt auf dem Mann
in die Leute steigt der See
und der Fluß fließt auf den Berg
Elefant ist nur ein Zwerg
und der Walzer ist ein Marsch
und man tritt sich selbst in'n Arsch
Manchmal

... und plötzlich fließt ein Verdacht in ihn hinein, wie der Regen an ihm runter, wie wenn *er* ausschließlich an dem Unglück seiner Ehe schuld wäre, während er doch immer argumentierte, *sie* wäre es. So könnte es doch sein.

Nein?

Doch.

Wie – wenn *er* immer die verkehrten Gesten gefunden hätte ...

Wie – wenn *er* immer die unrichtigen Gefühle gezeigt hätte ...

Wie – wenn *er* immer die blödsinnigsten Argumente gehabt hätte ...

Soll er Inge fragen, soll er Inge stellen, ein letztes Mal, soll er mit Inge darüber sprechen, soll er?

... lächerlich, einfach lächerlich, Inge ist die geballte Unlogik, sie geht mit seinen Worten, Gefühlen und Argumenten ohnehin um wie mit altem Plunder.

... oder sie zielt auf ihn mit Launen, Gereiztheiten und Antiargumenten, wie mit einer alten Schrotflinte ...

Sie hatten alles durch.

Aber gelernt hatte sie doch von seinen Argumenten: Jahrelang hatte er sie mit Theorien aufgepäppelt, gleiche Rechte für beide, Emanzipation, gerechte Arbeitsaufteilung etcetera. Doch Inge hatte sich vor zwei Jahren entschieden, sie geht von ihm weg, ausziehen muß er, wegen der Wohnung. Ohne Hysterie argumentierte sie, sachlich und logisch, als wäre sie nicht sie, da war nichts mehr zu löten. In der großen Bewegung der Frauen, die ihre Männer verlassen, erwiderte er, spielte sie nur eine Statistenrolle, und dann schrie er Pfui Deibel, und wäre nicht der Teppich gewesen, hätte er vor ihr ausgespuckt, der Teppich, der in den Himmel gewachsen sein müßte, soviel hatten sie daruntergekehrt. Verletzen wollte er sie und unsachlich war er, und schließlich hatte er nur sich verletzt. Vor zwei Jahren war das.

Es regnet stärker. Tee möchte er trinken. Er sucht eine Kaschemme in der Nähe auf. Alle Tische besetzt, nur ein Tisch frei, auf dem schmutziges Geschirr gestapelt ist.

Setzen Sie sich zu Hause auch an einen unaufgeräumten Tisch, fragt ein Ober, gereizt, und Rohdorf, mit beinahe philosophischer Ruhe, blickt ihn an, lächelt, nur nicht ärgerlich werden, so ein Ober, der sollte dürfen, was andere keineswegs dürfen, nämlich beteiligt werden an seinem privaten Ärger und darüber bestimmen können, wann er sich zu ärgern habe, wann nicht, soweit kommt es noch.

Hören Sie, sagt er, bringen Sie mir einen Tee.

Warten Sie gefälligst draußen, bis ein Tisch frei wird.

Bringen Sie mir einen Tee.

Sie sollen draußen warten.

Einen Tee.

So, sagt der Ober, fischt ein abgegriffenes Kärtchen aus der Hosentasche, schiebt es auf eine freie Stelle des Tisches, dieser Tisch ist reserviert, sagt er, lesen werden Sie ja wohl können, und Rohdorf bleibt beim Lächeln, seine Stimmung ist gut, sie wird immer besser, er will bedient und nicht belehrt werden, und blickt ihn an, eindringlich, und sagt in plötzlich entstandene Grabesstille, bringen Sie mir, sagt er im Ausdruck einer staatlich wichtig organisierten Persönlichkeit, auf der Stelle das Beschwerdebuch.

Grabesstille.
Alle Gäste blicken.
Grabesstille.
Langsam beginnendes Gespräch.
Nach wenigen Augenblicken bringt der Ober den Tee und räumt ab, als wäre nichts geschehen.
Rohdorf schlürft heißen Tee.
Ein Bild an der Wand. Rohdorf stört, daß es schräg hängt; er mag nicht schräg blicken, wenn er es gerade betrachten will, verrückt, selbst in dieser Kneipe macht es ihn verrückt, es wird schwerer sein, das Bild zu übersehen, als jedesmal festzustellen, daß es eigentlich geradegerückt werden müßte, er steht auf, rückt es gerade, geraderücken hat etwas mit seinem Beruf zu tun.
Sein Beruf: Dramaturg, bei Lembkes Beruferaten, welche Handbewegung, er wüßte es nicht, ein Beruf, weder Hü noch Hott. Er ähnelt einer Ameise, sie krabbelt und krabbelt und kommt nicht hoch, dann doch, dann nicht, wie er, nur er war schon oben, aber... Das einzige, was in seinem Job immer klappt, ist mitreden, überall mitreden, freundlich, verbindlich, Gegensätze ausräumen, Worte sind die Taten des Dramaturgen, Worte: an der Redefront hat er fleißig gesiegt, an der Tatenfront fleißig verloren.
Rohdorf schlürft behaglich seinen Tee.
Seine Ängste hat er gesammelt, wie seltene Steine, Hühnergötter, die er als Glücksbringer sorgfältig verwahrt, doch nach Ängsten befragt, nennt er nur die poetischen, mit denen er die Sammlung begonnen hat, sie tragen Nummer 1–5, die siebzehn profanen, die siebzehn alltäglichen, die seine Ängste auf die stattliche Nummer 22 bringen, nennt er nicht, nein, für sie gibt es noch keine Öffentlichkeit (zum Beispiel Nummer 21, 22: Angst, daß seine Kinder sich vor seiner Krankheit ekeln könnten; Angst, daß er sich zurückziehen würde, weil er geheucheltes Mitgefühl oder ein mit Mitgefühl kaschiertes Ekelgefühl nicht ertragen könnte).
Die poetischen sind der Reihe nach:
1. daß er zufrieden ist
außer – man fordert von ihm
2. daß er sich nicht verändert

außer – er wird unansehnlicher
3. daß ihn nichts erfreut
außer – sein Erfolg
4. daß ihn nichts aufregt
außer – man gibt ihm nicht recht
5. daß sein Tod nicht bemerkt wird
außer – durch seine zurückgelassene Unordnung.

Der Tod. Übrigens, vielleicht lohnt es sich, das besonders hervorzuheben: Manchmal hat er keine Angst vor ihm, warum auch, dann hat er die Hoffnung, daß es noch ein Stückchen danach geben könnte, er hat zwar nie daran geglaubt, kaum gebetet, höchstens als Kind das Tischgebet, komm Herr Jesus, sei du unser Gast, und segne, was du uns bescheret hast, Amen und Mahlzeit, für 'ne Loge im Himmel wird's nicht reichen, sicher, aber da gibt es so was im Innern, er kann's auch nicht sagen, obwohl er einem Kollegen in einem Gespräch über den Tod selbstsicher antwortete, Humus wird sein, bestenfalls, weiter nichts, und der, streng gläubig, waren Sie schon mal tot, und Rohdorf erwiderte, hemmungslos, er müsse doch nicht gestorben sein, um zu wissen, daß nach dem Tode nichts kommt, er brauche doch auch nicht auf dem Mond gewesen zu sein, um zu wissen, daß er nicht aus Quark ist. Humus, wie gesagt, bestenfalls, vielleicht ein Stiefmütterchen, antwortete er, und glaubte daran, und glaubt immer noch daran, aber manchmal, wie gesagt, gibt es da so was, in seinem Innern.

10.45. Ostbahnhof. Der Glatzkopf an der Gepäckaufbewahrungsstelle streckt Rohdorf seine nervige Hand hin, die Handfläche freundschaftlich nach oben gekehrt, nicken, nicken, stumm, Begrüßung ohne Worte, dann blickt er Rohdorf an, von unten nach oben, so daß Rohdorf nichts sagt, nichts sagen kann, der Blick, dieser Von-unten-nach-oben-Blick, schafft eine Barriere, die Gedanken hindert, Worte werden zu lassen, zwei stumme Männer, verabschieden sich wieder nickend, sie haben ihr Geheimnis, die Weiber, Kotzbrocken alle, der Blick von unten nach oben, dazu kann man nichts sagen, hier der Koffer.

Unter dem Hütchen, ein graues, verwelktes Köpfchen, den schweren Koffer in der Hand, schleppt sich die Alte vor, den ganzen langen Gang, der Ostbahnhof hört gar nicht auf, eine Gruppe junger Mädchen und Männer rempelt an der Alten vorbei, gedankenlos und laut, einige brutal, Rohdorf geht dazwischen, darf ich, fragt er, ungläubiges Staunen der Alten, Rohdorf greift den Koffer, seinen links, wohin, Bahnsteig C, bitte, er steigt die Treppe aufwärts, mein Gott, die Knie sind auch nicht mehr das, was sie mal waren, der Zug steht da, er schiebt Koffer und Alte hinein, sie lächelt, ihr Mund hat sich geöffnet, knackend, nagelneuer Zahnersatz mit rosigem Kunststoffzahnfleisch, komplette Zahnausrüstung, ihr Mund schließt sich. Sonntagsgebiß, sie fährt in'n Westen, mein Gott, altwerden ist kein Vergnügen.

10.55. Und jetzt wartet Rohdorf auf seine S-Bahn, beißt in eine fetttriefende Knacker, denkt an gar nichts, und kleckert sich auf die Hose.

Nun sitzt er in der S-Bahn und kommt sich einsam vor. Ausgestoßen, für Augenblicke leidet er die Scham eines Syphilitikers, der merkt, wie man von ihm abrückt. Unfug. Die S-Bahn ist um diese Zeit leer, weiter nichts. Er zieht einige engbeschriebene Durchschläge aus der Westentasche. Arnos Tagebuch, Lektüre fürs Krankenhaus. Er hatte Arno, wenige Tage bevor er rüberging, aufgesucht, er wolle ihn sprechen, und Arno klapperte die ganze Zeit auf seiner Schreibmaschine, als gäbe es nichts Wichtigeres auf der Welt, gleich bin ich soweit, sagte er, aber er war auch nach einer Stunde nicht soweit, und Rohdorf griff sich die Durchschläge, und Arno sagte, ja lies nur, und Rohdorf erwiderte, wenn man dich statt zu sprechen nur noch lesen kann, kann ich es gleich zu Hause tun. Arno hatte nichts dagegen.

Rohdorf blickt aus dem Fenster.

Was wird Arno schon aufnotiert haben? Natürlich die von ihm häufig berichteten Nadelstichkriege, mit Funktionären letzter Reihe, oder die langanhaltenden Injektionen mürbemachenden Konzentrats, mit Funktionären mindestens mittlerer Reihe. Rohdorf ordnet die Seiten.

Dabei fallen ihm immer wieder zwei Namen auf. Lesching, Borkowski, Borkowski, Lesching. Irgendwo eine ganze Seite mit diesen Namen; wie Unterschriften. Hingekritzelt. Am Rande kaum leserlich, kaum auszumachen: Ist Borkowski wirklich nur verunglückt? Warum wurde Lesching abgesetzt? Nur wegen eines Films?

Rohdorf blickt auf, schüttelt den Kopf. Arno wie er leibt und lebt. Immer alles auf sich beziehen. Das ständige Mißtrauen. Wäre jemand im Abteil, würde der sehen, wie ein einsamer Fahrgast mit Papieren in der Hand immer wieder lächelt, den Kopf schüttelt, Worte nuschelt, sich vorbeugt, jemand fixiert, der nicht da ist, jetzt fängt er auch noch laut zu reden an, dabei streicht er sich über die Haare, von links nach rechts, der gewohnten Lage wegen: Man muß ja nicht in den Löwenkäfig steigen, redet er und läßt die Seiten über den Daumen gleiten, es genügen Wanzen, um aufgefressen zu werden... und Rohdorf nimmt ein Gefühl der Selbstaufgabe wahr, ein Gefühl der Trauer, einer sich hingebenden, gefügigen Trauer, irgendwie in seinem Innern die Gewißheit, dem Ende ein gutes Stück näher gekommen zu sein.

Und er denkt an die Jogger, die zu jeder Zeit und überall in den Straßen und Wäldern Berlins anzutreffen sind, und er denkt, es mögen vielleicht die verkehrten sein, die sich ein langes Leben erlaufen.

Jetzt blättert er in den Seiten, dem Tagebuch von Arno Arnheim, der erreicht hatte, was zu erreichen war.

Rohdorf besitzt ein vergilbtes Klassenfoto. Sechsunddreißig Schüler in weißen Sonntagshemden, an der linken Seite der Klassenlehrer, Dr. Hohnert, Fletscher genannt. Zwei Schüler hat er angekreuzt, Arno Arnheim und sich. Die beiden Überlebenden. Für ihn, Rohdorf, fiel der Krieg wegen Windpocken aus, und für Arno wegen eines Bratens, den er sich am Abend, bevor es losgehen sollte, an die Front von Pasewalk (Panzervernichtungstrupp) aus dem Keller, wo die Mutter das Eingeweckte aufbewahrte, stahl. Es handelte sich dabei um eingeweckte Ente, fettes Geflügel, das Arno mit Stumpf und Stiel verputzte, auch das Fette holte er sich mit dem Zeigefinger aus den Rändern des Glases, daran konnte keiner was ändern, Arno fraß alles alleine, denn Arno wollte satt und beflügelt an die Front. Am nächsten Tage wurde die

Klasse feierlich verabschiedet. Und während der Feierlichkeit stand Arno blaß an einem Pflaumenbaum und kotzte.

Der Stammführer persönlich schickte ihn nach Hause, und Arno heulte, er träumte von einem Ritterkreuz, er wollte ein Held werden, und er nahm sich vor, mit dem nächsten Zug zu folgen. Doch es gab keinen nächsten Zug. Das war März 1945.

Rohdorf erinnert sich, daß Arno und er, als sie erfuhren, daß ihre Klasse an der Front bei Pasewalk draufgegangen war, bitterlich weinten und sich schwuren, daß sie nichts auf der Welt mehr trennen sollte. Mit Kirschlikör begossen sie diesen Schwur und wären beinahe, da sie die Flasche bis auf den Grund leerten, im Perlesee ertrunken, so betrunken waren sie.

Das ist fünfunddreißig Jahre her; heute sind Arno und er zusammengenommen beinahe hundert Jahre alt; Arno fängt nochmal an, und er, Rohdorf, so ahnt er, hört bald auf.

Rohdorf blickt auf. Warschauer Brücke. Wie grau der Bahnhof auch ist, er suggeriert Kraft und Heiterkeit. In der Grünberger hatte er eine Freundin, die ihn jedesmal, wenn er bei ihr war, zum Bahnhof begleitete. Dann standen sie, meist bis zur letzten Bahn, redeten über Marx und Fortschritt und froren und waren glücklich. Warschauer Brücke!

Nun liest Rohdorf:

Arno, Tagebuch.

Nach einem Jahr (letzte Eintragung).

Also morgen. Morgen werde ich den Brief abgeben. Diesmal werde ich erleichtert sein. Diesmal werde ich ... ich weiß es natürlich nicht; vielleicht wird auch alles ganz anders, wenn ich nur wüßte, wie es anders werden sollte.

Kath blickt mich traurig an. Sie streichelt die junge Katze, die sie auf dem Arm hat. Mit der Wange fährt sie über das glänzende Fell, während sie mich nicht aus den Augen läßt:

Warum hackst du Holz, fragt sie.

Für den Winter, erwidere ich.

Was hältst du von Franziska?

Ich kenne keine Franziska.

Als Name.

Wieso als Name?

Für das Kätzchen.

Ich blickte Kath an.

Dadurch lernt Christoph, so hoffe ich wenigstens, ein sauberes Z sprechen. Auch für das S ist der Name gut.

Ja, ja, sage ich.

Nach den Trauerfeierlichkeiten für Borkowski habe ich mich mit Rohdorf gestritten, daß die Fetzen flogen.

Rohdorf: Du spinnst. Borkowski ist mit einem Hubschrauber abgestürzt, ein Unfall, schmerzlich für uns, besonders für dich; aber er ist nicht verunglückt worden. Das sieht dir ähnlich. Du bist von allen guten Geistern verlassen, du siehst Gespenster.

Ich: Die guten Geister, die mich verlassen haben, sehe ich nun als Gespenster, ach, Rohdorf, halt die Klappe, unsere Argumente sind trostlos wie wir beide.

Rohdorf: Du solltest mit dem Nachfolger von Lesching sprechen.

Ich: Habe ich schon.

Rohdorf: Und?

Ich: Nichts und.

Mußte an den Witz denken, der überall erzählt wird: Wie kriegt man das Gehirn eines Fernsehleiters auf die Größe einer Erbse?

Indem man es aufpustet.

Ich spalte Holz: Ein verwurzeltes Stück, ein Eichenkloben, Kiefer, Birke, ich schlage, ich schlage, kein Kloben leistet mir nennenswerten Widerstand; dann ein kleines verwurzeltes Stück. Das ja. Daran schlage ich mich müde.

Genosse Kohnert sagte mir vor vierzehn Tagen, harre aus, die Zeiten werden auch wieder besser. Dann sprach er über die Bundesrepublik. Kein Mensch würde dort auf einen 48-jährigen Schauspieler warten, mein Alter wäre das größte Handicap, außerdem, er ist sich da sicher, seien meine Gründe nur bedingt politisch. Ich hätte in der DDR alles erreicht, ein Star, gelebt wie der Streusel auf dem Kuchen und wolle in der Bundesrepublik dasselbe, aber die dortigen Kollegen könnten meinen beruflichen Weg blockieren, das sei mehr wahrscheinlich als nicht.

Mit achtundvierzig bin ich wirklich nicht der jüngste.

In der Nacht träumte ich: In irgendeinem mittelklassigen Café in Hamburg spiele ich Geige, und zwar die zweite. Im Traum waren DDR-Bürger in diesem Café, ich vergeigte mich häufig, jemand flüsterte, Arno Arnheim, ein guter Schauspieler gewesen, wie kann ein Mensch nur so verkommen. Schweißgebadet aufgewacht. Ich suche in der Gegenwart ziemlich erfolglos nach etwas Schönerem, als in Hamburg zweite Geige zu spielen.

Jetzt beginne ich den Brief:

Ich sehe keine Chance, die Verknotung aus Ohnmacht, Demütigung und Beleidigung, Wut und Bevormundetsein zu lösen. Ich will weg. Niemand wird glauben, daß mir mit knappen fünfzig Jahren so etwas wie eine neuerliche Karriere vorschwebt, bis zum Rentenalter bleiben mir nur noch wenige Jahre, selbst zu entscheiden und durchzusetzen, wie ich leben und meine Probleme lösen will. In mir ist die Furcht gewachsen vor Intervallen der Freundlichkeit und der Unfreundlichkeit ...

Die Schwester, die ihn zur Männerstation 3B führt, ist eilig. Er merkt es am Koffer, der an den Fingern zerrt und an die Wade schlägt, daß sie schmerzt, wenn da wenigstens Zeit bliebe, um ihn in die andere Hand zu wechseln. Die Schwester steigt die steile, schmale Treppe beinahe hüpfend hinauf, während er es nicht schafft, ihr nachzukommen, der Abstand wird größer, er keucht wie eine Dampflok, na, Sie können wohl nicht mehr, sagt sie und stößt die Pendeltüre mit dem Fuß auf. Ihre Haltung drückt Ungeduld aus, während sie die Tür für Rohdorf aufhält. Na, mach schon, wird sie denken, denkt Rohdorf und sie sagt: Na, machen Sie schon, und Rohdorf sieht zu, daß er schon macht. Sein Herz schlägt bis zum Halse, er glaubt, sich auf die Lungenspitze beißen zu können. Haben Sie die Hausordnung unterschrieben, fragt sie – ich weiß noch nicht einmal, daß eine existiert, ich bin hier gerade rein, das wissen Sie doch, will er sagen – aber er schafft nur ein verkeuchtes: nein, dann streiken die Finger, der Koffer zwingt sie zur Kapitulation, sie öffnen sich, er rutscht aus der Hand, auf den Boden, der Schwester vor die Füße. So schwer kann er doch gar nicht sein, meint sie, oder haben Sie Gold drin. Er bückt sich, um den kippelnden Koffer zu halten, der der Schwester auf die Füße zu fallen droht. Beim Aufrichten berühren sich ihre Hände für den Bruchteil einer Sekunde. Etwas geschieht im Körper Rohdorfs, als ob diese Berührung nur ein Anstoß für eine Gefühlslawine ist, die ihn augenblicklich überrollt, so intensiv, daß er befürchtet, ohnmächtig zu werden, es schwimmt vor seinen Augen. Aber irgendwie unangenehm angenehm, als würde der Kreislauf das Blut in die entgegengesetzte Richtung pumpen, als müßte der vom Tohuwabohu der letzten Zeit und von allerlei Auf und Ab strapazierte Körper die auf der Strecke gebliebene Zärtlichkeit hier, gerade angekommen, im Krankenhaus, mit einer Schwester, die er noch nicht eines Blickes gewürdigt hat, zurückerobern. Würde ihm jetzt jemand die Augen zuhalten und fragen, wie sieht sie aus: blond, schwarz, klein, dick – er hätte nichts, gar nichts antworten können, und in diesen Gedankenwirrwarr schiebt sich ein neuer: Diese Situation hast du schon mal erlebt.

Rohdorf sieht sie an, und der Blick rückt wieder ins Lot, was da aus dem Lot geraten war. Die Lawine, die ihn überrollte, spult zurück, wie im Film verkehrt eingelegt – über die Gefühlsexplosion bis zur Handberührung. Häßlich ist sie nicht, keineswegs, nur ... was nur ... schwer zu sagen, Rohdorf kann nichts entdecken, was in diesem Gesicht Spaß machen würde: unzugänglich, abgearbeitet, gleichgültig, vielleicht das – ließe sie die Tür los und sie knallte vor seinen Kopf: Wäre er verwundert, fragt er sich. Nein, sicher nicht. Und Rohdorf spinnt den Gedanken weiter: Würde er daraufhin die kleine Treppe hinabstürzen, hätte er ja noch Glück im Unglück, denn er befindet sich bereits im Krankenhaus, nein, nicht er ist abgestürzt, seine Gefühle sind es. Kommen Sie, sagt sie, er wechselt den Koffer in die andere Hand, und während er ihr folgt, wird ihm klar, daß dieser Vorgang höchstens eine Sekunde gedauert hat, und er wird zwei Minuten oder mehr brauchen, um ihn zu erzählen, und er wird ihn möglicherweise nie vergessen.

An einer Tür bleibt sie stehen und sagt: Warten Sie hier! Rohdorf massiert die Finger, die unter dem Gewicht des Koffers klamm geworden sind. Nie wieder wird er so viel einpacken, nimmt er sich wieder einmal vor. Ein mit farbigen Salben beschmierter Patient schlurft wie ein Sioux im Kriegszustand über den Gang. Im Sog der Bewegung wird Rohdorfs Nase aufgesucht. Ganze Regimenter von Nasenübelkeiten sind ausgezogen, ihn zu überfallen: ein dickes Gemisch aus Desinfektion, benutztem Verbandmull, ranzigen Salbensubstanzen, verbraucht und stickig – momentan wälzt sich eine Welle von warmem Kücheneintopf über die anderen Gerüche – Fenster auf, denkt Rohdorf und macht es. Er atmet die Lunge bis zum Anschlag leer und füllt sie mit Frischluft auf, der Brustkorb hebt sich, ein bißchen Selbstbewußtsein, sagt er sich, ist notwendig, auch ein bißchen Protest in der Haltung ist durchaus angebracht. Er betrachtet den Krankenhausgang, eine endlose Schleuse – eigenartig, Rohdorf weiß um den Schrumpfungsprozeß, der den Gegenständen der Kindheit widerfährt –, im Gegensatz dazu ist dieser Gang eher länger geworden. Er steckt den Kopf aus dem Fenster, die Sonne scheint, warm ist es, nach dem Dauerniesel revanchiert sich das Wetter aufs freundlichste. Die Fenster lassen Sie in Zukunft geschlossen, sagt die Schwester, die Rohdorf nicht hat kommen hören, das zieht wie Hechtsuppe.

Hechtsuppe ist besser als dieser Mief, erwidert Rohdorf. Ich bin für die Gesundheit zuständig, nicht für die Luft, sagt sie und lacht – tatsächlich, sie lacht und zeigt wirklich schöne Zähne. Rohdorf ist verwirrt, der beste Augenblick in diesem Gesicht, Rohdorf hätte sich ein Lachen darin nicht vorstellen können; bevor er sich unter den spärlichen Antworten, die ihm einfallen, für eine entschließen kann, sagt sie: Hier ist die 117, sie öffnet die Tür – Herr Nießwandt, Sie bekommen einen Bettnachbarn, dann an Rohdorf gewandt: Packen Sie Ihre Sachen in Ruhe aus, dann melden Sie sich im Arztzimmer. Tür zu.

Da steht Rohdorf in einem kleinen weißgetünchten Zimmer, viel zu klein für zwei, die Betten wie Ehebetten aufgestellt, lediglich ein Nachttisch dazwischen. Rechts neben der Tür Waschbecken und Kleiderschrank, am Fenster gegenüber den Betten ein Tisch, an dem – wie war der Name – Nießwandt, an dem Nießwandt etwas schreibt.

Rohdorf befällt Atemnot. Der vorgedrückte Brustkorb fällt zusammen, hier werde ich nicht atmen können, denkt er und überlegt, ob er nicht stehenden Fußes kehrt machen soll.

Der Bettnachbar blickt ihn lächelnd an, Rohdorf stört dieses Lächeln, soll er Guten Tag sagen oder nicht, er entschließt sich, Guten Tag zu murmeln.

Der Nachbar nickt zwar, aber akustisch kann Rohdorf beim besten Willen nichts hören, lediglich ein Huster, das muß es wohl gewesen sein.

Er packt seine Sachen aus. Keine zehn Pferde könnten ihn, er ist sich da hundert Prozent sicher, im Krankenhaus zurückhalten, stellt sich nicht binnen kurzer Zeit eine Besserung ein. So ein Krankenhaus macht einen erst richtig krank, die Psyche geht einem vor die Hunde und hebt spielend die beste Salbenmixtur wieder auf.

Behandlung wäre die reinste Verschwendung.

Warum sind die Ärzte nicht in der Lage, die Psyche des Patienten in die Therapie miteinzubeziehen, warum haben sie nicht das wichtigste gelernt, nämlich: wie man eine kaputte Seele wieder in Ordnung bringt. Rachegefühle steigen in Rohdorf hoch, er hat noch keine Adressaten für sie. Den Ärzten Erfolglosigkeit am eigenen Leibe vorführen, vielleicht.

Er erinnert sich: Er wollte seiner Mutter das Liebste nehmen, das sie hatte, nämlich: sich. Seinen Tod hatte er ihr gewünscht, weil sie ihn geohrfeigt hatte. Die Nase blutete, und er spazierte im Eßzimmer auf und ab und verteilte die Bluttropfen sorgfältig im ganzen Zimmer. Über die Polstermöbel, Teppiche, Gardinen – selbst das gerade weiß gestrichene Fensterbrett beträpfelte er in regelmäßigen Abständen. Ein Königreich für seinen Tod, aber er wußte, daß die Ohrfeige nicht reichen würde, so wünschte er sich das Eßzimmer wenigstens blutig wie ein Schlachtfeld.

In Rohdorf revoltiert es, er ärgert sich über den stumm schreibenden Nachbarn.

Guten Tag, Herr Rohdorf, sagt eine Frau um die dreißig, die die 117 betritt, mein Name ist Kneiffke, ich bin hier Stationsärztin, kommen Sie bitte, sagt sie betont freundlich, sobald Sie können ins Untersuchungszimmer.

Bitte nehmen Sie Platz, sagt Frau Dr. Kneiffke, an der nichts Auffälliges ist, außer, daß sie eine hochgetürmte Frisur hat, strohblond, der gelungenste und gewundenste Haaraufbau, den er je gesehen hat.

Danke, sagt er, während er Platz nimmt.

Sind Sie Dramaturg beim Fernsehfunk?

Ja.

Dann habe ich etliche Artikel von Ihnen gelesen; außerdem lief vorige Woche Ihr Film ›Drei Birken‹. Ein narkotischer Glanz steht, während sie diese Mitteilung macht, in ihren schmalen Augen, der Film hat mir ausgezeichnet gefallen.

Das tut gut zu hören, erwidert Rohdorf.

Ja, sagt sie lächelnd, und während ihr Gesichtsausdruck abflacht in routinemäßige Strenge und ihre Hände ein Papier ergreifen, fragt sie, gab's in Ihrer Familie, bei den Großeltern, Eltern, Geschwistern schwere Erkrankungen, etwa Diabetes, Krebs, chronische Hauterkrankungen, Herz-Kreislauferkrankungen, zum Beispiel Infarkt?

Nicht daß ich wüßte.

Welche Kinderkrankheiten hatten Sie: Mumps, Masern, Röteln, Windpocken?

Mumps und Windpocken.

Ah, sagt Frau Dr. Kneiffke und lächelt.

Waren Sie schon im Krankenhaus?

Dreimal.

Womit und wann?

Mit fünf Autounfall, eine Wunde am Kinn, die genäht werden mußte. (Stationär.)

Rohdorf spricht langsam, als würde er diktieren.

Mit fünfzehn Mittelohrvereiterung. (Stationär).

Mit achtzehn wurden mir die Mandeln entfernt. (Stationär).

Frau Dr. Kneiffkes Kuli rutscht übers Papier, die Mine scheint leer. Sie nimmt einen andern.

Appetit?

Gut.

Nikotin?

Nein.

Kaffee?

Zwei Tassen etwa.

Alkohol?

Gelegentlich.

Stuhl?

Regelmäßig und unauffällig.

Urin?

Normal.

Schlaf?

Gut.

Geschlechtskrankheiten?

Nein.

Wieder lacht Frau Dr. Kneiffke und wieder steht in ihren schmalen Augen ein narkotischer Glanz. Rohdorf spürt, daß sie etwas ganz Privates und etwas ganz Eindringliches sagen möchte: Doch bevor sie dazu kommt, öffnen dürre Finger behutsam die Tür, im Türspalt erscheinen Hakennase und Augen unter buschigen Brauen, dann schiebt sich eine dürre Brust ins Untersuchungszimmer, ein Gerippe mit schlohweißer Mähne. Frau Dr. Kneiffke, spricht es heiser, ich wollte nur fragen, ob ich heute Urlaub kriegen könnte, Sie wissen doch, meine Frau kann mich nicht besuchen, sie ist bettlägerig.

Opa Windbrot, unterbricht Frau Dr. Kneiffke, Sie wissen genau, daß das nicht geht, gehen Sie in Ihr Zimmer, ich komme nachher zu Ihnen, und Opa Windbrot verschwindet wie er kam, brav, ohne Protest, wie ein gut erzogenes Kind. Die Türklinke rastet in Zeitlupentempo ein.

Opa Windbrot war Requisiteur in der Staatsoper, sagt Frau Dr. Kneiffke, während sie sich erhebt und auf den Flur hinaus tritt, um sich zu überzeugen, ob Opa Windbrot wirklich sein Zimmer aufsucht. Rohdorf hat Zeit, sich im ungepflegten Untersuchungsraum umzublicken, seine Aggressionen scheinen abzuflauen; der Chippendaleschreibtisch, auf dem seine Anamnese erstellt wird, Medikamentenschrank, Instrumente, Kalender, Untersuchungsliege, Waage, Meßstab, Kühlschrank, an der Wand ein Spruch, weiße verschnörkelte Schrift auf lila Untergrund: Geben Sie auf Ihre Sachen acht.

Und nun zum Status praesens, sagt Frau Dr. Kneiffke, sich wieder setzend: Offensichtlich hat sie den Wunsch, Rohdorf etwas Privates und etwas Eindringliches sagen zu wollen, fallengelassen, und Rohdorf ist dies nicht unangenehm. Frau Dr. Kneiffke lächelt wieder, als sie ihre Hände unter Rohdorfs Kinn führt und den Kopf hin und her dreht, nach oben nach unten nach links nach rechts, Ihr Kopf sagt sie, ist aktiv und passiv frei, und er erwidert das Lächeln, als wolle er sagen, vor allem ist er aktiv und passiv in Ordnung.

Augen, aja sagt sie, Pupillen mittelweit, seitengleich und rund, prompte Reaktion auf Licht und Konvergenz.

Keine Visuseinschränkung, so geht die Anamnese weiter, Ohren, Mundhöhle, Hals, Thorax. Sie lächelt, und die Frisur steht wie ein Turm, da ist offensichtlich nichts durcheinanderzubringen, nicht ein Härchen hat sich aus dem Meisterwerk gelöst, und während sie ihn abtastet, fällt ihm siedendheiß ein, daß sie ihn zum Abschluß womöglich rektal untersuchen könnte, ein scheußlicher Gedanke; mit solchen Frisuren trifft man sich beim *Hoch*adel, bei der *Hoch*finanz, oder bei einer *Hoch*zeit, zum Flitter, Flatter, aber man untersucht gefälligst nicht rektal.

Ich nehme an, Sie haben sich über die Psoriasis belesen, unterbricht Frau Dr. Kneiffke Rohdorfs Gedanken.

Ja.

Wann haben Sie das erste Mal etwas bemerkt?

Vor vierzehn Tagen, eine erbsengroße Rötung an der Brustwarze, dann stärkere Ausbreitung, Vorstellung bei Dr. Hegenbarth (Hautklinik), der die stationäre Einweisung veranlaßte.

Die letzte Therapie?

Psoriasis Mischsalbe.

Und Rohdorf denkt, ihm wäre nun schon gleich, ob sie ihren kleinen, spitzen Finger ihm in den Darm bohren würde oder nicht.

Eigentlich sagt sie ...

Was eigentlich?

Ach, nichts, sagt sie zögernd, und Rohdorf lächelt, und sie lächelt, und bevor sich in die letzte Phase der Untersuchung völlig überflüssige Peinlichkeiten einschleichen können, sagt sie: Stützen Sie sich mit den Ellenbogen hier auf – sie weist auf eine Stuhllehne –, ich muß Sie rektal untersuchen.

Als er schon in der Türe steht, fragt Frau Dr. Kneiffke, haben Sie Arnheim gesehen?

Wo?

Im Fernsehen.

Wann?

Gestern.

Nein.

Kennen Sie ihn?

Ja, ich bin befreundet mit ihm, ach, gestern im Fernsehen?

Der Bettnachbar hat sich erhoben, behutsam, wie jemand, der nicht stören will, nun steht er da, unschlüssig, blickt zu Rohdorf, der sich ins Auspacken vertieft, macht Anstalten etwas mitzuteilen, blickt zu Rohdorf, der diese Absicht blockiert, fragt direkt, darf ich Ihnen behilflich sein, blickt zu Rohdorf, der mit einem Nein antwortet.

Der Nachbar verläßt rücksichtsvoll das Zimmer, die Türklinke wird vorsichtig eingerastet.

Ich will nicht stören, wird er gedacht haben und richtig hat er da gedacht, denkt Rohdorf, gleichzeitig wurmt es ihn, daß er darüber nachdenkt, was jener eventuell gedacht haben mag.

Rohdorf ist vergnatzt.

Als jener seine Hilfe anbot, hatte er, da er alleine sein wollte, beinahe mechanisch in Richtung Tür genickt, als Aufforderung, laß mich allein, nun verschwinde schon; nun ist er allein, nun ist jener verschwunden, kaum zu glauben. Verständnis auf den ersten Blick, es gibt noch Wunder. Rohdorf ahnt, daß hier, in den Wänden dieses

Zimmers, dieses stickigen kleinen Zimmers, ein Film übelster Art, ein Film übelster Klamotte ablaufen wird, nämlich zwischen zwei mit Dithranolsalbe oder Teer beschmierten Männern. Lustig anzuschauen und übel riechend. Und er hat eine Nase, einen Riecher ganz besonderer Art für Situationen und Gerüche: Schon als Zehnjähriger konnte er vor einer x-beliebigen Tür sagen, ob sich dahinter ein Zimmer oder eine Stube befand. Stube roch wie Kernseife, schmutziges Handtuch und Nachttopf zusammen, Zimmer dagegen langweilig, nach gar nichts, eben wie Zimmer. Rohdorf bewegt die Nase, er läßt Gerüche passieren.

Weit unter Stube, eher wie Stall, Salben- und Medikamentenstall, Gerüche nach nasser Baumwolle, Schmieröl, Hefe, Suchumi-Tabak, weiß der Himmel.

Er blickt sich um. Einige Fotos, Zeitschriften, ein kleines Radio, dessen Plastikgehäuse von einem Weckgummi zusammengehalten wird, auf dem Nachttisch Bleistifte in einem Pappbecher, Schreibpapier und eine Mappe, die so voll ist, daß sie droht sich von alleine zu öffnen, auf dem Tisch am Fenster.

Rohdorf trägt seine Waschutensilien zur Ablage über dem Waschbecken, deren linke Seite für ihn freigemacht ist. Er baut seinen Philipsrasierer ganz links auf, Zahnbürste, Zahnpasta daneben.

Der Rasierer ist mindestens zehn Jahre alt. Ein gerade hoch im Kurs stehender Regisseur hatte ihm einmal angeberisch gesagt: Ich habe zwölf Rasierer, von allen ist Philips der beste, und Rohdorf antwortete: Siehst du, und den habe ich gleich.

Er stellt fest, wie wenig er Neugier auf das verspürt, was auf dem vielen Papier in der Mappe zu lesen wäre. Eine Neugier, die ihn gewöhnlich nie verlassen hat, zum Beispiel unbemerkt einen fremden Brief, eine fremde Mitteilung zu lesen – jetzt nimmt er das Gegenteil wahr, er ist noch nicht einmal neugierig darauf, warum er nicht neugierig ist.

Nun hat er den Koffer bis zur Hälfte geleert. Ihm scheint mit dem Auspacken der anderen Hälfte eine Endgültigkeit in die bis dahin offene Entscheidung – bleib ich oder geh ich – gekommen zu sein, die ihm wie eine Erniedrigung vorkommt. Eine Entscheidung steht an. Er überlegt. Aber was soll's, ihm, Rohdorf, geht es nicht um weltbewegende Dinge, ihm geht es um den Inhalt seines Koffers, mit dessen weiterem Auspacken er knausert, er knausern muß, er möchte nicht brav und folgsam wie gemaßregelte Patienten in Reih' und Glied dastehen, er möchte die Freiheit haben, möglichst schnell abzuhauen, wenn es ihm ratsam erscheint; deswegen und nur deswegen schließt er den halbvollen Koffer und schiebt ihn auf den Schrank.

Übrigens, ich bin Schwester Karin, die Stationsschwester, sagt das ihm schon bekannte eingetrocknete Wunder. Hier die Hausordnung, bitte lesen und unterschreiben, und, einen Moment, sie verschwindet in der Tür, hier das Essen.

Vielen Dank.

Nichts zu danken. Ich bringe dann noch Kompott.

Rohdorf blickt aus dem Fenster. Vorsichtig beugt er sich über den Tisch, vorsichtig, um die Ordnung darauf nicht durcheinander zu bringen, den Blick will er kurz in den Himmel schicken, da hat er Auslauf, dickflusiges Grau schiebt sich vor seine Augen, die Sonne von eben war reine Propaganda.

Mag er es gewesen sein oder ein Luftzug, oder weil die Mappe so vielem Andrang von Papier auf Dauer keinen Widerstand zu leisten vermochte, jedenfalls die nach oben gebogene Mappe bewegt sich aufwärts, langsam erst, dann schneller, schließlich in Fahrt kommend platzt sie breit auseinander, wie eine Nutte legt sie sich hin.

Rohdorf mag nicht wissen, was in der Mappe ist, eine Anhäufung von Akten und Erinnerungsnippes, sicherlich, sie sollen nicht sein Geheimnis werden. Er findet es zum Kotzen, daß er von all diesem fremden Kram belästigt wird, der wie Fußangeln im Zimmer verteilt ist.

Nur ein Wunder könnte ihn neugierig machen.

Er wendet sich dem Essen zu. Eijei, eijei ...

Wie der Tag an seiner Stimmung festhält. Geruch nach brenzligem Öl und Zwiebeln. Aber wo sind eigentlich die Zwiebeln? Und um was für eine Art Fleisch handelt es sich? Hm. Hackbraten oder aufgeschnittene Boulette oder Brötchen in Kostüm und Maske, egal, nicht egal.

Hier wird wohl auf den Magenkatarrh eines sensiblen Patienten gepfiffen, möchte er in die Küche über den ganzen langen Flur rufen, das ist kein Hackbraten, das ist eine Kriegserklärung. Auch wenn man die Ausrottung von Krankheiten betreibt wie in diesem Hause, kann man doch manierlich kochen, oder?

Hier das Kompott, sagt Schwester Karin, na, Sie haben ja kaum etwas gegessen, hat's Ihnen nicht geschmeckt?

Doch, ausgezeichnet.

Warum essen Sie dann nicht auf?

Hören Sie, Schwester Karin, ich lasse mich lieber vom Hunger oder von Ihnen oder meinem Bettnachbarn ins Jenseits befördern, als daß ich diesen Fraß schlucke. Ich bin eben – und Rohdorf reicht ihr den fast gefüllten Teller zurück – auf dem Wege zur Gesundheit ein gutes Stück vorangekommen, ich möchte Sie fragen, darf man dieses gastliche Haus hin und wieder verlassen?

Das müssen Sie mit Frau Dr. Kneiffke besprechen.

Und Schwester Karin lächelt, und Schwester Karin blickt sich um im Zimmer, und Schwester Karin verläßt es.

Und Schwester Karin hat besonders die geöffnete Mappe betrachtet, glaubt Rohdorf bemerkt zu haben, als habe er in fremden Papieren in anderer Leute Geheimnisse herumgeschnüffelt und sei deswegen nicht zum Essen gekommen, er wird jedenfalls, wer auch immer was denken mag, die Mappe nicht anfassen, ums Verrecken nicht.

Na, wenigstens das Kompott haben Sie gegessen, sagt eine Schwester, die mit den Ellenbogen die Tür geöffnet hat, in den Händen Geschirr, die Rohdorf noch nicht kennt, eine kleine, flinke Schwester um die sechzehn herum, immer schön aufessen, sagt sie mütterlich, dann scheint auch die Sonne, wir müssen nämlich ordentlich essen, damit wir schnell gesund werden, und dann verschwindet sie, mit Rohdorfs Kompotteller, und beim Schließen der Tür flattern einige Zettel aus der Mappe des Nachbarn.

So also werden die alten Herren behandelt, denkt Rohdorf und erhebt sich, nun muß er ja wohl, er sammelt mißmutig die Zettel ein und legt sie auf den Tisch.

Er konnte es nicht verhindern, daß seine Augen einige

Silben aus einem großen Angebot von Wörtern aufgelesen haben, aber er hat verhindert, daß sie ganze Sätze hintereinander gelesen haben, um womöglich noch eine Andeutung von Sinn zu erfahren. Ihn überfällt ein Ekelgefühl wissen zu müssen, was der da denkt und schreibt.

Und dann geschieht das Wunder, ohne Ankündigung, ohne Dramatik, ohne Tragik: er steht vor der Mappe, blickt auf einen Zettel, zufällig, dann liest er, seine Ekelgefühle nicht wahrnehmend, liest und bemerkt es nicht:

Gespräch aus der Psychiatrischen.

Ich hab's deswegen notiert, weil der Patient, zeitweilig völlig normal, mir's erzählt hat. Er klammerte sich an mich, Alkoholiker wie ich, in der Psychiatrischen wie ich.

Pat: Ich habe nicht alle Tassen im Schrank, ich bin undicht, deswegen brauche ich unbedingt eine Flasche Vermouth, um mich auffüllen zu können. Ich bin heute nacht ausgelaufen.

Arzt: Erzählen Sie.

Pat: Ich bin heute nacht an Blutvergiftung gestorben.

Arzt: Weiter.

Pat: Ich bin der Zwillingsbruder von Jesus, habe ihn heute nacht ans Kreuz genagelt, und er hat geweint, ich habe ihm die Nägel wieder rausgezogen mit einer Kneifzange, Greifzange, dann waren wir beide traurig, und ich habe ihm gesagt, er solle mich auch ans Kreuz nageln, wegen der Gerechtigkeit, das hat er getan, zwischen die vierte und fünfte Zehe, was die Füße angeht, zwischen Daumen und Zeigefinger, was die Hände angeht, aber er hat einen Fehler gemacht, es hat nämlich geregnet, geschüttet wie aus Eimern, er hat mich mit normalen Nägeln angenagelt, während ich bei ihm Zinknägel genommen habe, verschiedene Sorten haben wir immer bei uns, falls einer mal krumm geht, und weil's bei mir geschüttet hat wie aus Eimern, sind meine Nägel gerostet, der Rost hat mein Blut braungefärbt, lauter rostige Suppe ist mir rausgeflossen, Blutvergiftung, daran bin ich gestorben, mein Bruder hat gesagt, dein Blut riecht süß, wie Vermouth, du hast deinen Vermouth verloren, du vermouthest. Und nun bitte ich um eine Flasche Vermouth, damit ich mich wieder auffüllen kann, damit ich ...

Die Tür wird von Rohdorf unbemerkt geöffnet, der Nachbar staunt, zögert und bleibt stehen, während Rohdorf in aller Seelenruhe weiterliest und ... plötzlich ... sieht er den Nachbarn in der Tür, der Nachbar ihn mit dem Zettel in der Hand und dann geschieht alles auf einmal: Ein Windstoß, die Tür fliegt auf, der Nachbar stemmt sich gegen sie, vermag sie zu schließen, in Sekundenschnelle fliegt das viele Papier durchs Zimmer, verteilt sich über den Boden, der Nachbar lächelt und sagt: Das flatterte eben wie weiße Vögel durchs Zimmer, übrigens wir haben uns noch nicht vorgestellt, ich heiße Nießwandt, und Rohdorf völlig aus dem mißgelaunten Konzept gebracht, Rohdorf, dann gibt er noch seinen Vornamen preis: Horst, Horst Rohdorf.

Arno, Tagebuch.

Es wird Frühling, die Sonne scheint, Rasen und Bäume werden grün, einige Segelboote auf der Müggel, es ist schön bei uns. Wer in unserm Hause sitzt, weiß, daß dieses Haus keine vorübergehende Bleibe sein sollte, hier wollte ich erst unter dem Deckel weg, und dann sollte es für unseren Sohn Christoph sein.

Ich sitze mit meiner Frau Katharina, Kath genannt, ihrer Schwester Bettina am nachmittäglichen Teetisch, das Notwendige wurde berichtet.

Die Genossen fanden mein Haus auch schön, sehr sogar, keiner wird glauben, daß ich es aufgeben werde. Mein Sohn Christoph ist im Kindergarten, er ist drei Jahre – für ihn ist die Welt nicht weiter als der Weg vom Akazienweg 14 bis zum Kindergarten und zurück – gleich wird er gebracht werden, dann ist die Ruhe im Hause vorbei, er hat die Machtfrage zu seinen Gunsten geklärt. Hier kann er 'rumtoben, hier atmet er gesunde Luft, wie wird er es später haben?

Als ein wichtiger Genosse mich am 27. November um 24 Uhr zu einem Gespräch holen wollte, wieder mal eins von diesen vielen Gesprächen, sagte er, so ein Haus willst du besitzen dürfen, ohne Partei und Staat dafür dankbar sein zu wollen? Überhaupt war dies eins der Hauptargu-

mente, gerade ihr, ihr habt doch so viel verdient, ihr konntet euch doch alle Wünsche erfüllen, schon aus Dankbarkeit müßtet ihr den Bürgern der DDR ein Vorbild sein. Es waren zirka Dutzend Gespräche, die ich führte, sie hatten eine bemerkenswerte Choreographie. Die Gespräche verliefen folgendermaßen:

Erstes – ich saß bei Leo Hans im Vorzimmer – dann Gespräch,

zweites – ich saß mit Leo Hans im Vorzimmer von Knebel – dann Gespräch

drittes – ich saß mit Aderhold im Vorzimmer von Borkowski – dann Gespräch.

Schluß.

Zwei Gespräche hätten nur noch folgen können:

Ich sitze mit Borkowski im Vorzimmer von Laskowski – dann Gespräch, ich sitze mit Laskowski im Vorzimmer von Gottvater – dann Gespräch.

Mein erstes mit Leo Hans –

er rief mich am 20. November, einen Tag nach meiner Unterzeichnung, an – um acht Uhr.

Hier Leo Hans,

ich, noch verschlafen, was gibt's denn?

Hast du Sorgen, hast du was auf dem Herzen, er sagt das so schonend und leise, wie das für einen Verschlafenen um acht Uhr nötig ist.

Ich möchte dich gleich sprechen, wir müssen um halb elf bei Knebel sein.

Muß das sein, können wir uns nicht bei Knebel treffen?

Komm bitte, ich möchte dir einige Neuigkeiten mitteilen. Wir treffen uns um neun Uhr in der Jofa, er möchte lieber draußen sprechen, wir spazieren im Johannisthaler Park, in der Nähe der Engelhardtstraße, in der ich sieben Jahre gewohnt habe.

Leo spricht leise, jedes Gespräch mit ihm ist ein Geheimnis. Schon Guten Tag sagt er so leise, daß man sich umschaut, ob man nicht vielleicht belauscht wird.

Warum willst du deine Karriere versauen, die Regisseure werden mit dir nicht mehr arbeiten, keiner, ich kenne sie. Wir gehen ein Stück schweigend. Mit dieser Unterschrift hast du dich in die große Politik eingemischt, das wird man dir nicht verzeihen.

Er bleibt stehen, kommt dicht an mich ran, ich halte die Luft an, ich befürchte schlechten Atem.

Stell dir vor, sagt er, Borchert läßt deinetwegen den Mehrteiler nicht aufführen, du bist tot, weg, begreifst du nicht, daß die Genossen von der Sicherheit hinter dir gestanden haben, du bist ein Idol für sie gewesen, du bist für sie Danjock, einer von ihnen, verstehst du, und jetzt ein Klassenfeind, sie sehen in dir einen Klassenfeind, ich muß das mit aller Offenheit sagen, noch einen Deut leiser:

Was ich sage, ist egal, was sie sagen, ist wichtig, und die sagen was, darauf kannst du dich verlassen.

Ich fühle mich ziemlich beschissen, warum habe ich mich auf dieses Gespräch eingelassen.

Er bietet mir ein Ich-will-dir-helfen an, in ihm muß eine Menge vorgehen, er sieht verzweifelt aus, sei nicht dumm, widerrufe, er macht erneut Halt, kommt dichter an mich heran, ich weiche zurück, die Distanz wird mir unangenehm. Wir haben »Wölfe« gemeinsam gemacht, wir sind zwanzig Jahre befreundet, ich kann, er blickt mir in die Augen, ein Gespräch mit Borchert arrangieren.

Ich bin zu blöd, jetzt wird mir klar, daß Leo für die Stasi arbeitet. Alles, was wir sagen, bleibt unter uns, sagt Leo.

Ich: Ich bin bei Rot auf der Kreuzung, jetzt muß ich rüber. Ich weiß nicht, warum ich das sage, es war raus, bevor ich es anhalten konnte.

Leo hat das Gespräch nicht unter uns gelassen.

Am nächsten Tag sagt Gerd Dreyer: Sei vorsichtig mit Allegorien, wenn du bei Rot auf der Kreuzung bist, dann bist du verkehrt, aber wir sind richtig.

Leo und ich müssen zur Jofa zurück, es ist kurz vor 11, er erklärt mir die Weltlage, die Bedeutung der Westmedien, und versucht, mir immer wieder Angst zu machen. Kein Wort, welche Gründe ich zum Unterschreiben hatte, die Nöte und Sorgen vom Telephonat waren Floskeln.

Um 11 sitzen wir gemeinsam im Vorzimmer von Knebel, wir müssen warten, Leo macht erneute Versuche, er spricht auf mich ein, gedrängt, gerafft, er habe die besseren Argumente als Knebel, deswegen wollte er mich vorher sprechen, außerdem haben fast alle schon widerrufen, Hartwig zum Beispiel, und, und, und, er nennt Personen, von denen ich gar nicht wußte, daß sie unterschrieben haben, dann sagt er: In diesem Augenblick werden etwa zwanzig ihre Unterschrift zurückziehen, darunter auch deine Freunde, willst du der letzte sein?

Ich gebe zu, daß mich diese Nachricht schockiert. Woher weißt du?

Er lächelt vielsagend, hebt die Arme und läßt sie fallen.

Vielleicht will ich der letzte sein, sage ich.

Mir wird klar, daß der Bluff seine Wirkung hat.

Bei Knebel.

Kaffee oder Tee? Kaffee.

Er ist exakt gekleidet, dunkelblauer Blazer, rotgestreifte Krawatte, blaues Hemd, hellgraue Flanellhose, etwas von einem ewigen Abiturienten. Er blickt uns beide durch seine dunkelgetönte Brille an, sein Blick bleibt bei Leo hängen, er hofft, die Angelegenheit hat sich erledigt. Leo sieht nicht optimistisch aus, Knebel hat sich mehr erhofft, das Gespräch war offensichtlich vereinbart, er wirkt überfordert.

Was machen wir nun, er blickt mich an.

Leo sagt, die Neuigkeiten weiß er, er braucht bloß auch zu widerrufen.

Blicke folgen. Blick von Knebel zu Leo.

Knebel: Wir wollen Sie nicht quälen. Sie brauchen nicht unbedingt zu widerrufen.

Blick von Leo zu Knebel – Knebel hat die neueren Instruktionen.

Es genügt, wenn Sie uns etwas Schriftliches geben und uns darin mitteilen, daß Sie es bereuen, Ihre Unterschrift den Westmedien übergeben zu haben, und wenn Sie Ihre positive Haltung zur DDR kundtun.

Offensichtlich hat keiner widerrufen. Leo hat die Unwahrheit gesagt, ich sehe ihn an, er blickt weg.

Sicherlich hat Ihnen der Genosse Hans, kleine Pause, dann lächelnd, oder Leo alles Nötige gesagt, die Westmedien machen ein Riesentamtam, und Ihr Name wird besonders häufig mißbraucht. Mir liegt eine Flut von Telegrammen, Telephonaten und Briefen aus der Bevölkerung vor, aus allen Teilen der Republik, er blättert in irgendwelchen Papieren rum, die erschüttert und empört zugleich sind, daß so bekannte Schauspieler wie Sie, ein

Blick auf mich, ihren Namen für den Klassenfeind hergeben, und wir wollen verhindern, daß die Westhetze eine Barriere zwischen der Bevölkerung und den Künstlern errichtet.

Er steckt sich eine Zigarette an.

Wollen Sie rauchen?

In besonders kniffligen Situationen rauche ich, obwohl ich Nichtraucher bin, diesmal sage ich nein.

Ich sage, ich habe meinen Namen in den Westsendern noch nicht gehört, ich bin erst drei Tage später dazugekommen, nämlich am 19. Auch jene haben meinen Namen nicht gehört, die sonst immer alles hören und wissen.

Knebel greift zum Telephon, wählt eine zweistellige Nummer, fragt, wie oft mein Name in den Westsendern genannt worden ist.

Eine ziemlich lange Pause, sein Auge ruht auf mir, dann – gestern nacht zum Beispiel sind Sie genannt worden, er weiter ins Telephon, rufen Sie an, wenn Sie den Namen Arno Arnheim überhört, übersehen haben sollten.

Nun bin ich dran: Gestern nacht bin ich einmal genannt worden, vielleicht bin ich einmal übersehen worden, und heute eine Flut von Protestschriften aus der Bevölkerung?

Es entsteht eine Pause, dann folgt von Knebel eine freundlichere Wiederholung von dem, was ich schon gehört hatte. Von den meisten haben wir schon etwas Schriftliches, wir haben auch eine Reihe von Widerrufen.

Und wenn ich nichts Schriftliches gebe, sage ich.

Knebel bereitet das Gespräch Schwierigkeiten, er muß jetzt nämlich sagen, daß ich dann nichts mehr zu spielen bekomme, er will sowas Unfeines aber nicht sagen, wenn überhaupt, will er es fein sagen.

Wir wollen verhindern, daß das Publikum Sie nicht mehr sehen mag, und das Publikum hat doch ein Recht zu erfahren, und zwar von Ihnen ganz persönlich, daß Sie zu uns gehören.

Ich sage: Ich möchte nicht.

Knebel: Warum nicht?

Weil ich nicht glaube, daß die anderen widerrufen haben: Dann erzähle ich eine Menge über die Gründe, die mich bewogen haben zu unterschreiben. Ich erzähle viel, das Ventil ist geöffnet, ich fließe aus, es dauert lange, am

Ende stehe ich auf und verabschiede mich. Ich stehe in der Tür, Knebel hält mich zurück, wenn Ihr Name heute noch zwei- oder sagen wir – paarmal genannt wird, dann haben Sie doch einen Grund, sich schriftlich zu distanzieren. Knebel tut mir leid. Ich gebe ihm die Hand, dann Leo. Leo sieht mich geschäftstüchtig an: Arno, willst du denn unbedingt der Letzte sein?

Knebel ruft mich einige Tage später um dreiundzwanzig Uhr an.

Morgen um neun Uhr bitte bei Genosse Franz Aderhold sein.

Wie bitte?

Beim Genossen Aderhold.

Wann?

Um neun Uhr.

Das geht nicht, morgen drehe ich.

Was drehen Sie denn?

Den DEFA-Film »Kilometerstein 77«.

Das macht nichts, kommen Sie bitte pünktlich um neun Uhr.

Ich kann Ihnen nicht zusagen, das müssen Sie mit der Produktion klären.

Ich rufe Sie in zehn Minuten an.

Nach zehn Minuten: Seien Sie bitte um neun Uhr beim Genossen Aderhold, Professor Riegert weiß Bescheid.

Wer die Produktionsverhältnisse bei der DEFA kennt, weiß die Ungeheuerlichkeit dieses Vorganges besonders einzuschätzen, normalerweise läßt sich bei der DEFA alles verschieben, nur kein Drehtag.

Knebel und ich um neun Uhr im Vorzimmer von Aderhold.

Die Zimmer werden größer, Kaffee oder Tee bleibt.

Diesmal Tee.

Aderhold sieht aus wie ein Entertainer, mit störrischen Haaren, die nach vorne gebürstet sind, und etwas zu langen buschigen Koteletten.

Er schäumt.

Aus dir mache ich ein Nichts, du wirst mein Gelände nicht mehr betreten. Denkst du, es macht mir Spaß, mich mit euch arrogantem Pack abzugeben? Wer seid ihr denn, macht Politik, ihr seid doch viel zu blöd, um Politik zu machen. Was weißt du schon von der Weltlage, von unserer Wirtschaftslage, und dann geht Ihr zum Klassenfeind, die Westmedien benutzen, ich könnte dir den Einzelvertrag um die Ohren hauen, den ich dir besorgt habe – mit den Kleinen gebe ich mich gar nicht ab, die fliegen raus, aber ihr, wer hat euch denn groß gemacht, ich war das, ich, und euren Barden könnt ihr vergessen, der ist in einer Woche ein Nichts, das Nichts schnippst er mit den Fingern.

Ich hatte mir viele Möglichkeiten des Gesprächsanfanges ausgerechnet, auf keinen Fall diesen Furioso-Anfang, viel eher etwas Freundschaftliches, etwas Gemeinsames erwartet – mein Inneres streikt, es macht, was es will, es kommt keine Wut in mir hoch, keine Furcht, kein Beleidigtsein, das Gegenteil geschieht, ich werde heiter, ich schlürfe absichtlich laut den Tee.

Was wißt ihr schon von uns Funktionären, Pause, glaubst du, ich verdiene so viel wie du – wir machen die tägliche kleine undankbare Arbeit, eine nichtendenwollende Flut von Beschimpfungen folgt, sicher sind es die Nerven, ich höre ihm nicht zu, ich sehe ihm zu.

Sein Gesicht ist rot, der Aufruhr verändert es, ich finde, da sind zuviel Haare und zuwenig Gesicht, die Proportionen haben sich verschoben, irgendetwas stimmt nicht, was ist es nur, ich glaube, es zu erkennen, eine Kotelette ist viel kürzer als die andere, ich höre mich sagen, du mußt die linke Kotelette kürzen, die ist zu lang, sicher habe ich das nicht gesagt, aber Aderhold sieht mich an, wie das siebte Weltwunder, er verschwindet im Vorzimmer, kommt mit einem Zettel wieder.

Also du bist zu feige, alleine was Schriftliches abzugeben?

Mit wem willst du?

Er wartet die Antwort nicht ab, nimmt einen Kugelschreiber vom Tisch, beginnt, auf seinem Zettel Namen zu unterstreichen, dabei murmelt er.

Hier, Hillig und Kollar, die wollen auch, er unterstreicht, hier Müller, Kammer, nennt Namen von Kollegen, unterstreicht sie.

Ich sage: Und Rahn?

Der nicht, der ist verrannt.

Und Dreyer?

Dreyer ist auf einem verkehrten Weg.

Dreyer ist auf dem verkehrten Weg, auf dem Rahn verrannt ist, dann sage ich: Ich würde gern mit Borkowski sprechen.

Der will euch bald nicht mehr sehn, er setzt sich auf meine Sessellehne, pufft mir in die Seite, mußtest du das machen? Gerade du, mit dir war doch nie was, nie.

Ich verstehe, der Schluß soll versöhnlich werden.

Du verdienst bei mir viel Geld, hast eine Frau, ein Kind, ein schönes Zuhause, was willst du denn noch, er ist freundlich, einige Nuancen zu freundlich.

Meine Heiterkeit ist gegangen, ich sage: Ich würde gern die Hälfte verdienen oder auch nur ein Drittel, wenn wir gute, ehrliche Filme machen könnten, wenn wir uns so benehmen könnten wie Achtzehnjährige, nämlich mündig.

Ich sage das so scharf wie möglich, er winkt ab.

Ach, hör doch auf. Für ihn ist die Sache abgeschlossen, er schlürft den letzten Schluck Tee. Ich ebenfalls, dann gehe ich. Ich ziehe mir den Mantel an, Knebel kommt hinterher.

Sie möchten bitte morgen um 11 beim Genossen Borkowski sein.

Morgen drehe ich in Prag.

Er verschwindet, kommt wieder.

Wann können Sie?

In drei Tagen.

Gut, in drei Tagen, um 11 im Zentralkomitee.

Ich muß unterbrechen, Stefan Schwerwinski kommt. Er hat es eilig, erzählt Witze, will gehen, bleibt noch etwas. Viele seiner Erzählungen fangen mit der Frage an, habe ich dir eigentlich schon die Geschichte erzählt?

Welche?

Er wirft die ersten Sätze hin, dann weiß man, ob man sie kennt oder Lust hat, die Geschichte in Variation nochmal zu hören, er hat viele davon im Kopf, die meisten häufig erzählt, die Pointen sitzen, man versteht, es ist schwer für ihn, sich zu merken, wem er welche schon erzählt hat.

Kath und Bettina blicken durch die große Scheibe auf

die Müggel. Die »Bertolt Brecht« fährt vorüber, man hört Fetzen von Blasmusik, sicherlich eine Betriebsfeier.

Stefan wendet sich an Kath.

Habe ich dir schon die Geschichte von der Werra erzählt?

Ja.

Stefan mit etwas weniger Einsatz zu mir: dir?

Ja.

Er hat die Lust an der Geschichte verloren. Bettina möchte sie hören.

Er kämpft einen Augenblick mit sich, ob er sie überhaupt noch erzählen soll, dann tut er's aus Höflichkeit, die Geschichte wird Routine, das Setzen der Pointen Nebensache, eine Pflichtübung.

Die Werra hat dort, wo sie in die Fulda fließt, den siebenfachen Salzgehalt des Toten Meeres. Dort gibt es keinen Fisch, kein Lebewesen, das Wasser ist tot. Irgendjemand wird auf den genialen Gedanken kommen, an dieser Mündungsstelle Salzwasserfische auszusetzen, das Wunder wird geschehen, die Fische werden das Wasser nicht nur vertragen, sondern sich auch noch sauwohl fühlen. Das ganze Glück wird allerdings nur eine Woche dauern, von montags bis samstags (montags hatte man die Fische ausgesetzt), denn samstags und sonntags arbeiten die Betriebe in der DDR, die ihre Abwässer in die Werra leiten, nicht, und wenn die Abwässer die Werra nicht gleichmäßig salzen, entstehen Süßwasserschübe, und daran werden die Salzwasserfische zugrunde gehen.

Am Ende bekam Stefan doch noch ein bißchen Lust auf die Geschichte und fragt Bettina, ist das 'ne schreckliche Geschichte? Bettina ist mehr von Stefan fasziniert als von der Geschichte. Ich sage, wir sollten anfangen, auch in der Müggel Salzwasserfische auszusetzen, das Wasser wird mit jedem Jahr brauner und undurchsichtiger und sicher auch salziger. Stefan hat nicht zugehört, wie häufig, seine Hände drehen ein Stückchen Papier zu einem Röllchen.

Es entsteht eine Pause, er merkt, daß ich auf seine Hände gucke. Stefan ist ein leidenschaftlicher Erzähler und ein leidenschaftlicher Nichtzuhörer.

Weißt du, sagt er, meine Frau hat mir zu Weihnachten ein Päckchen geschenkt, als ich es öffne, sind zwei linke

Handschuhe drin – die blöde Gans mußte zwei Paar Handschuhe für diesen Gag kaufen –, weil sie schon immer der Meinung war, ich hätte zwei linke Hände. Er verabschiedet sich, das war ein guter Abschluß, die Geschichte neu.

Ich sehe auf die Müggel, diesen schmutzigen See, den ich mag. Er hat für mich eine ähnliche Bedeutung wie mein Telephon, man ist mit der übrigen Welt verbunden, *zum Beispiel Australien, wenn man will und* kann – *Dahme, Seddinsee, Oder-Spreekanal, Oder, Ostsee, von da aus kann man sich's aussuchen. Die Weide wird grün, sentimentale Gefühle steigen in mir hoch. Ich will nichts von der Müggel wissen, auch von den drei Bäumen nicht, die auf meinem Grundstück stehen, der Weide und den beiden Eichen. Es gibt in der Literatur so viel Baumgeschichten, daß ich bereit bin, auf die Geschichte meiner Bäume zu verzichten, nur soviel, die beiden Eichen heißen Marx und Engels. Es gibt keinen besonderen Grund dafür, irgendwann hießen sie so, Marx wegen seiner Standhaftigkeit.*

Als am 12. November 1972 ein Versicherungsbeamter bei mir saß, meinte er, ich solle mich unbedingt gegen Sturm versichern lassen, bei diesen dicken Eichen vor dem Haus. Stellen Sie sich vor, eine fällt um, die macht doch frühestens im Keller halt.

Die stehen schon an die hundertfünfzig Jahre, da werden sie die nächsten dreißig auch noch schaffen, sagte ich. Am nächsten Tag war ich nicht mehr meiner Meinung.

Der 13. November 1972 begann mit einem Sturm, wie ihn Deutschland bis dahin noch nicht zu spüren bekommen hatte, außer genau hundert Jahre früher, am 13. November 1872. Dächer wurden abgedeckt, Bäume wie Streichhölzer geknickt, meine Eichen kämpften um ihr Leben.

Als der Sturm weitergezogen war, die Eichen zerzaust dastanden, einige Äste hatten sie abgeben müssen, hatten wir eine neue Beziehung zu ihnen, sie hatten unser Leben geschont. Und sie schienen auch zufrieden mit sich, wie Gaukler nach ihrem Auftritt, na, wie warn wa?

Okay wart ihr.

Seitdem hieß die dicke Marx und die andere Engels.

Darf ich bekanntmachen, Horst Rohdorf, Dramaturg, Neuzugang vor drei Tagen, Dr. Schmitter, Chemiker, wird in der nächsten Woche entlassen. Ich werde um ihn trauern, sagt Nießwandt, denn er ist der geistige Mittelpunkt der Männer 3b.

Was hat er, fragt Schmitter, auf Rohdorf weisend.

Eine Psoriasis, im Anfangsstadium, antwortet Nießwandt, wenn er Glück hat, wird er damit fertig, psychisch wie physisch. Dann wünsche ich Ihnen viel Glück, sagt Schmitter, der Rohdorf fünf sehnige knochige mit Sommersprossen übersäte Finger hinhält. Rohdorf drückt sie, ohne daß eine Erwiderung stattfindet, fünf leblose Finger, klamm, unangenehm.

Rohdorf reibt die Innenfläche der Hand auf dem Oberschenkel, als könnte er die Berührung wegwischen, die ihm vorkam wie ein Griff aus dem Jenseits, als wäre er in der Reihe derjenigen, die als *Nächste* dran sind, der *Nächste*. Nein, er will nicht, er will noch zurück ins Leben, es verlängern, so wie er als Zehnjähriger glaubte, sich das Leben verlängert zu haben, als er, trotz Gelächters seiner Badefreunde, nicht vom Zehn-Meter-Turm gesprungen ist, sondern ihn per Treppe verlassen hat, er war viel zu feige, der Turm viel zu hoch; heute hat er einen Akt des Mutes daraus gemacht, heute sagt er, er hatte damals den Mut gehabt zuzugeben, daß er feige war, man braucht eben nur Zeit, um aus Feigheiten Heldentaten zu machen.

Rohdorf kommt nicht zum Weiterdenken, denn Nießwandt sagt: Mit Dr. Schmitter begann das Phosgenzeitalter, die Chemie als Wunderwaffe gegen menschliches Versagen im allgemeinen, und gegen Ekzeme im besonderen, ha, ha, ha, und während Schmitter eine ausführliche Erwiderung beginnt, macht Rohdorf Beobachtungen, (die er eigentlich nicht machen wollte): Nießwandt will mit dieser Einführungsattacke die freundschaftliche Beziehung der beiden demonstrieren, er greift den Papst an, um an der Art des Umganges zu beweisen, er sei mindestens Kardinal. Wer ist besser, wer hat mehr recht. Ein Spiel um die führende Position. Wäre der gegenseitige Respekt aufzuwiegen, würde vermutlich Nießwandts Teil schwerer ausfallen, vielleicht auch nicht, Rohdorf ist sich da nicht sicher. Obwohl Nießwandt gestern sagte:

Ich stelle Ihnen morgen Schmitter vor, den dürfen Sie sich nicht entgehen lassen, ein wandelndes Lexikon, Doktor der Chemie, ein liebenswertes Schlitzohr, acht Söhne, ein Spieler wie ich, nur besser, eine Autorität und ein Original, der wird keine Sekunde langweilig, mir ist es gleich, ob ich ins Kino, Theater oder zu Schmitter gehe, so einer ist der, kommen Sie mit, und Rohdorf ging mit, einsehend, daß es zwecklos sein wird, sich zu wehren, der Berserker Nießwandt stürmt die Festung Rohdorf, außerdem war er gespannt.

Und nun kann Rohdorf die Augen nicht von Schmitter lassen. Ein faszinierendes Gesicht, er hätte es nicht für möglich gehalten, daß soviel Knitter in das kleine Oval passen würde, und Rohdorf unterbricht seine Blicke, die den Hautserpentinen Schmitters in den Kragen eines nagelneuen Bademantels, blau-rot gestreift, folgen wollen, denn Schmitter fragt, heiser und nebenbei:

Was spielen wir? Schach?

Nein, antwortet Nießwandt.

Skat?

Nein.

Was dann?

Wir erzählen Geschichten.

Wahre?

Muß nicht sein.

Einverstanden.

Ich fange an, sagt Nießwandt ...

Und Rohdorf kann sich nicht von Schmitters Gesicht trennen; seine Blicke nehmen die Verfolgung der Hautserpentinen wieder auf. Großporige Nasenflügel. Die Backenknochen bewegen sich im Knitter, wie Knie unter einer Decke. An diesem Kopf ist so viel Haut verschwendet worden, daß sie getrost für zwei Schädel dieser Größe gereicht hätte. Alles in diesem Gesicht fällt abwärts, die Wangen beidseitig, der Hals unterm Kinn, die Wülste über den Augen. In den Sehschlitzen wache Augen, die ihr Eigenleben zu haben scheinen, Löcher im Knitter. Obrassowpuppe.

Ein schlechtsitzendes Gebiß hat unter der Nase Falten eingekerbt, geraffte Haut, wie vom Polsterer. Er lächelt beim Zuhören. Als wäre er überlegen. Nach gelungenen

Geschichten kichert er, und Rohdorf blickt ihn mit Sympathie an, dieser Dr. Schmitter ist fabelhaft, denkt er, denn fabelhaft sagt gerade Schmitter, der mit Nießwandt Geschichten wie Witze produziert, die Rohdorf verpaßte.

... dieser Komödiant, war also ganz fabelhaft, nicht wahr, sagt Schmitter, vielleicht war er in einer Situation (er blickt Nießwandt an), die der Ihren glich, er räumte sein einziges Zimmer aus, nicht wahr, malte an die Wände Logen und Parkett, er konnte ja ganz fabelhaft malen, und auch sein Publikum malte er hinein – äh – ein Publikum, welches er sich sein ganzes Leben erträumt hatte, also Lenin, Stalin, Goethe, Tolstoi, Shakespeare natürlich und schöne Frauen, nicht wahr, und dann spielte er dreimal wöchentlich Theater, immer um 19.30, seine Vorstellungen von Vorstellungen, er lebte in seiner Welt und die gab's nur in seinem Kopf, hin und wieder kamen auch leibhaftige Zuschauer und mischten sich unter die gemalten – äh – Beifall kam und Schmitter steht auf, Beifall kam von einem Tonband, nicht wahr.

Nießwandt wirkt nachdenklich, schließlich sagt er, genialer Einfall, ein Gaukler, der sich vom Publikum unabhängig gemacht hat, Beifall, den man in der Hand hat, wenn das Schule macht, nicht auszudenken.

Ja, wirklich ganz fabelhaft, nicht wahr, sagt Schmitter und setzt sich wieder und kichert aus ganzer Seele und ansteckend, selbst Rohdorf verzieht ausdrucksvoll den Mund, voller Bewunderung für Schmitter, und er erinnert sich an eine Begegnung mit Arno, als er, um Arno zu imponieren, neunjährig waren sie, sich stundenlang vor einen Spiegel stellte, um sich nach einem Foto von Johannes Heesters Falten ins Gesicht zu drücken. Männlich wollte er aussehen, auf die verlängerten Grübchen kam es ihm besonders an. Er hatte so gequetscht, daß sein Gesicht ganz rot war. Aber männlich sah er aus.

Auf dem Exer (wo Arno Fußball spielte) trafen sich beide: Sie blickten sich an und Rohdorf fühlte sich von innen heraus unendlich stark, anblicken solange, bis Arno wegblicken muß, siegen, das wollte Rohdorf, doch Arno lachte, und Rohdorf biß sich auf die Lippen, nur nicht mitlachen, sonst ist die ganze faltige Männlichkeit im Eimer, und Arno sagte, du siehst heute ganz besonders bescheuert aus. Rohdorf findet sich verspätet zum Zuhören ein. Nießwandt, der dran ist, sagt gerade:

... Dr. Kneiphoff redete nämlich seinen Mitarbeitern ein, sein Ohr würde schwellen, sobald es erfahren müßte, was es nicht zu hören wünschte. Also bis auf die Größe einer Untertasse würde es schwellen, so, daß er es mit einer Hand gar nicht mehr abdecken könne, und das sei peinlich. Tatsächlich war ein Ohr, wenn man genau hinblickte, etwas größer als das andere, aber wer sieht das schon, wer vergleicht schon ohne Grund die Ohren miteinander, aber Dr. Kneiphoff sagte, sehen Sie sich meine Ohren an, kommen Sie ruhig dichter ran, also bitte, was sehen Sie, Sie werden sehen, daß das linke größer ist als das rechte, und weswegen, das werde ich Ihnen sagen, sagte er zu seinen Mitarbeitern, weil ich links hören muß, was ich nicht will, das werd ...

Ein Blitz beendet die Geschichte, kurz hinterher der Donner.

Sehen Sie mal, was da draußen los ist, ruft Nießwandt, das schüttet wie aus Eimern, als käme eine neue Sintflut.

Böiger Wind drückt die Zweige der dünnen Birke an die Scheibe, auf die der Regen prasselt, als wolle er sich auch über die Netzhaut ergießen, man wischt unwillkürlich über die Augen, um den Blick zu klären; das Wolkenbruchlied fällt Rohdorf ein, das er seinen Mädchen schrieb.

Wind bringt Regen in das Land
macht die Stadt zum Meeresgrund
und die Erde dreht im Wasser
sind nun Fische Katz und Hund

Ist ja ganz fabelhaft, nicht wahr, was da an Regen auf die Erde fällt, geht auf keine Kuhhaut, das muß durch Milliarden Tonnen von Kohlenstoff, die Engel müssen ja aussehen wie die Kohlenträger, der Himmel nicht voller Geigen, voller Kohlendioxyd, nicht wahr, sagt Schmitter und ... Donnerwetter, sagt Nießwandt, denn ein Blitz bohrt sich durch die Wolken zur Erde, und Donnerwetter, sagt auch Schmitter, und schon donnert's, als solle die

Welt gespalten werden. Jetzt hagelt's, sagen Schmitter und Nießwandt gleichzeitig: und Schmitter alleine weiter, alle Wetter auf einmal, nicht wahr, Donnerwetter.

Alle Wetter auf einmal, wiederholt Nießwandt und sitzt fassungslos da, und Rohdorf beginnt, ob er will oder nicht, die beiden zu vergleichen, faszinierend, alte Männer wie Kinder. Schmitter sitzt aufgerichtet da, wie ein Feldherr, der seine Schlacht beobachtet. Sein Alter ist nicht zu schätzen, er kann siebzig oder hundert sein; er kann genau so gut zweihundert sein.

Nießwandt ist dagegen das blühende Leben, der die Worte nur mit Mühe zurückhalten kann. Der Himmel interessiert ihn, die Geschichten interessieren ihn, das Spiel interessiert ihn, ihn interessiert alles. Rohdorf argwöhnt, daß Nießwandt hin und wieder die Rolle des Unterlegenen übernimmt, um Schmitter bei Spiellaune zu halten; dann behauptet er Unrichtigkeiten, damit Schmitter die Berichtigung kassieren kann. Zwei alte Männer, zwei Kinder. Und plötzlich hat Rohdorf den Verdacht, Nießwandt habe bei ihrer ersten Begegnung die sich selbständig öffnende Mappe organisiert, arrangiert, aus Spiel, aus Jux, aus wer weiß was ...

Gerade weil es zu keinen weiteren Peinlichkeiten geführt hatte, als Rohdorf an der Mappe ertappt wurde, lediglich Nießwandts Beharrlichkeit fiel auf: Der Durchzug, dieser verdammte Durchzug sei schuld daran, der hier immer etwas anrichtet, wenn im Korridor die Fenster geöffnet werden. Rohdorf wurde rot bis zu den Ohrenspitzen. Während sie die Zettel einsammelten, befürchtete Rohdorf, Nießwandt könne eine Erklärung abgeben, was es mit dem vielen beschriebenen Papier auf sich habe. Tatsächlich, als sei Rohdorfs Gedanke nur der Anstoß für eine Antwort, sagte Nießwandt, ich schreibe alles auf, was mir durch den Kopf geht, natürlich nicht alles, sondern nur jene Gedanken, von denen ich glaube, sie seien etwas wert. Gedanken wie Fische sind mir genügend ins Netz gegangen, suche ich mir die besten heraus, Gedankenaufschreiben als Therapie. Ich schreibe meist Annehmlichkeiten auf, das heißt zuerst sind es erlebte Unannehmlichkeiten, die ich während des Aufschreibens umgestalte, umforme zu Annehmlichkeiten, zu Heiterkeiten, so gesunde ich, jede kleine Aggression eine Zeile, jede große eine Geschichte. Die heitersten Geschichten sind entstanden, wenn es mir am schlechtesten ging, mittlerweile haben sie kaum noch etwas mit mir zu tun, sie haben ihr Eigenleben bekommen. Sie können darin lesen, ich habe keine Geheimnisse, ich habe es mir abgewöhnt, welche zu haben, und wer mich nicht kennt, wird in diesen Geschichten kaum etwas über mich erfahren. Also, wenn Sie wollen, und Rohdorf beeilte sich, danke zu sagen, unklar lassend, ob es sich um ein ja oder nein handelt.

Rohdorf wehrte sich zunächst gegen Nießwandt nach allen Regeln der Kunst, er antwortete kaum, bemühte sich, die freundlichen Allegretti Nießwandts auf trostlose Andanti zu bringen, kurz, er versuchte, dessen Mitteilungsbedürfnis zu stoppen. Nießwandt sagte, Ihnen geht es wie es mir ging, am Anfang sperrt man sich, dann hört man damit auf, Sie werden sehen, ich habe da meine Erfahrungen.

Mit einem Danke nahm Nießwandt das von Rohdorf eingesammelte Papier, legte es neben die Mappe, schob den Bauch, der wie ein Ball in der Bauchnabelgegend das Hemd auseinanderpreßte, über den kleinen Tisch und sagte: Mit mir können Sie Pferde stehlen, und Rohdorf dachte, ich bin auf den Pferdefuß gespannt.

Dann ging Rohdorf auf und ab, durch seinen Sinn ging: Die Summe aller Untugenden ist bei jedem Menschen gleich, nur ihre Disziplinen sind verschieden, man wird ja sehen, ohne darauf gespannt zu sein, gespannt war er, wie er, da er im Zimmer auf und ab ging, einen weißen Fleck auf dem Linoleum, ohne die Schritte zu verändern, mit dem linken Schuh am sichersten bedeckte.

Eine Nachricht! Eine Nachricht schiebt sich zwischen Rohdorfs Gedanken. Im Sog des Unwetters kam sie. Zwei Patienten haben sie mitgebracht. Wieder einmal will einer oder muß einer das Land verlassen. Eine Nachricht! An Rohdorfs Ohren jedenfalls soll sie vorbeiziehen, wie der Niagarafall am Ohr eines tauben Touristen.

Die beiden Patienten reden sich um Kopf und Kragen. Nießwandt schweigt. Schmitter ist bemüht, das Gespräch unter Kontrolle zu halten. Gerüchte. Wer von den

Schriftstellern und Künstlern auf sich hält, ist in Gerüchte verwickelt, sagen die beiden. Der will rüber, der ist rüber, der wird rüber. Bewegungskuddelmuddel. Keiner sieht durch. Aber vielleicht ist der bekannte Schriftsteller noch da? Gerüchte! Gerüchte? Keine Rede, beileibe nicht; alles hängt mit dem Kuddelmuddel, dem Doppeldasein, der natürlichen Narretei dieser Zeit zusammen. Gesteuerter Kuddelmuddel. Gerüchte, denen Beine gemacht werden. Jedenfalls die beiden Patienten sehen das so.

Keen Mensch sieht da durch, sagt der *eine*, da soll ooch keener durchsehen, so seh ik det.

So sehe ich das auch, erwidert der *andere*. Gegen diese Künstler oder gegen diese kaputten Typen, wie sie jetzt genannt werden, soll Stimmung gemacht werden. So ist das. Ich werde Ihnen mal was sagen ... und dann sagt der *andere* nichts, denn er sucht einen Schraubenzieher, er bastelt am Fernseher rum, um ihn auf Kanal sieben zu polen, heute abend ist Übertragung eines Fußballspiels, das die Patienten, besonders Nießwandt, zu sehen beabsichtigen, der Oberarzt hat Westempfang verboten, gerade sagte er's, alle haben genickt, besonders der *andere*. Kaum war der Oberarzt fort, begann der *andere*, der von Fernsehern etwas versteht, mit der Arbeit. Und schimpfte wie ein Rohrspatz. Und was Schmitter zu tun verantwortete, war dies: Er blätterte in einem Buch von K. und sagte, die beiden Patienten anblickend, ich werde aus diesem Buch vorlesen, das eine andere Zeit, ein anderes Land, aber eine ähnliche Situation beschreibt. Mit heiserer Stimme liest er vor. Der *eine* hört mit geöffnetem Mund zu, der *andere* unterbricht seine Arbeit:

... Für mich als russischen Offizier und Ritter des Georgskreuzes war es eine mehr als fremdliche Empfindung, so durch die vom Feind besetzte russische Stadt zu gehen, an der Seite eines russischen Akademiemitglieds, des berühmten Dichters, der, von der allgemeinen Panik getrieben, freiwillig aus Sowjetrußland geflohen war, um sich, weiß Gott wovor, in den besetzten Süden zu retten, in einen illusionären, von den Deutschen erfundenen ukrainischen Staat ...

Mir war zum Weinen beim Gedanken an die Lebens-

tragödie Bunins, seinen tragischen Irrtum, als er endgültig das Land verließ, das seine Heimat war. Ein Satz von Nilus summte mir im Kopf.

Bunins Auflagen? Na hören Sie. Fünfhundert, höchstens achthundert Exemplare.

Bei uns hätte er Hunderttausende. Ich stöhnte fast. Warum ist er emigriert? Was hat er damit gewonnen ...

Und Schmitter liest in die Lebenstragödie Bunins hinein. Die beiden Patienten, die morgen das Krankenhaus verlassen werden, schütteln die Köpfe. Wie konnte er nur, dieser Bunin ...

Das Außerordentliche, das der Menschheit im November 76 mit seinen Unterschriften und Auswirkungen zugestoßen war, schien für Rohdorf, wegen der Ehe, wegen der Krankheit, wegen Arno so gut wie erledigt zu sein. Er hatte sich von den Empfindungen der Betroffenen entschlossen zurückgezogen. Er war nicht Teilchen eines kollektiven Herzschlages, die Ereignisse waren für ihn, spätestens mit Arno, fortgezogen, dessen Tagebuch er interessiert, manchmal amüsiert, häufig distanziert, beinahe täglich las.

Es erübrigt sich zu sagen, daß der Genosse Rohdorf, der, wie viele gute Genossen, im November genannten Jahres um ein Haar wieder zum Herrn degradiert worden wäre, sich, da er sich nun mal entschlossen entschloß, an jenen Ereignissen unbeteiligt gewesen zu sein und sich ums Verrecken nicht in die Zwirnsfäden jener Geschehnisse nochmal verwickeln lassen wollte, sich hier und jetzt nicht in Gespräche einlassen will, die dieses oder auch nur ein ähnliches Thema zum Inhalt haben. Deswegen verläßt er den Aufenthaltsraum der 3b und begibt sich auf den Korridor. Er wird auf und ab gehen und übers Leben nachdenken; daran soll augenblicklich nichts geändert werden.

Drei Tage ist er im Krankenhaus und dabei, sich an alles und jeden zu gewöhnen: den Bettnachbarn, den er lediglich Nießwandt wie er ihn lediglich Rohdorf nennt, ohne Herr, pur, an Frau Dr. Kneiffke, an Schwester Karin, an die Dithranolsalbe und ihren Gestank und beinahe an den Hackbraten.

Er liest häufig Zeitung, er sitzt häufig im Aufenthaltsraum, er döst häufig vor sich hin, und er kann sich Nießwandt häufig kaum entziehen, aber: Er hat sich ganz und gar damit abgefunden, kein anderes Ziel vor Augen zu haben, außer jenem, den Abend des Tages unbeschadet, möglichst etwas geheilter, zu erreichen.

Im Augenblick hat er seine Mitarbeiter und Kollegen vom Fernsehen im Sinn, die über ihn herziehen, sich die Köpfe zerbrechen und die Mäuler zerreißen, ihre Antworten läßt er sich, da gerade wieder Regen einsetzt, genüßlerisch durch den Kopf gehen. Was werden sie sagen. Kurz: Seine Frau hat ihn geschafft, hat ihn auf dem Gewissen. Weitschweifig: Er konnte es nicht verkraften, werden sie sagen, daß er, der Aufsteiger, der überdurchschnittlich Intelligente, der sich schon als Schüler die Einsen mühelos holte wie die Birnen aus Nachbars Garten, er konnte es nicht verkraften, daß sein unaufhaltbarer Aufstieg aufhaltbar geworden war.

Rohdorfs Augen verfolgen einen dicken Regentropfen, der die Scheibe hinunterzuckelt, kleinere Tropfen verschluckt, irgendwo hängenbleibt und zerplatzt. Tropfentragödie. Oder sie werden sich schlicht die Hände reiben und sagen, auf die Fresse gefallen, wurde ja auch Zeit.

Nur wenn er wie jetzt an Inge denkt, bleiben seine Gedanken stehen und seine Gefühle gehen weiter, immer in gleicher Richtung. Sicher, Inge weiß nicht, daß er eine unheilbare Krankheit hat, er hat ihr nichts gesagt, sicher, aber müßte sie es nicht ahnen, müßte sie es nicht spüren? Eine Grippe spürt man vielleicht nicht, aber eine unheilbare Krankheit? Sowas gibt es doch, sowas sind doch keine Spinnereien.

Warum muß sie nur im gleichen Beruf sein, noch dazu in der heiteren Dramatik, und warum muß sie nur so mäßig erfolgreich sein?

War ja klar, daß er schließlich auch rutschen mußte, langsam aber sicher auf Null rutschen mußte, auch im Beruf, auch mit sich. Manchmal will er Inge schreiben, daß es ihm schlecht geht, aber warum? Was hat er davon, wenn sie weiß, daß es ihm schlecht geht; ist er auf ihr Mitgefühl erpicht, oder hofft er auf ein Wunder, daß die Ehe wieder funktioniert, daß alles wird wie es nie war, nämlich gut?

Wieder vorm Fenster. Ein einzelner Sonnenstrahl, dünn wie ein Haar, spießt einen Wassertropfen auf, der in Regenbogenfarben aufblitzt, bevor er stürzt. Rohdorf hört dem Gespräch zweier Patienten zu (Hans Neuenhagen, Opa Windbrot).

Opa Windbrot: Da hat sie doch ihrem Chef gesagt, in Greifswald oder Rostock war das, Herr Chefarzt, hat sie gesagt, also ihn richtig unterbrochen während der Operation, sie kann ja sehr resolut sein, das Röntgenbild hängt verkehrt rum, Sie sind dabei, die gesunde Niere zu entfernen, und der natürlich sauer.

Ja, eine wunderbare Ärztin is sie, mir hat sie mein Ekzem in Nullkommanix weggebracht. Und reich is se. Jeerbt hat se, 'ne Riesensumme, und zwar is se im Jahre 70 oder 71 mit der Europa, so'n West-Luxusdampfer, ins karibische Meer gemacht, und da hat se mit einem steinreichen Industriellen oder nein, ein Politiker war es, ein Bürgermeister von ... von ... na is ja auch egal, jedenfalls von eener jroßen Stadt, mit dem hat se also am Mittagstisch gesessen, und der soll erhöhten Blutdruck jehabt haben, und da muß was Eijenartiges in seinem Auge gewesen sein, sie hat sofort nachm Schiffsarzt rufen lassen, aber der war nich zu finden, da hat se den Bürjermeister, der ein Schlajanfall hatte, in Nullkommanix in Fahrstuhl rein, der Jottseidank nur ein paar Meter von ihrem Eßtisch entfernt war, ins Ambulatorium rein, und nach paar Minuten hat sie ihn mit Spritzen und an'n Tropf und was sonst allet dazu jehört versorgt, also der verdankt ihr ja nu det Leben und hat sie zur Vollerbin jemacht, ja, is ne einmalije Frau, die Frau Dr. Kneiffke. Und wie jesagt, resolut, da jibt's nix.

Neuenhagen: Wo ist denn die Dicke hin? Die Schwester... Na, na, ich komme nicht auf ihren Namen ...

Ach, die Franziska?

Ja.

Das weiß ich auch nich, die hat ja die Patienten wie die Soldaten antreten lassen, zum Jäten von Unkraut.

Ja, die meine ich, dagegen ist die neue, die Schwester Karin, ein Gewinn.

Und während Opa Windbrot sich in die 123 begibt,

bewegt sich Hans Neuenhagen immer an der Wand entlang: Schritt und Schritt, dann verharren. Er hat Knickerbocker an, einen grünen Pullover, dicke Profilkreppsohlen an den Halbschuhen, als habe er eine Bergbesteigung vor, Schritt und Schritt, dann verharren, von den Knien abwärts gehen die Beine trostlos auseinander. Ein Patient sagt, na Hans Neuenhagen, wieder mal auf Wanderschaft, und er antwortet freundlich, ja, ja, dann verbeugt er sich, an Rohdorf vorbeikommend verbeugt er sich wieder, und sagt Grüß Gott, und Grüß Gott sagt auch Rohdorf, den die Begrüßung irritiert, er kann sich nicht erinnern, schon mal Grüß Gott gesagt zu haben, derweil er, alles um sich herum vergessend, auf die Bewegungen des Mannes blickt. Während der Kopf nach rechts ausschlägt, ein ruckartiger Knick in der Hüfte, jetzt würde der Körper nach vorne kippen, wenn nicht die Beine voreilten, um das Fallen des Mannes abzufangen, dabei pendeln die Arme willenlos herunter, so, als wären sie nur probeweise angehängt.

Rohdorf stellt sich vor, er wäre der Mann, und Inge und die Kinder müßten seinen Kopf auf einem verkrüppelten Körper sehen. Noch einmal begegnen sich die Blicke der beiden, als Hans Neuenhagen den Kopf zur Seite wirft, beide lächeln freundlich.

Geschafft, sagt Hans Neuenhagen und setzt sich neben Rohdorf auf die Bank, die an der Stirnseite des Ganges, kurz vorm Fenster aufgestellt ist.

Was geschafft, fragt Rohdorf.

Jeden Tag laufe ich fünfmal den Gang auf und ab, mein tägliches Bewegungspensum.

Er riecht nach Metall, denkt Rohdorf. Die Medikamente werden es sein, die täglich verabreichte Chemie, die den Körper metallisch riechen läßt. Rohdorf stellt sich vor: Das Skelett von Hans Neuenhagen aus Eisen, Messing, Spiralen, Technik.

Aus der Küche eine schrille Frauenstimme, die furchtbar schimpft, dennoch klappert das Geschirr gegen Feierabend irgendwie fröhlicher, die Arbeit geht flotter von der Hand, man kann es hören, trotz der schrillen schimpfenden Stimme.

Jeden Abend hört man diese Stimme, sagt Hans Neuenhagen, Krakeelerin, immer geht's ihr nicht schnell genug, nach Hause zu kommen.

Und dann schweigen beide.

Rohdorf stellt fest, daß er den Krankenhausgeruch gar nicht mehr wahrnimmt, die Nase hat als erstes Sinnesorgan den Streik aufgehoben: für die Augen nichts zu finden, woran sie sich erfreuen könnten, eine Aneinanderreihung von Türen auf der einen Seite, auf der anderen Fenster, am Anfang des Ganges die verglaste Pendeltüre, welche vom Personal ausnahmslos durch Fußtritte aufgestoßen wird, das Arztzimmer, das Schwesternzimmer, die Küche und an der Stirnseite diese Bank mit Ausblick auf die Chirurgie.

Ich hatte Mumps, unterbricht Hans Neuenhagen Rohdorfs Gedanken. Hatte ich auch, erwidert Rohdorf.

Meine Spezialstrecke waren hundert und zweihundert Meter, die hundert Meter lief ich in elf Sekunden, ich war der Schnellste der Schule. Und dann bekam ich Mumps; danach konnte ich mich nicht mehr bewegen, ein Krüppel, Sie seh'ns ja ... Ja, dann werde ich mal, sagt Hans Neuenhagen und kantet sich aufwärts und immer an der Wand entlang bewegt er sich in die 119.

Ein salbenbeschmierter Opa wird aus dem Arztzimmer entlassen. Rohdorfs Gedanken reagieren unberechenbar auf Hans Neuenhagens Mitteilung: Sie werden albern. Es wäre doch möglich, denkt er, daß das Rot, Gelb, Grün auf dem Gesicht des bemalten Opas verwechselt wurden, zum Beispiel, daß das Rot die Partien für Grün und das Grün die Partien für Gelb bedeckt, gerade gegen Schluß zu, gegen Feierabend zu, könnte es doch sein, daß eine Schwester mal ein bißchen hoppla mit den Salben umgeht, wie in Stummfilmen mit der berühmten Tortencreme, schwapp ein bißchen rot, grün, blau, gelb oder gemischt, wie hätten Sie's gerne, in der Dermatologie ist das schon mal möglich, je nach Belieben irgendeine Farbe.

Ein Hustenanfall aus dem Nebenzimmer läßt Rohdorf stracks in die 117 flüchten.

Er wäscht sich die Hände und drückt den Schwamm unterm Wasserhahn aus, von dem er mittlerweile weiß, daß Nießwandt ihn dazu benutzt, das Tropfen unhörbar zu machen, Tropfen, die der defekte Wasserhahn in regelmäßigen Abständen durchläßt, ein Klempner, der den Hahn hätte reparieren können, war offensichtlich vom Krankenhaus nicht aufzutreiben. Ärgerlich genug. Wenn nicht zufällig ein Klempner als Patient eingeliefert wird, tropft der ewig, sagte Nießwandt.

Rohdorf schlendert zum Fenster. Auf dem Tisch Nießwandts Mappe. Das Mappendrama kann sich nicht wiederholen, sie ist bereits geöffnet. Er blickt aus dem Fenster. Regen, Sonne, nun wieder Regen. Was kann er tun. Nichts. Dithranolsalbe, abwarten, gesund werden. Und dann sieht er ...

Das Mädchen mit den langen blonden Haaren, das Mädchen mit dem schiefergrauen Mantel, das Mädchen aus dem Palast der Republik, unten auf dem Krankenhausweg, da ... um die Ecke biegt sie ... das war sie doch ... er hätte schwören können ... oder sieht er bereits Gespenster ... nein, das war sie ... hinterherlaufen ... unmöglich, im Schmierkittel ... und alle haben's eilig ... sie auch ... wegen des Regens ...

Rohdorf drückt die Nase an die Scheibe, sie beschlägt, mit dem Fingernagel zeichnet er einen dünnen Kreis in das Beschlagene, in den Kreis wieder Kreise, nach und nach erkennbar: ein Mädchengesicht.

In diesem Augenblick erscheint Nießwandt mit glücklicher Miene, Schmitter hat eben eine Geschichte erzählt, sagt er, nicht von dieser Welt, so schön. Mit dieser Geschichte ist er haushoch Sieger, die schönste Geschichte, die ich je gehört habe. Und nach einer Pause: Eben kam der mit den offenen Beinen, Sie kennen ihn schon, in den Aufenthaltsraum (ab morgen wollen Schmitter, er und ich eine ganze Woche Schach spielen, wollen Sie mitmachen? – Rohdorf nickt), also der fragt Schmitter, wie geht es Ihnen, und Schmitter, schlecht, sehr schlecht, und der andere, das freut mich, das freut mich – so ein Trottel, er hatte Schmitters Antwort gar nicht gehört, weil sie ihn nicht interessierte, er hatte mit seiner Frage schon die Antwort parat; und Schmitter lachte als er sagte, ich habe Sie doch recht verstanden, Sie freuen sich also darüber, daß es mir schlecht geht, das ist ja ganz fabelhaft, nicht wahr.

In die Sätze hinein muß Rohdorf lachen, er konnte nichts dagegen unternehmen, es kam einfach, die Nerven.

Nießwandt blickt ihn an, lange, sagt nichts, Rohdorf erwidert den Blick, und unausgesprochen steht Nießwandts Satz zwischen beiden: Ich sehe Sie das erste Mal lachen.

Man sieht immer mal etwas zum ersten Mal, sagt Rohdorf, als wäre die Antwort fällig geworden. Dann schweigt er. Eine Anstandsminute lang. Stehen menschliche Gefühle in Aussicht, so suchen sie Zuflucht beim Schweigen, dieser Satz von irgendwo geht ihm durch den Kopf, erst dann sagt er:

Erzählen Sie Schmitters Geschichte. Die schönste, die Sie je gehört haben.

Gerne. Rede ich Ihnen nicht zuviel?

Nein.

Sagen Sie's nur.

Sie sind ja nicht geschwätzig.

Aber ja, aber ja, ich bin geschwätzig; aber ich bin kein Schwätzer; das ist ein großer Unterschied.

Und während Nießwandt erzählt, sieht Rohdorf einen Juni- oder Marienkäfer (mein Gott, was hat der um diese Jahreszeit auf dem Nachttisch eines Krankenhauses zu suchen), der sich bemüht, Arnos Tagebuch zu erklettern, dabei fällt er auf den Rücken, seine Versuche, auf die Beine zu kommen, sind vergeblich, Rohdorf hält ihm den Zeigefinger hin – zur Hilfe.

Arno, Tagebuch, April.

Hans Gawriloff kommt, er habe eine Gastritis, fühle sich unwohl, das geht ihm immer so, wenn er eine wichtige Arbeit abschließt, er bittet Kath um einen starken Mokka – Kath sagt, für eine Gastritis genau das richtige, Hans darauf, du wirst mir nicht glauben, Mokka hilft, Hauptsache, ihr habt Streichhölzer, Zigaretten habe ich gerade gekauft, aber mein Feuerzeug vergessen.

Hans: Kramms neuer Roman ist rausgekommen. Vergangenheit, hohe Auflagen. Roberts Film »Hanna« geht zu den Berliner Filmfestspielen, ebenfalls Vergangenheit, mich interessiert, wie weit wir berechtigt sind, aus unserer verkorksten Vergangenheit, die sich ausgezeichnet hat durch Haltlosigkeit, Anpassung und persönliche Feigheit, Kapital zu schlagen und sie verbindlich für die heutige Jugend zu erklären. Unsere Fünfzigjährigen, nun kommen sie auf den Plan und haben zur Gegenwart nichts zu sagen. Hans steckt sich eine neue Zigarette an, mit fünfzig kann ich meine Kindheit aus einer distanzierten Sicht interpretieren, aber nicht politische Verhaltensweisen, die einwandfrei belegt sind durch eine Zeit, nämlich den Krieg. Mir sind die Helden von damals alle zu klug, damals waren sie, verdammt nochmal, nicht so klug, und keiner kann mir erklären, wenn es soviel kluge denkende Leute gab, warum der Krieg bis fünf nach zwölf ging und ein Land in Trümmer legte. Ich finde, gerade in der Literatur muß man genau rechnen, weil ich sonst das ewige Leben voraussetze, und wo ich das ewige Leben voraussetze, fühlen sich die normal gealterten als Außenseiter, und damit wird die Geschichte zum Märchen.

Ich halte ihm den Aschenbecher hin, weil sonst die Asche auf den Teppich gefallen wäre.

Ich finde es zum Kotzen, wenn mittlerweile junge Leute, die über den Krieg nur gelesen haben, Kriegsgeschichten schreiben, sagt Hans, wieso fangen die meisten Schriftsteller bei uns erst um die vierzig an, wo sind die Zwanzig- und Fünfundzwanzigjährigen? Was haben ... Kath fragt, ob er etwas essen will, er verneint, was haben ... ob nicht Tee besser wäre als Mokka, er verneint, was haben ... Kath fragt, Haferschleimsuppe, um Gottes willen, nein, danke Kath, Mokka. Ich habe mal einen Satz geschrieben, ungefähr so, fährt Hans fort, viele beschwören die Vergangenheit herauf und machen damit ihre heutige Sprachlosigkeit sichtbar. Als ich in Dänemark war, fragte ich den Rektor einer Universität, der im KZ war, wo denn seine Frau, die ebenfalls im KZ war, umgekommen ist. Sie werden entschuldigen, sagte er, das ist über dreißig Jahre her, ich habe wieder geheiratet, mein Sohn ist inzwischen Arzt, ich kann Ihnen nicht mit Bestimmt-

heit sagen, wo das war – das hat mir deutlich gemacht, daß dieser Mann dreißig Jahre prall gelebt hat, daß sein Leben die Erinnerung aufgehoben hat.

Mokka ist fertig, Alkohol will er nicht, weil er Auto fährt, er raucht wie ein Schlot, im Aschenbecher türmen sich die Kippen. Ich hoffe, wenn er Mokka trinkt, wird er wenigstens nicht rauchen, ich irre, zum Mokka raucht er besonders gern. Ich öffne die Fenster, mache Durchzug, weil mir vom Qualm die Augen brennen.

Ich habe neulich ein Foto von mir gefunden, das heißt, ich bin darauf gar nicht zu erkennen, nur durch einen Pfeil markiert, in den dreißiger Jahren fanden irgendwelche Gebietsfestspiele der HJ statt, man hatte uns so gruppiert, daß wir das Wort HEIL darstellten, ich hatte als Kind gar nicht begriffen, worum es ging, die Wirkung sieht man erst aus der Vogelperspektive, und ich bin auf diesem Bild der Punkt auf dem i.

Hans habe ich immer nur in größeren Intervallen gesehen, unsere Beziehung hat nie darunter gelitten, bei jeder neuen Begegnung beginnt das Gespräch, wo es vor längerer Zeit abgebrochen war. Ich mag ihn, er ist Pessimist, glaubt, wenn er seinen Roman vorlegt, wird etwas geschehen, muß etwas geschehen, er sagte, ich habe zwischen den Zeilen lesen gelernt, zwischen den Zeilen reden gelernt, ich will das erste Mal auf den Zeilen schreiben.

Wir kommen von einer Feier. Es ist vierundzwanzig Uhr. Auf der Dimitroffstraße, kurz vor der Karl-Marx-Allee, befinde ich mich in einem Pulk von Autos. Ich wundere mich über den Verkehr zu dieser Stunde.

Kurz vor der Karl-Marx-Allee wird mein Wagen von einem Verkehrspolizisten herausgefischt, und ich werde in die rechte Fahrbahn gewinkt.

Wachtmeister Sowieso, Fahrzeugkontrolle, Papiere und aussteigen, dann Alkoholkontrolle, pusten Sie in die Tüte. Ich bemerke das schadenfrohe Gesicht des Verkehrspolizisten, den haben wir. Ich schwanke wirklich etwas, ich bin müde. Ich polke das eingepackte Mundstück aus seiner Zellophanverpackung, schiebe das Mundstück auf die Öffnung der Tüte und puste. Kontrolle – nichts. Die Schadenfreude ist irgendwie dünner geworden.

Würden Sie bitte ein zweites Mal pusten, derselbe Hergang, Kontrolle – wieder nichts.

Das Gesicht des Polizisten ist eingefallen, beinahe bedaure ich es, nichts getrunken zu haben.

Wir wünschen Ihnen eine angenehme Nachhausefahrt.

Kath sagt zu Hause: Neulich sagte jemand, einer in der Ehe muß das letzte Wort haben; und ein anderer sagte, bist du sicher, daß einer für das letzte und einer für das vorletzte zuständig sein muß?

Ich werde gegen meine Überzeugung das letzte Wort haben müssen, dauernd geht mir der Satz von K. durch den Kopf, der von der Notwendigkeit sprach, die Not zu wenden. Als Kath schläft, habe ich noch mit mir zu tun ... ich höre die Uhr viermal schlagen, ich schlafe ein – mir träumt, wir feiern bei uns eine erfolgreiche Filmpremiere, alle Freunde sind zugegen, die Welt ist heil, wir sind glücklich. Ich wache auf, noch ist mir leicht zu Mute, allmählich wälzt sich die Gegenwart wie ein Stein auf mich, mir fällt ein Satz aus Macbeth ein: Könnt ich zurückgehen in das Kind, das ich war.

Christe, du Lamm Gottes, der du trägst die Sünde der Welt, erbarme dich unser ..., mit auffallend klarer Stimme (hoher Bariton) singt Nießwandt, fast so laut wie Pfarrer Meyer, der es nur schafft, übers Tempo und übern Ausdruck die Führung des Gesanges zu behaupten, während, was die Sauberkeit, das Halten der Melodie angeht, es sich nach wenigen Takten herausgestellt hat, daß Nießwandt sich erfolgreich gegen Meyers Abfallen in ordinären Sprechgesang zur Wehr setzen kann. Pfarrer Meyer, gänzlich unmusikalisch, muß auf Nießwandts Höhe, seine Stimme rangelt sich aufwärts, langsame Zurückführung seines Tenors in eine einfältige Harmonik, an der Nießwandt mit einer ersten und die Schwestern Schmitters (zwei ältere Damen) mit einer zweiten und dritten Stimme beteiligt sind. Ein beinahe erträglicher Gesang, wenn nicht Rohdorf brummen würde, nicht weil er unmusikalisch wäre, im Gegenteil, er brummt aus Protest: gegen Nießwandt, der ihn aufgefordert hatte, am Abendmahl teilzunehmen, gegen die Zeremonie ganz allgemein, die ihm mittelalterlich vorkommt, und gegen Pfarrer Meyer im besonderen. Ein Chargeur ersten Ranges, Haltungen perfekter Peinlichkeit: Selbstzweck, Wortattrappen, leere Gebärden, falsches Pathos, angestrengte Mühe, die Erbauung könnte nicht dürftiger ausfallen.

Dennoch, die beiden alten Damen sind gerührt, sie schneuzen sich und blicken auf den Bruder, dessen Oberkörper durch mehrere Keilkissen aufgerichtet wurde. Die dürren Finger, die auf der weißen Bettdecke zusammengefaltet sind, gleiten kraftlos aus der Bethaltung. Seine Augen sind, soweit es die Augenlider zulassen, aufgerissen, sie irren im Raum umher, suchen. Augenblicklich beginnt er zu schluchzen, ohne Ton, ein nicht zu hörender Weinkrampf schüttelt seinen Körper, seine Augen haben die Schwestern gefunden, er blickt sie an, lange die eine, lange die andere, aus seinem Greisengesicht wird ein Knabengesicht, beinahe schön.

Pfarrer Meyer ist bestrebt, die aufgekommene Rührung nicht abklingen zu lassen. Denn dein ist das Reich und die Herrlichkeit, in Ewigkeit, Amen. Seine überbetonten Konsonanten haben ein Echo, aus den Zimmerecken kommen sie zurück, bei »ist das« stößt er zweimal spitz mit der Zunge an die oberen Vorderzähne, um die Trennung beider Worte auch deutlich zu machen. Ein Langhaardackel, den beiden Schwestern gehörend, schiebt den Kopf aus einer Einkaufstasche, macht Anstalten, sich an der Feierlichkeit zu beteiligen, mit einem pssst wird er zur Ruhe gebracht. Einige Jauler sind nicht zu vermeiden.

Unser Herr Jesus Christus
in der Nacht da er verraten ward
nahm er das Brot
dankte und brach's und gab's seinen Jüngern
und sprach
nehmet hin und esset
das ist mein Leib, der für euch gegeben wird
solches tut zu meinem Gedächtnis

Schmitter ist nicht zu beruhigen. Er weint, herzergreifend wie ein Kind. Nießwandt beugt sich über das Bett, streichelt Schmitters Haare, zärtlich, als wolle er sagen, sieh mich an, hier ist Heinz Nießwandt, dein Mitstreiter, der für dich durch dick und dünn geht, das weißt du, also hör auf, so zu tun, als ob du sterben wolltest, bleib noch ein bißchen, laß uns die Kurve später gemeinsam kratzen.

Und Rohdorf denkt: Ich mag dich, Schmitter, obwohl ich dich kaum kenne, weil du mir vorlebst, was ich noch erleben werde, das Sterben nämlich.

Seit ihrem ersten und letzten Zusammentreffen im Aufenthaltsraum sind nur vier Tage vergangen, zwei Schlaganfälle hatten ihn in dieser Zeit ereilt und vielleicht macht Rohdorf jetzt betroffen, was er bei der ersten Begegnung gedacht hatte, dessen Körper ist schon perdu, aber dessen Geist hört nie auf.

Sie spielten Schach, Rohdorf und Schmitter, Rohdorf war dran. Er kassierte einen Läufer, Schmitter einen Bauern. Warum? Er hätte doch einen Springer haben können. Was will er, was hat er vor, dieser Fuchs, Rohdorf glaubt an eine Strategie Schmitters, Fuchs wie er ist.

Schnell, fassen Sie an, Kleinschmied, holen Sie die Kneiffke, nun machen Sie schon, Rohdorf, rief Nießwandt, und Rohdorf sah erst jetzt Schmitters eingefallenes Gesicht, blaß, die Augen starr ...

Während Rohdorf das Schachbrett zusammenklappte, die Figuren ins Holzkästchen einsammelte, bemühten sich Frau Dr. Kneiffke und Nießwandt um Schmitters Leben. Blasser Blutdruck, 260/200, Halbseitenlähmung, Schlaganfall.

Am nächsten Tag, fast zur gleichen Zeit, wieder ein Schlaganfall, ein Gehirnschlag dazu oder nicht dazu, wie alt ist Schmitter, dreiundachtzig, nun, dann hat er sein Leben gelebt, und Rohdorfs Gefühle begnügten sich mit ganz und gar unverbindlichen Gedanken an Schmitters hoffentlich nahen Tod, dann ist das Pulver seines Lebens verschossen, mit acht Söhnen, ich bitte Sie, hat er für die Nachwelt gesorgt, sagte er, und Nießwandt, am Fenster stehend, schwieg. Nach etwa fünf Minuten erwiderte er, Sie tragen Ihre Gefühle nach innen, Sie müssen sich wenden lassen, passen Sie auf, daß Sie eines Tages da drinnen, er tippte auf die Herzgegend, nicht kaputtgehen, denn wenn Sie das Herz nur noch für den Kreislauf brauchen, sind Sie gestorben, obwohl Sie noch leben; dann sind Sie nur noch mit Ihrer Karriere, mit Ihrem Aufstieg beschäftigt ... und wenn Sie auch gestorben sind, so leben Sie noch heute, hatte er mit feindlicher Selbstverständlichkeit hinzugefügt.

Mit seiner Karriere beschäftigt, sicher, ach was, dachte er: Dennoch – eine seiner Bemühungen war beziehungsweise ist, sich von den Gefühlen unabhängig zu machen, störfrei zu machen, lieber keine als solche, die Wünsche wecken, die kaum zu erfüllen sind. Das Schöne häßlich und das Häßliche schön finden, das will er, in diesem Augenblick will er's, das Abstoßende fasziniert ihn immer mehr, denkt er und blickt auf Schmitter, wer das Häßliche angeschaut mit Augen, ist dem Tode nicht mehr anheimgestellt, man ist an nichts gebunden außer an ihn, den Tod, und dumm wie er ist, fängt er an, ihn zu üben, denn mit dem Sterben der Gefühle stirbt er wirklich etwas.

Nun ist er gerührt, er wischt sich Augen und Nase – kann es mit Schmitter, den er gerade erst kennengelernt hatte, so profan, so trostlos zu Ende gehen?

Nießwandt liebt Himmel und Erde gleichermaßen. Er sieht einen nahtlosen Übergang vom Leben zum Tod, er wird gar nicht erst sterben müssen, nur aus dem ekelhaften Körper raustreten und zusehen, wie aus dem vom Scheitel bis zur Sohle mit Psoriasis befallenen Korpus fruchtbarer Humus wird. Der Tod gehört zum Leben, sagte Nießwandt.

Seit dem ersten Schlaganfall war Nießwandt ausschließlich damit beschäftigt, Schmitter das Sterben zu erleichtern. Er besorgte ihm neue Matratzen, die alten wären durchgelegen, eine Wassermatratze, damit der Rücken geschont wird, abends reibt er ihn mit Franzbranntwein ein, und heute morgen hat er die diesmal sehr unfreundliche Frau Dr. Kneiffke zur Freundlichkeit überlistet, indem er sie liegend begrüßte (normalerweise steht er am Fenster), wie ein Soldat, die Hand an der Stirn, sie zackig mit angelegtem Daumen an die Bettdecke reißt, den Arm präzise anwinkelt und, als wäre er mit der Hand in ein Spinnennetz gefahren und habe es zum Reißen gebracht, die öde Miene der Kneiffke sprengt und so herzhaft darüber lacht, daß sie nicht anders kann als mitlachen; diesen Moment hat er genutzt und sie gebeten, sich um Schmitter mehr als routinemäßig zu kümmern. Die Kneiffke hat es ihm zugesagt. An Rohdorf gewandt, sagte Nießwandt, wenn ich das nicht für Schmitter mache, würde meine Seele eines Tages die Motten kriegen.

Manchmal hängt er durch, bemerkt Rohdorf; dann wirkt er dünnhäutig, dünnhäutiger als er je zugeben würde, als könnten die Winde durch ihn durchpfeifen, der Verlust mag es sein, der Verlust seines geistigen Widersachers aus der 3 b. Ihn muß er verkraften.

Daran denkt Rohdorf, als Pfarrer Meyer den Kelch an Schmitters Lippen bringen will und Nießwandt ihn unterbricht. Kategorisch: Schmitter bitte zuletzt, wegen der Hygiene, verstehen Sie, und Pfarrer Meyer nickt.

Rohdorf will weg von diesem Abendmahl. Nicht dabeisein. Es einfach im Kopfe verschwinden lassen, wie einen defekten Film in einer Vorführapparatur. Fliegende Bilder; ruckartiges Stehenbleiben; Filmriß; alles schwarz.

Er denkt an das gestrige Gespräch mit Nießwandt.

Nach dem Abendessen, Rohdorf trank Tee mit der linken Hand, um die Tasse mit den Lippen nicht dort zu berühren, wo alle andern es tun, Krankenhaus bleibt Krankenhaus, und Nießwandt räumte den Tisch auf.

Trinken Sie einen Adlershofer mit?

Ja.

Nießwandt öffnet die knarrende Schranktür, bückt sich, Flaschenklappern. Rohdorf denkt: Alkoholiker, und Nießwandt erstarrt in der Haltung, sowas wie: Hoffentlich war das Klappern zu überhören, ist seiner Haltung abzulesen, er hustet, zieht elegant eine Wodkaflasche aus dem Schrank, schließt die Tür, geht zum Nachttisch, holt eine Kerze aus der Schublade, baut sie und den Wodka feierlich auf den Tisch, macht das ungemütliche Deckenlicht aus, zündet die Kerze an, die einen bemerkenswerten Tanz aufführt, hin und wieder steif wie ein Zinnsoldat, dann ein Lufthauch, nun beweglich wie eine Bauchtänzerin, da kann man zusehen. Gemütlich ist es.

Nießwandt blickt aus dem Fenster.

Sternenklare Nacht, sagt er, morgen wird es schön. Ein Sputnik, dort, sehen Sie den Sputnik?

Wo?

Dort, sehen Sie nicht?

Nein.

Dort.

Das ist ein Flugzeug.

Ein Flugzeug keineswegs, das ist ein Sputnik.

Also gut, von mir aus.

Wissen Sie, wieviele Sterne es gibt?

Nein.

Nach heutigem Wissen hundert Millionen Billiarden, sagt Nießwandt, und jede zweite bis zehnte Sonne hat Planeten, und in jedem Planetensystem gibt es einen Himmelskörper, der für die Entstehung von Leben günstig ist. Stellen Sie sich dieses Gewimmel von Zivilisationen vor, und wenn Sie noch bedenken, daß die Erde anderthalb Millionen Arten von Lebewesen hervorgebracht hat, haben Sie eine Vorstellung, was da alles kreucht und fleucht, malen Sie für jeden Stern eine Null, und Sie werden ein Gefühl für den Himmel schon in den Fingerspitzen bekommen, sagt er, und gießt Wodka in die Zahnputzbecher.

Zum Wohle.

Nastarowje.

Nießwandt nimmt einen gewaltigen Schluck. Rohdorf stellt sich vor, der Alkohol schießt in den Magen, in die Oberschenkel, in die Zehen, die Brustmuskulatur schiebt einige Huster nach oben. Er schüttelt sich. Dann nimmt er einen Schluck. Es geschieht, wie vorgestellt.

Alles Training, sagt Nießwandt, Sie müssen den zweiten Schluck gleich hinterher nehmen, und Rohdorf tut es; diesmal passiert gar nichts, so betäubt sind seine Arterien noch vom ersten. Angenehme Wärme zieht in den Körper, es geht ihm gut, so gut wie schon lange nicht, so Nießwandt, sagt er, jetzt bin ich bereit, über Leben und Tod oder Himmel und Hölle zu sprechen, je nachdem was anfällt. Zuvor dirigiert er seine Zunge über einen Eckzahn, dumpfer Zahnschmerz meldet sich, bloß nicht noch zum Zahnarzt, Kriegsmaterial, sagt der, jedesmal auf Rohdorfs Zähne klopfend, schönstes Kriegsmaterial, aber üppiges, durchblutetes Zahnfleisch, und Rohdorf, der wissen wollte, wofür das gut wäre, hörte, für ein späteres Gebiß. Neid. Nichts weiter. Denn Rohdorf hat erst zwei Plomben, in seinem Alter. Dennoch wünschte er: Dem Doktor mögen alle Zähne ausfallen, bis auf einen – für Zahnschmerz.

Also Rohdorf fühlt sich stark genug für ein Streitgespräch, bereit, wenn nötig, Nießwandt die Sterne vom Himmel zu holen, die Worte stehen vor der Zunge Schlange, wie die Soldaten, um Nießwandts Themen eine Schmitters ebenbürtige Schlacht zu liefern.

Wollen Sie eine Zigarre, fragt Nießwandt.

Ja.

Bitte.

Danke.

Hier Feuer.

Für mich ist der Tod nichts anderes, sagt Rohdorf an der Zigarre saugend, als ein Zustand des Körpers, in dem eine Wiederbelebung nicht mehr möglich ist, ein Zustand, in dem das Gehirn seine Tätigkeit eingestellt hat, unwiderruflich.

Ja, erwidert Nießwandt, und das Ja zieht er in die Länge, als wollte er den Start für das Gespräch noch hinauszögern, trostloser, sagt er, könnte die Trostlosigkeit nicht sein; aber Ihr Gedanke ist nicht neu, viele denken so; denn viele haben in mühevoller Kleinarbeit Gott vom Altar gejagt und wollen nicht wahrhaben, daß sich Götzen auf ihm breitmachen; Vorgesetzte, Recht und Gesetz, der vielgepriesene starke Mann, oder Drogen und Schnaps, irgendein Geländer hat jeder zum Festhalten, nur für die Ewigkeit sieht's schlecht aus, denn dort wartet der Teufel, den Sie leider vergessen haben ebenfalls vom Sockel zu stürzen.

Und Rohdorf sagt, den Wodkabecher kreisen lassend: In der Tat, mir genügen die Götzen, ich brauche nicht die für mich unvorstellbare Strecke zu einem mir unvorstellbaren Gott, mir genügen die Denker, Dichter, Philosophen oder wer auch immer sie sein mögen, deren Gedankenwelt mir gerade noch begreiflich ist; sie sind weit genug von mir entfernt, und die Strecke bis zu ihnen hat auch was mit Gläubigkeit zu tun – das Nachdenken von

Vorgedachtem ist Leistung genug. Aber sagen Sie, Nießwandt, ich weiß gar nichts von Ihnen, und nach langer Pause, bitte erzählen Sie Ihr Leben von Geburt an.

Nießwandts eben noch heiteres Gesicht wird ernst, nachdenklich, dennoch freundlich, da ein Rest von Heiterkeit in ihm verblieben ist, er blickt auf die Kerze, die mit dem zur Neige gehenden Wodka Schritt zu halten versucht, der Wodka ist auf dem letzten Drittel, die Kerze kurz unter der Hälfte. Sie dürfen, sagt Nießwandt, die Asche von der Zigarre nicht abstreifen, ein richtiger Zigarrenraucher läßt sie wachsen, bis sie sich neigt und von alleine kippt, lange vorher zeigt sie es an, sehen Sie, wie lang meine ist, sie macht einen Buckel, wie eine Katze. Also, sagt Nießwandt auf einer Pause hockenbleibend, er muß dieses Thema anschieben, wie eine zu schwer beladene Schubkarre: Also, wiederholt er, 1916 geboren in Berlin O, auf'm Thaerberg, war Zeitungsjunge, Pferdejunge bei Bolle, später bei Siemens: Bürobote, Direktionspage, Bürogehilfe, Lohnbuchhalter, Bilanzbuchhalter, ein steiler Aufstieg bis zum Wehrdienst 1935, aber bis zum Krieg blieb noch etwas Zeit, die Rekrutenausbildung hatte noch ihre lichten Momente, wir waren nämlich leicht bewaffnet. In der Pistolentasche steckte eine Holzattrappe, auf die »Du sollst nicht töten« eingeschnitzt war, und die Ausbildungs-Vorschrift für die Infanterie lautete: Der Soldat fällt – nicht sogleich auf dem Felde der Ehre – sondern erst über die linke ausgestreckte Hand, über das rechte Knie und den rechten Ellenbogen und schmiegt sich vollkommen dem Erdboden an. Kurz vorm Kriegsende holte ich mir eine Kampfstoffverätzung, aus der später, so nehme ich an, die Psoriasis erwuchs. 1946 wurde ich Mitglied der SED, Aufbauhelfer, Mitarbeiter der SMAD (Sowjetische Militäradministration), Referent, Oberreferent, persönlicher Referent, kaufmännischer Direktor – das ist doch was – einmal auf Fahrt, spult Nießwandt seine Vergangenheit herunter, etwas lustloser als ihn interessierende Themen, aber durchaus bereitwillig.

Anfang der fünfziger Jahre ein Autounfall, Verbrennungen und Schock: Sie sind ein Psoriatiker, sagte mir ein Professor in der Charité: Psoriatiker, Psoriatiker, das klang für mich wie Alkoholiker, Syphilitiker, Paranoiker. Ich erfuhr viel über die Krankheit, stellte mich dem Professor als Demonstrationspatient zur Verfügung, entschloß mich auf Anraten eines Arztes, wegen des salzhaltigen Klimas in ein Nordsee-Sanatorium zu gehen, wurde tatsächlich geheilt, für fünf Jahre. Wieder geheilt, begann mein Aufstieg, diesmal drüben im Westen bei Olivetti, Betriebstrainer, Honorarbuchhalter, Geschäftsführer – hatte ich Ihnen gesagt, daß ich verheiratet war, nein? 1938 heiratete ich meine Jugendliebe, ein Mädchen vom Wedding, 1939 kam unser Töchterchen Bärbelchen, Nießwandt weist auf die Photos, meine Frau und meine Tochter, die beiden Alten, meine Eltern. 1960 Rückkehr in die DDR, neuer Befall über den ganzen Körper und dann, ersparen Sie mir weitere Einzelheiten.

Was für eine Kriegsverätzung war das, fragt Rohdorf.

Kurz vorm Ende des Krieges im Samland: Vorwärts Kameraden, es geht zurück in die Heimat, letzter Dampfer, Hafenbecken zwei, in einer Stunde geht's los. Ich will mit, Sie nicht, schreit jemand, nur Verwundete, Halbtote und Tote, die Goldfasane, Stabs-Etappen-Ärzte und Schwestern brauchte man nicht aufzufordern, die hatten bereits Platz genommen, zum Teil schon besoffen. Ich stehe vorm Schiff, 1890 erbaut auf einer Stettiner Werft, alte Klamotte, sagt ein Mariner neben mir, aber rührt sich noch von der Stelle, los, hier in'n Papiersack rein, bist nicht der einzige, er zeigt auf riesige Stapel von zugebundenen prallen Papiersäcken, die werden alle noch verladen, in einen krieche ich hinein, werde in den Laderaum geschmissen, Säcke über Säcke fliegen mir hinterher, begraben mich, das stöhnt und röchelt neben, unter und über mir, der Inhalt der Papiersäcke sind Leichen, jawohl Leichen oder Halbleichen: auf zur letzten Fahrt, Kameraden, auf dem Meer wird beerdigt. Raus, nichts als raus, über mir hängen Kisten, schwarz draufgepinselt: Nur vom Feuerwerker öffnen, es tropft auf mich runter, auf die Hosen, irgendeine Kampfstoff-Flüssigkeit, geht es mir durch den Kopf, nur schnell raus. Ich krieche an eine Luke; geschlossen, an eine nächste, geschlossen, dann die dritte bewegt sich, die beiden SS-ler mit ner 0/8 in der Hand vor der Luke halten mich wohl für einen Leichenstapler, ich drücke mich an den Offizieren vorbei zum Bug, spüre brennende Schmerzen, als ob Zigarren auf meinem Unterleib ausgedrückt werden. An der Ankerwinde ein Oberleutnant, zwei verbundene Armstümpfe, na, mein Junge, hast du was zu rauchen? Nee? Dann hol aus meiner Hosentasche Tabak und dreh mir eine. Während ich sie drehe, anzünde und ihm immer wieder zum Mund führe, sagt er, jetzt geht's zum Sammelpunkt an der Küste von Heiligenbeil und dann in die Heimat, er will wohl gerade »In die Heimat, in die Heimat« singen, da geht eine Bombe neben uns runter, unser Wrack legt sich auf die Seite, als würde es jeden Moment kentern, viele springen von Bord, mir brennt der Unterleib wie Feuer, ach könnte ich ersaufen, der Oberleutnant mit den Armstümpfen hinter mir beißt in meinen Kragen: Bleib bei mir.

Bis heute glaube ich, sagt Nießwandt, daß mich nur ein Schicksalsirrtum hat überleben lassen, und bis heute höre ich das Geräusch jener Papiersäcke, das Aufschlagen der Körper, das Stöhnen aus den Bäuchen der gestapelten Leichen.

Rohdorf wehrt sich gegen seine in Fahrt kommende Phantasie mit einem Vers, der ihm stante pede in den Kopf kommt, eine lakonische Version der Vergänglichkeit:

> Erst zündet sie ihren Mann an
> dann zündet sie sich eine Zigarette an
> beides brennt lichterloh
> vom Mann blieb nur Asche
> von der Zigarette hingegen
> eine Kippe
> mit geschminkter Lippe

Dennoch Rohdorf schüttelt sich, Armstümpfe im Nakken, er spürt eine Gänsehaut im Rücken: und dann stellt er eine Frage, die dem Abend seinen Inhalt gibt und die für die Beziehung der beiden von großer Bedeutung sein wird, er fragt:

Was ist am 1. 6. los?

Nießwandt blickt auf, woher wissen Sie?

Ich hörte von Schwester Karin, daß dieser Tag für Sie ein besonderer ist.

So, sagt sie das?

Ja.

Das ist er wirklich.

Erzählen Sie.

Was wollen Sie über mich wissen?

Alles.

Wirklich alles?

Ja.

Nießwandt schiebt Flasche und Glas beiseite, holt die Mappe heran, entnimmt ihr einige Zettel, setzt seine Brille auf, streicht die Zettel glatt, holt die Kerze heran, beugt sich über die Zettel und sagt, Rohdorf von unten anblikkend: Am 1. 6. finden zwei bedeutende Ereignisse auf der Welt statt.

Erstens: der Beginn der Fußballweltmeisterschaften in Argentinien, zweitens: mein Prozeß gegen das Christliche Hotel, genauer gesagt, gegen Herrn Gütte, den Geschäftsführer des Christlichen Hotels. Zu Punkt eins: Die Fußballweltmeisterschaften will ich mir ansehen, zu Punkt zwei: Den Prozeß will ich gewinnen, muß ich gewinnen. Der Geschäftsführer Herr Erwin Gütte ist einer von vielen, die mir das Leben zur Hölle machten, seit ich krank bin, und er war dumm genug, sich bei einer Lüge erwischen zu lassen.

Ich lese Ihnen die Beurteilung vor, die Herr Gütte an das Stadtbezirksgericht Berlin-Mitte geschickt hat. Nießwandt hebt die Zettel an, deren Kanten vibrieren, und liest vor, angespannt, merkwürdig konzentriert, leise und behutsam, als wolle er die Sätze kontrollieren, Widersprüchlichkeiten finden.

Im September bewarb sich Herr Nießwandt bei uns als Heizer mit der Begründung, daß er wegen eines Hautleidens in der Nähe einer größeren medizinischen Einrichtung arbeiten müsse, um sich regelmäßig behandeln zu lassen. Da wir dringend einen Heizer benötigten und uns von seiner vorigen Stelle nichts Nachteiliges berichtet wurde, haben wir ihn eingestellt. Zu Beginn des Jahres brach sein Hautleiden akut aus, aber anstatt sich sogleich in Behandlung zu begeben, fing er an zu trinken. Dabei stellte sich heraus, daß Herr Nießwandt Alkoholiker ist und auch schon zu Entziehungskuren war. Das Trinken ging so weit, daß er alles, was er besaß, einschließlich seiner Ausweispapiere in Alkohol umsetzte und Schulden machte. Nach der Behandlung haben wir Herrn Nießwandt weiter beschäftigt, und zwar unter strenger Kontrolle, der er sich freiwillig unterstellte. Im Februar brach sein Hautleiden wieder akut auf, und wie im Vorjahr begann Herr Nießwandt zu trinken. Da er überhaupt nicht mehr ansprechbar war und auf Arbeit bummelte, haben wir ihm nach dreimaligem schriftlichen Verweis gekündigt. Diese Kündigung, die mit der gleichzeitigen Kündigung seiner Schlafstelle verbunden war, bewirkte aber noch nicht, daß sich Herr Nießwandt in irgendeiner Weise ansprechen ließ. Er ließ sich gar nicht mehr im Hause sehen, so daß wir den Abschnittsbevollmächtigten verständigten; kurz danach rief die Nervenklinik an, um uns mitzuteilen, daß sich Herr Nießwandt dort auf Station befindet. Von den behandelnden Ärzten wurde uns folgendes mitgeteilt: Herr Nießwandt kam freiwillig in die Klinik, um sich behandeln zu lassen. Er war im Zustand völliger Verwahrlosung aufgrund von Trinkerei. Da er absolut nichts mehr besaß, was er in Alkohol hätte umsetzen können, und die Gläubiger ihn bedrängten, flüchtete er sich in die Klinik. Obwohl er eigentlich nicht in eine Nervenklinik, sondern in eine Trinkerheilanstalt gehörte, behielt man ihn dort und bat uns als Christliches Hotel um Hilfe. Als er entlassen wurde, haben wir ihn befristet als Hotelhilfe eingestellt. Herr Nießwandt mußte auf Anraten der Ärzte eine schriftliche Erklärung abgeben, daß der stellvertretende Leiter des Hauses seinen Lohn verwalten soll. Kurze Zeit darauf wurde er aufgrund seines Hautleidens erneut krankgeschrieben. Wieder begann er zu trinken. In immer kürzeren Abständen kam er zum stellvertretenden Leiter, um sich von seinem Geld zu holen. Das wurde so schlimm, daß er die Leitung beschuldigte, sein Geld zu veruntreuen. Herr Nießwandt hatte eine Schlafstelle in unserem Hause, für die er monatlich fünfzehn Mark zu zahlen hatte. Nach Ablauf des

Arbeitsvertrages wohnte er weiterhin in seinem Zimmer, ohne die Miete zu bezahlen. Einer geregelten Arbeit ging er nicht nach, sondern lebte von Gelegenheitsarbeit, Bettelei, Diebstahl und Betrug. Seinem Zimmernachbarn, der bei uns als Hotelhilfe beschäftigt ist, stahl er fünfzig Mark und die Ausweispapiere. Diese Papiere hat er als die eigenen ausgegeben und verpfändet. Der Betrieb hat daraufhin Anzeige bei der Deutschen Volkspolizei erstattet. Zwei Stunden später wurde Herr Nießwandt von ihr abgeholt.

Rohdorf blickt Nießwandt an, hin und wieder dreht er die Zigarre, die einzige Bewegung in einem starren Körper, so scheint es, als wäre das Leben in ihm stehengeblieben.

Nießwandt das Gegenteil. Alles an ihm ist Bewegung. Er ist aufgestanden, unternimmt Kreuztouren, hin und her, dann bleibt er stehen, räumt die Taschen des Schmierkittels um, Streichhölzer und die in einer Zellophan-Tüte verpackten Zigarren kommen von der linken in die rechte Tasche, Sicherheitsnadeln und ein Päckchen Tempo-Taschentücher von der rechten in die linke, für kurze Augenblicke erscheint eine Rechnung, die sorgfältig geknifft wird und ebenfalls in der linken verschwindet, eine umständliche Umräumeaktion, eine in sich geschlossene Kette von Verlagerungen, Ausdruck einer gequälten Seele, immer wieder taucht etwas auf, um schnell zu verschwinden, dann nimmt er das Glas, trinkt, schenkt ein, will etwas sagen, die Stimme bleibt weg, er räuspert sich, dann sagt er, der Herr Gütte vom Christlichen Hotel hat Wahrheit und Unwahrheit grob gemischt. Zugunsten der Unwahrheit. Ich werde Ihnen die Vorgänge, die zu dieser Beurteilung führten, erzählen, sagt Nießwandt und setzt sich.

An Rohdorfs Haltung wird sich nichts verändern, er sitzt da wie aus Stein und blickt Nießwandt an, nichts weiter, die einzige Bewegung: Die Zigarre dreht sich hin und wieder.

An einem Freitag, gegen siebzehn Uhr, beginnt Nießwandt leise und zögernd, auf der Straße vorm Hotel, inmitten von Leuten, die ihren Wochenendeinkauf erledigten, schrie Herr Gütte, übrigens ein gut aussehender junger Mann, auf mich weisend, Sie sind ein Dieb, ich werde dafür sorgen, daß Sie hinter Schloß und Riegel kommen, einem unserer Mitarbeiter haben Sie Geld und Ausweis gestohlen, und die Leute blieben mit ihren Einkaufsnetzen stehen und starrten mich an, und Herr Gütte wiederholte wie eine kaputte Schallplatte, Sie sind ein Dieb, ich werde dafür sorgen, daß Sie hinter Schloß und Riegel kommen, einem unserer Mitarbeiter haben Sie Geld und Ausweis gestohlen. Können Sie sich vorstellen, wie mir zumute war? Und Sie realisieren sofort, daß hinter diesem Geschrei eine Absicht steckt, ein Grund, eine Niederträchtigkeit. Und der Herr Gütte brüllt weiter, Sie mit Ihrer unheilbaren Seuche, Sie sind ja kein Mensch, und kein Mensch will Sie sehen, Sie Dieb, Sie Betrüger, verschwinden Sie. Und Sie verschwinden wirklich durch die gaffende Menschenmenge, nur weg, irgendwohin, und Sie gelangen auf Umwegen in den Keller, zu der Schlafstelle, da setzen Sie sich hin, und Sie spüren, wie die Psoriasis sich regt, ein neuer Schub über den ganzen Körper.

Nach etwa dreißig Minuten erschien der ABV. Er forderte mich auf, ihm zu folgen, in ein kleines Zimmer des Hotels. Mein Herz raste.

Warum haben Sie sich nicht woanders als Buchhalter beworben, fragte der ABV.

Ich schüttelte den Kopf.

Warum nicht?

Ich habe mich unzählige Male beworben, meine Mappe ist voller Ablehnungen.

Warum hat man abgelehnt?

Weil ich krank bin.

Ansteckend?

Nein.

Stimmt das?

Ja.

Aber Sie sind Alkoholiker?

Wenn ich einen Schub bekomme, ja.

Was ist ein Schub?

Wenn ich krank werde.

Ich denke, Sie *sind* krank?

Manchmal bin ich gesund.
Wie soll ich das verstehen?
Die Krankheit tritt in Intervallen auf.
Dann haben Sie keine unheilbare Krankheit?
Doch.
Der ABV schüttelte den Kopf.
Sie haben Ihren Besitz, sagte der ABV, in Alkohol umgesetzt.
Ja.
In der Mitropa?
Nein.
Aber in der Mitropa haben Sie Ausweis und Geld eines Mitarbeiters des Christlichen Hotels in Alkohol umgesetzt.
Nein.
Ich spürte, wie mir die Galle hochkam, der Geschäftsführer Gütte, sagte ich, hat diese Serie von Vorfällen geplant, hat Ausweis und Geld des Mitarbeiters in der Mitropa umsetzen lassen oder selber umgesetzt, sowas läßt sich leicht arrangieren, damit Sie, der ABV, sich für mich interessieren, mich festnehmen oder in die Psychiatrie abschieben lassen, gegen diese Brachialgewalt niederträchtigen Denkens bin ich machtlos, und Sie fragen mich, ob ich eine ansteckende Krankheit habe, und ich sage nein, und Sie glauben mir nicht, wie alle anderen. Und wie soll ich in der Mitropa was versetzt haben, wenn ich nichts mehr zum Versetzen habe; was ich noch besitze, sind: eine Dunhillpfeife, das einzige, was mir mein Vater vererbt hat, an der ich mehr hänge als an meinem Leben, ein paar Photos und diese Mappe voll mit Bewerbungen, mit Ablehnungen, voll mit demütigenden Geschichten, Geschichten, die ich nicht glauben würde, wenn ich sie nicht erlebt hätte. Ach was, machen Sie mit mir, was Sie wollen, es interessiert sich ohnehin niemand für mich ...
Und dann sagte der ABV beinahe freundlich, doch es gibt jemand, der sich für Sie interessiert. Und folgendes kam heraus: daß der Buchhalter des Christlichen Hotels, dessen Bruder ebenfalls Psoriatiker ist, mehrere Schreiben an obere Instanzen geschickt hat und darin mitteilte, daß der Geschäftsführer Gütte beabsichtige, den Heizer

Nießwandt loszuwerden, indem er den Heizer Nießwandt an einem Freitag, gegen siebzehn Uhr, auf der Straße vorm Hotel inmitten von Leuten, die ihren Wochenendeinkauf tätigen, beschuldigen werde, Ausweis und Geld eines Mitarbeiters gestohlen zu haben. An diesem Freitag werde Nießwandt für das Hotel Besorgungen zu machen haben, alles weitere, so soll Gütte seinen Mitarbeitern gesagt haben, würde sich im Selbstlauf erledigen. Aussätzige und Irre in unserem Hause, soweit kommt es noch. Außerdem hat der Buchhalter in seinen Schreiben etwas sehr Wichtiges festgehalten, er hat geschrieben: Obwohl die Heizleistung zu neunzig Prozent für die Räume des Bundes der EK-DDR erfolgten, würde man Kollegen Nießwandt auf Anweisung Güttes auf der Lohnliste des Christlichen Hotels führen, wodurch er vierhundert Mark erhielte, während der jetzige und der vorige neunhundert Mark erhalten beziehungsweise erhielten. Eine Differenz von fünfhundert Mark. Wer würde wem Geld stehlen?

Mit den letzten Worten ist Nießwandt aufgestanden, er geht zur Tür, legt die Hand an die Stirn, schüttelt den Kopf, lacht kurz und tonlos, blickt zur Decke, schüttelt den Kopf, Wiederholungen, Variationen der gleichen Vorgänge viele Male, schließlich sagt er: Gewinnen am 1. 6., das will ich, das muß ich; seine Hand noch an der Stirn, gleitet abwärts, langsam, beinahe zärtlich über den Nasenrücken, den Mund, das Kinn, den Kehlkopf; dann geht er zum Tisch, setzt sich, schiebt die Zettel in die Mappe, holt ein Kuvert hervor, blickt Rohdorf an und spricht mit trockener Kehle und erregt:

Ich bin ein so hoffnungsloser Idiot, der hoffnungsvoll darauf wartet, nochmal gebraucht zu werden. Ich bin ein Trinker, ja. Aber nur wenn der Schub kommt, ansonsten kann ich es getrost ein paar Monate aushalten. Der Arzt sagte mir, essen Sie Süßigkeiten, schaffen Sie sich mit Süßigkeiten eine Gegensucht an, essen Sie, essen Sie, eine Sucht müssen Sie behalten, beide gleichzeitig werden Sie nicht los, ich habe zur Sicherheit noch eine dritte Sucht gefunden, die Müdigkeit ohne Tabletten. Ich schlafe nicht, eine Nacht, zwei Nächte, ich halte mich gewaltsam wach, werde müde, unendlich müde, die Müdigkeit sitzt wie Blei im Körper; manchmal setze ich mich dann in die S-Bahn, schlafe bei Gesprächen und Fahrgeräuschen ein, die Umwelt verschwindet allmählich, ich bekomme noch was mit, ich bekomme kaum was mit, ich bekomme nichts mehr mit. Die Geräusche fließen in mein Ohr und lösen sich angenehm auf. Süßigkeiten und Müdigkeit haben mich vom Alkohol befreit, das heißt ich bin nicht befreit von ihm, aber ich vermag den Durst zu steuern, so zu trinken, daß ich immer einen funktionierenden Kopf behalte. Ich möchte wieder einen Platz haben, funktionieren als Teilchen dieser Wahnsinnsmaschine, in der meine Funktion funktionieren wäre, ich möchte dabei sein, mitten drin sein in dieser grauen Zivilmeute, die jeden Morgen wie eine Welle in die Arbeitsstätten schwappt und abends zurückschwappt in die Wohnkästen, die Häuser und Lauben.

Jetzt senkt Nießwandt seine Stimme und spricht in einem Furioso, aggressiv und anklagend, als käme er erst jetzt zum Thema: Die vielen Versprechungen können Sie vergessen. Die Psoriasis ein Klacks, warten Sie ab, bis wir das Bestrahlungsgerät haben. Na und? In zehn Jahren wird der Krebs besiegt sein, hörte man Anfang der sechziger Jahre, heute ist dieser Termin längst ins nächste Jahrtausend verschoben worden, Herzverpflanzungen sollten Alltagsoperationen werden, und die Antibiotika? Eine erfolglose Abwehrschlacht gegen resistente Erregerstämme, und in der Politik? Ost, West, Nord, Süd? Wieviele sich bekämpfende Himmelsrichtungen gibt es denn noch? Die Atomenergie? Alle Energieprobleme werden durch sie gelöst, und was hat sie gelöst? Ausgelöst hat sie neue Gefahren, politische wie technologische, Risiken für die Menschen. Und die Revolution? Sie hat kampflos die Waffen gestreckt, sie findet nicht statt, heute nicht, morgen vielleicht, übermorgen auch nur vielleicht.

Dann bricht er ab, hört auf, mitten in einem Crescendo, als wäre er über sich erschrocken, als müsse er sich zurückhalten; er steht auf, das Kuvert in der Hand, geht zwei Schritte, bleibt stehen, spricht etwas, nicht zu verstehen, zerrissene Sätze, Worte, Wortstücke, als wäre dem Wortandrang nur mit Nachgeben Herr zu werden, Ventil eines Vulkans, er steht da, atmet hörbar aus, geht, setzt sich, spricht, spricht ins Unreine, verbessert sich, als wäre Rohdorf nicht vorhanden, Fragmente eines Themas:

Gewinnen ... vielleicht ... zwei Dinge ... ausreisen lassen an die Nordsee, wegen des Klimas, mit zur Sprache bringen, am 1. 6. ... oder Personal-Patienten-Verhältnis ... endlich arbeiten unter gleichen ... gleichzeitig behandelt werden ... mein Gott!

Während dieser Worte blickt Rohdorf, der Nießwandt während der ganzen Zeit nicht ein einziges Mal aus den Augen ließ, auf die Zigarre, die er wieder dreht und in der kein Feuer mehr glimmt; und er wartet auf das Fünkchen, das die Dinge, die da passieren sollen, entzündet. Was in ihm Aufregendes und Leidenschaftliches passiert, drückt sich nicht aus, ist noch nicht zu bemerken, wie das Feuer in der Zigarre, die, da Rohdorf an ihr saugt, um festzustellen, wie sehr sie eigentlich aus ist, sich tatsächlich selbst entzündet.

Nießwandt sieht blaß aus, angestrengt, die Augen wässrig, der Adamsapfel bewegt sich auf und ab. Er schiebt Rohdorf das Kuvert hin, ich denke, sagt er müde, wenn Sie den Brief an den Staatsrat gelesen haben werden, wird das für heute, da Sie alles über mich wissen wollten, mehr als genug sein.

1. November 1977
Persönlicher Bericht des Bürgers H. Nießwandt über seinen ungewöhnlichen inneren und äußeren Notstand.

STAATSRAT
der Deutschen Demokratischen Republik
Sekretär – Bürgereingaben
Berlin – Hauptstadt der DDR
Sehr geehrter Herr Staatsratssekretär!
Gestatten Sie mir, Ihnen eine Darlegung meines inneren und äußeren Lebensnotstandes übergeben zu dürfen. Mein ungewöhnliches Schicksal dürfte in der Sozialstruktur unserer Gesellschaft nicht möglich sein, dennoch es ist.

Seit zwanzig Jahren bin ich Psoriatiker (Schuppenflech-

te), bei mir eine unerträgliche Hauterkrankung, weil sie sich vom Kopf bis zu den Fußsohlen erstreckt, und der Erstbefall im Genitalbereich liegt, zur Impotenz führte und mich seelisch zerstört hat.

Beim ersten Anzeichen eines neuen Befalls (die Intervalle der Schubfolgen haben sich so verdichtet, daß von Genesungszeiten kaum noch die Rede sein kann), stellen sich bei mir starke Depressionen, Psychosen und verstärkter Drang zum Alleinseinwollen ein, Zustände, die mich lebensmüde gemacht haben. Ich nehme Drogen, Tabletten, Alkoholika (Vermouth-Wein) in unsinnigen Mengen. Ich verkaufe meine Möbel, gebe meine Wohnung auf (ich bin seit geraumer Zeit wohnungslos), fahre in die Umgebung von Berlin, da ich als Berliner in der Hauptstadt kein Hotel beziehen darf, will mein Leben beenden, schaffe es nicht. Lasse mich aus diesem Grunde nicht krankschreiben, habe dadurch kein Krankengeld, lebe von Betteleien, Diebstählen, Schnorrereien und hause in Kellern, unbewohnten Behausungen, auf Parkbänken. Viele Male hat man mich aufgegriffen, mich in Haftanstalten, Psychiatrien und Haftkrankenhäuser gesteckt. Sechsmal war ich in psychiatrischen, siebenundzwanzigmal in anderen Anstalten (Charité Berlin achtmal, Universitätsklinik Leipzig zweimal, Rostock zweimal, Hautklinik Stralsund viermal, Kaulsdorf dreimal, Haftkrankenhaus Leipzig und Bützow je viermal).

Ich habe mehrere Selbstmordtourneen hinter mir, die in psychiatrischen Einrichtungen endeten. Die letzte erzwungene Einweisung geschah im November 1976 in die Psychiatrie Herzberge, in der mich der Oberarzt X in die geschlossene Station 6 abschob, ihm war es nicht gegeben zu glauben, daß ein Mensch, der so aussieht wie ich, auf freiem Fuße sein dürfe. Nur meine Hauterkrankung, die sich täglich verschlechterte, erreichte es, daß man mich auch in einer geschlossenen Station nicht ertragen wollte, ich wurde einem Haftkrankenhaus übergeben. Nach einer Besserung wurde ich entlassen und suchte mein Glück in einem christlichen Pflegeheim in Stendal, in dem mir ein Unterkommen zugesagt wurde, aber schon auf der Fahrt dorthin wurde ich von einem neuen Schub befallen. Den ständigen Wettlauf mit der Krankheit mü-

de, stellte ich mich freiwillig der Bezirksnervenklinik Brandenburg.

Dort wies man mich ab. Ich wurde der Polizei übergeben und nach Berlin abgeschoben. Ich hatte kein Geld, ich bekomme dreißig Mark monatlich vom Sozialamt Mitte, eine Wohnung habe ich nicht, ich kroch in einen Keller, um übernachten zu können. Von den Genossen der VP, die mich dort aufstöberten und zwei Stunden verhörten, bekam ich zwar auf meine Bitte ein Glas Wasser, mußte aber das geleerte Glas unter Aufsicht eigenhändig in eine Mülltonne werfen. Man entschloß sich, mich dem VP-Krankenhaus zu übergeben, ließ mich auf dem Weg dorthin nicht in den Funkwagen, ich mußte vor ihm herlaufen, welche Erniedrigung, wie bei einer Treibjagd.

Ich habe mich um Arbeit bemüht, ohne Erfolg. Später versuchte ich, als Personal-Patient unterzukommen. Von der Charité lag ein Einverständnis vor, scheiterte an der Wohnungsfrage, keine Personalunterkünfte, beim Ministerium für Gesundheitswesen, Referat Bäder und Kur, wurde mir als sicher zugesagt, scheiterte aber an kaderpolitischen Fragen. 1956 ging ich auf Anraten eines Dermatologen an die Nordseeküste, bei Cuxhaven, wegen des salzhaltigen Klimas, wurde tatsächlich für fünf Jahre geheilt, blieb in dieser Zeit DDR-Bürger in der BRD, dennoch wurde ich 1961, als ich in die DDR zurückkehrte, wegen Republikflucht acht Monate inhaftiert.

Ich bitte Sie, sehr geehrter Herr Staatsratssekretär, die Ausreise in die BRD zu genehmigen, ich möchte zur Nordsee, geheilt werden und auch noch zu etwas nützlich sein, ein entsprechender Antrag liegt schon seit August 76 beim Referat für Staatsangehörigkeit, Stadtbezirk Mitte.

Erschreckende Bilanz – sechzehn Jahre DDR
Davon:
5,5 Jahre produktive Tätigkeit
4,5 Jahre Psychiatrieen, Haftanstalten
5,0 Jahre Hautkliniken, Sanatorien
1,0 Jahre arbeitsunfähig
16,0 Jahre = ein Drittel produktiver Anteil.

Versucht man, die vielen Anstaltsaufenthalte zu einer Kostenübersicht zu analysieren, so ergibt sich in etwa der folgende Zahlenspiegel, wobei als Basis für den Anteil am Sozialprodukt das Jahreseinkommen verwandt wurde.

Von sechzehn Jahren Tätigkeit ergeben sich nur fünf bis sechs Jahre produktive Arbeitszeit, also ein Drittel Zuwachs am

Sozialprodukt	ca. 40.000
planmäßiger Zuwachs	ca. 100.000
Verlust	ca. 60.000
Sozialkosten-Verbrauch	
Anstalten-Aufenthalte, Krankenhäuser u.ä. 2.000 Tage mal 20	40.000
Medikamente, medizinisch-technische Einrichtungen, 2.000 Tage mal 10	20.000
Krankengeld-Aufwendungen	ca. 25.000
	85.000
zuzüglich Verlust am Sozialprodukt	60.000
abzüglich Anteil am Sozialprodukt	40.000
insgesamte Sozialbelastung	105.000

Die existentiellen und immateriellen Belastungen sind nicht erfaßbar. Arbeitsunfähig, haftunfähig, daraus ergibt sich lebensunfähig, ich sehne mich nach Arbeit und habe es nicht erreichen können, daß mir die gesellschaftlichen Organe bei dieser Suche behilflich gewesen wären (eine Gesellschaft ist so gut oder schlecht, wie sie zu ihren Kranken und Schwachen ist).

P.S. Sollte der Kommunismus in diesem Jahrtausend nicht mehr erreicht und ins nächste verlegt werden müssen und an mir, Heinz Nießwandt, vorübergehen, wie die schrägen Regen es tun, werde ich den Status eines Genossen ablegen und zum Glauben übertreten.

Hochachtungsvoll

Heinz Nießwandt

Würde meine Arbeitsproduktivität, um ein Bild zu benutzen, einem Frühstücksei entsprechen, so wäre sie, gemessen am ganzen Ei, die kleinlich mit scharfem Messer abgesäbelte Spitze, die maximal einen Eierlöffel voll ergibt.

Tiefe Empfindungen sind ein Luxus, den sich nicht jedermann leisten kann. Rohdorf schon gar nicht. Von Natur aus ein eingefleischter Gefühlsgeizkragen – sieht man von denen ab, die seine Argumentenverschwendung hervorriefen, die seine Filmhelden in rührende Gemütsbewegungen und seine Ehe in die Katastrophe brachten –, blieb er für die Außenstehenden ein kalter Mann.

Zum Teufel, was gehen ihn die Außenstehenden an.

Rohdorf liegt im Bett, starrt zur Decke und weiß nicht wie ihm geschah, aber seit er vor etwa zwei Stunden Nießwandts persönlichen Bericht über dessen ungewöhnlichen inneren und äußeren Notstand las, weiß er, daß seine unheilbare Krankheit auch seine Chance ist, daß er aus der Reihe derjenigen, die es nicht mehr schaffen, in die Reihe derer aufgerückt ist, die es unbedingt schaffen. So einfach ist das. Diese Gewißheit hat er, sie kam ohne jede Voranmeldung von sich aus, nicht als seelische Glanzleistung, sie kam, weil sie längst fällig war.

Seine Lippen bewegen sich und formulieren Gedanken, die, kaum sind sie entstanden, zu einem Gedicht sich ordnen:

Und die große graue Wolke
verlorene Hoffnung, die sie ist
schwimmt am Himmel blaß und weinet
weil sie eine graue ist

Und er ist vom Regen nicht in die Traufe, nicht in die Jauche gekommen, nein, lediglich naß ist er:

Und ich stehe da im Regen
als ein armer nasser Mann
und ich stehe da und weiß nun
ganz zum Schluß fängt's wieder an

Heiter ist er geworden, und er denkt:

Was ist die schönste Gesundheit, wenn die Seele stirbt, gegen die schlimmste Krankheit, wenn die Seele gesundet.

Er findet keinen Schlaf, es muß längst nach Mitternacht sein, der Kopf ist ihm heißgelaufen vom vielen Nachdenken. Je mehr er sich bemüht, die Zukunft sich vorstellbar zu machen, desto mehr treiben die Gedanken in die Vergangenheit, eine ihm bekannte Bewegung.

Jetzt da er sich neu fühlt, fallen ihm die Niederlagen ein; Rohdorf dirigiert Befehle an die zuständigen, für die Gedanken verantwortlichen Organe, er muß feststellen, daß er es mit perfektem Ungehorsam zu tun hat, mehr noch, die Gedanken machen mit ihm, was sie wollen. Gedanken kommen lassen, bis sie von alleine wegwollen, sagte Nießwandt, also okay, kommt, es ist ja nichts anderes als die Flucht nach vorn. Also sollen die Niederlagen der Vergangenheit kommen, oder sie sollen sich gar nicht erst auf den Weg machen, aber das wäre ein Trugschluß, denn sie sind schon da.

Bilder: Rohdorf als Achtjähriger hat vom Kolonialwarenhändler Wilde fünfzig Pfennig zuviel herausbekommen, seine unvorstellbare Freude darüber, dann Nachdenklichkeit, schließlich Kampf, soll er's zurückgeben oder nicht, er sucht nach Argumenten, sich zu überzeugen, es nicht zu tun, das ist geschafft, nur noch die Mutter befragen, aber so, daß sie seine Ansicht teilen muß, doch die Mutter blickt ihn freundlich an, lange, du willst doch ehrlich sein, gib's zurück.

Rohdorf langt mit Herzklopfen den Fünfziger über den Ladentisch, in der Hoffnung auf Belohnung für seine Ehrlichkeit, Herr Wilde nimmt das Geld, schmeißt es lässig in die Kasse, und da Rohdorf wartet, einfach wartet – das kann's doch nicht gewesen sein, irgendwas muß doch noch kommen als Belohnung, ein Dittchen (ostpreußischer Groschen), ein Bonbon – sagt Herr Wilde ungehalten, was stehst du hier rum, mach, daß du nach Hause kommst.

Rohdorf geht die nächsten Tage mit nervösem Herzen am Geschäft Wilde vorüber, dessen Laden er auf dem Wege zur Schule passieren muß. Nach kurzer Zeit verschwindet diese kleine Tragödie in der Vergessenheit, bis heute, über vierzig Jahre, bleibt sie verschollen, jetzt ist sie da, zum Anfassen nah, als wäre sie gestern gewesen.

Heute, nach vierzig Jahren, interpretiert er den langen verständnisvollen Blick der Mutter, sie, die wußte, was in ihm vorging, vielleicht hat sie ihn vom Fenster aus beobachtet – natürlich hat sie, so war es, entschließt er sich, nach vierzig Jahren den Blick der Mutter zu deuten; denn als er wieder nach oben kommt, tut sie was ganz Ungewöhnliches, sie schenkt ihm eine Tafel Schokolade. In der Zellophanverpackung ein Stoffschmetterling, schillernde Farben, den hat er im Kinderzimmer an die Tür gepinnt.

Er glaubt, sich zu erinnern, daß Herr Wilde den Fünfziger ein paarmal in der Hand gewogen hat, bevor er ihn in die Kasse schmiß. Gleich wird er ihn rüberschmeißen, als Belohnung, dachte er, denkt er – war es so? Vielleicht, vielleicht auch nicht, mit Bestimmtheit läßt sich das nicht erhärten.

Ein anderes Bild. Als Zehnjähriger, ein Schnee-Winter aus dem Bilderbuch, Mädchen vom Lyzeum, gleichaltrig, was passieren soll, passiert, die Jungens beginnen die Schneeballschlacht – Rohdorf wird von einem nicht gerade weichen Schneeklumpen mitten ins Gesicht getroffen, ein Mädchen lacht, das muß den Klumpen geworfen haben.

Rohdorf läuft über die Straße, will das Mädchen waschen, rutscht aus; während er im Fliegen ist, bekommt er eine schallende Ohrfeige, gleichzeitig ertönt schallendes Gelächter, er ist wie gelähmt und wird von dem Mädchen nach Strich und Faden vermöbelt. Besiegt, gedemütigt, belacht, von einem Mädchen, was kann es Schlimmeres geben. Rohdorf entdeckt ein Gefühl in sich, das dem vermöbelten Zehnjährigen geglichen haben muß, er fühlt sich (wie auf einem expressionistischen Bild gesehen) ein Wesen mit unendlich großem Kopf werden, bis auf die Schuhe dehnt und streckt sich das Gehirn, in diesem Vorgang steckt der sehnliche Wunsch, ach, könnt' ich doch im Erdboden versinken.

Er schämt sich wie damals. Viele Niederlagen hat er ertragen müssen, aber jene hat ihn auf besondere Weise getroffen, jene erlebt er heute wie damals und so, als wäre sie gestern gewesen. Kann man eigentlich »gedemütigt werden« erlernen, wie man zum Beispiel das Lügen erlernen kann, fragt er sich.

Damals beschloß er, diese Geschichte nie zu erzählen; er hatte Geheimnisse gesammelt wie Bernsteine an der

Kurischen Nehrung: diese sollten ihn zum Millionär machen, jene zum weisen Mann.

Von wo kommen die Kinder, na, nicht vom Klapperstorch, sagte Jutta Zatrow, von wo, sag ich dir nicht, und Rohdorf wollte in Augenschein nehmen, was ihm dämmerte, gerade war die schöne Ellen zu Besuch, etwas größer als er, und alle sagten, ein bildschönes Mädchen, und Rohdorf fand es auch.

Er kauerte sich in die Kofferablage im Badezimmer, hinter dem Verdunklungsrollo, und wartete auf Ellen, die, weil sie baden sollte, sich ausziehen mußte, und er wollte sie nackend sehen, und da sie beherzt ins Wasser furzte, als gäbe es nichts Schöneres auf der Welt, wäre Rohdorf um ein Haar vor Schreck von der Ablage gerutscht, das darf doch nicht wahr sein, daß Mädchen so was auch tun, besonders auch bildhübsche wie Ellen, so was wollte nicht in seinen Kopf, dieses Geheimnis war zu schwer, um es allein zu verkraften, gerne hätte er es mit Ellen geteilt, aber wie? Sollte er zugeben, hinter dem Rollo gehockt zu haben? Dieses mag er überlegt haben, als er am nächsten Morgen Ellen anstarrte und sie pikiert sagte, was guckst du heute so blöd, und er sagte, ich habe dich nackend gesehen, du mich noch nicht.

Jede Karriere landet notwendig mal auf einer Stufe, wo der Mensch das Stadium seiner Unfähigkeit erreicht – dieser Satz, von einem amerikanischen Soziologen ertüftelt, geht Rohdorf durch den Kopf. Auf welcher Stufe er in den letzten beiden Jahren auch immer stand, er schien das Stadium seiner Unfähigkeit erreicht zu haben. Immer und immer wieder rechnet er sich vor: Versagt (beruflich) mal versagt (privat) = gescheitertes Leben. Beruflich: Er kam sich vor wie ein Reckturner, der nicht mehr hochkommt, nur noch hängen kann. In die Schule ging er und wußte, alles ist getan, in die Uni ging er und wußte, fast alles ist getan, zum Fernsehfunk geht er und weiß, alles ist vergessen.

Filmabnahmen: meist kondoliert jemand, Händedrükke feucht und lasch, nur bei Freunden wird zaghaft zurückgedrückt. Alles läuft um die Wahrheit, wie um den heißen Brei. Zerrissen, gespalten und mit seinen fünfzig ist er in den zerbrechlichen Jahren.

Unfähig sich zu freuen, fühlte er sich alt, unendlich alt. So gut wie alles hatte er verkehrt gemacht. Seine Hypochondrie zum Beispiel, sein beinah verzweifeltes Suchen nach Krankheiten in seinem Körper, machten ihn am Ende wirklich krank.

Wäre er Autofahrer, gehörte er zu jenen, die links blinken und rechts abbiegen.

Nun, da er krank ist, fühlt er sich gesunden. Krankgeheilt. Warum schenkte er seinem Körper soviel Beachtung?

Als Zwanzigjähriger küßte er ein Mädchen, das ihm gestand, geschlechtskrank gewesen zu sein. Er lief von Pontius bis Pilatus, die Krankheitsgeschichte des Mädchens zu erfahren. Alles in Ordnung, erfuhr er – dennoch die bleibende Furcht, mit diesem Kuß sei der Tod in ihn eingedrungen.

Kehlkopfkrebs, er klagt über ein Druckgefühl in der Kehlkopfgegend, der Kehlkopf wird gespiegelt, alles bestens, er glaubt dieser Auskunft nicht, richtet sich auf das Ableben ein.

Als er erfährt, sein früherer Kommilitone G. sei über ein Jahr heiser gewesen, bis ihn seine Frau gedrängt hatte, den Arzt aufzusuchen; er habe den Arzt auch aufgesucht mit folgenden Worten, meine Frau hat mich zu Ihnen geschickt wegen Heiserkeit, wie Sie ja hören, sagt er, um meine Ruhe zu haben, bin ich hier, was soll's, witzelt er, ich weiß ja, ich habe meinen Krebs; der Arzt nach der Untersuchung, wenn Sie's wissen, ist alles in Ordnung – da geht Rohdorf zum selben Doktor, er sei ebenfalls heiser – Spiegelungen – wieder nichts.

Erst als er nach Jahren erfährt, sein kettenrauchender Kommilitone sitzt täglich ab zwanzig Uhr vor der Röhre und pafft durch das Kehlkopfröhrchen, beginnt er, sich gegen sein Kehlkopftrauma zu wehren, wird ihm klar, daß seine Hypochondrie durch Arztkonsultationen nicht zu beseitigen sein wird, orientiert er sich, beliest sich, verliert tatsächlich die Angst vor dieser Krankheit, gleichzeitig entdeckt er ein erbsengroßes Knötchen am Unterkiefer rechtsseitig, das er hart und deutlich fühlen kann. Er nimmt sich vor, die Größe hin und wieder zu überprüfen, aber keinen Arzt aufzusuchen – stellt fest, daß es sich bei schlechter Kondition vergrößert, schlechte Kondition bedeutet, den Körper durchlässig machen für Krankheit, er glaubt, die Kondition aufbessern zu können durch Hineinlassen von Kunst. Er wird Konsument schöner Kunst, Stärkung der Kondition durch Berührtwerden. In dem Maße, in dem er berührt wird, gelingt es ihm, zu sich selbst Abstand zu gewinnen, den Ereignissen in ihm. Kunst als Medikament für den Körper.

Ihn befällt ein Neidgefühl gegenüber robusten Naturen, die scheinbar nichts oder nur wenig zur Ausgeglichenheit tun müssen, dafür empfand er es als seine persönliche Leistung, wenn ein Gleichaltriger schon einen Herzinfarkt zu bestehen hatte. Dieses ich noch nicht, der andere schon, spielt, spielte bei ihm eine über Gebühr große Rolle. Überhaupt erklärt sich ihm die Methode, der andere zu sein, als die einträglichste, sich selbst zu begreifen, eine Erkenntnis, die seine Beziehung zu Nießwandt wesentlich prägt.

Er hatte ein Leben dazu gebraucht, Hemmungen, Blockierungen, Verhärtungen, die eine starre Erziehung angerichtet hatte, loszuwerden, er brauchte dagegen nur zwei Jahre, um sich eine Fülle neuer Ängste anzuschaffen. Er glaubt, daß seine Neugier auf Nießwandts Leben mit der Neugier auf sein eigenes zu tun hat.

Rohdorf holt sich vorsichtig Nießwandts Plaster-Radio vom Nachttisch, dicht vor seinem Ohr dreht er es an, viel Rauschen, Musikfetzen, hin und wieder eine Stimme, er genießt die kleine Welt an seinem Ohr, eine männliche Stimme spricht was von künstlicher Niere, Heilverfahren, USA, es stellt sich kein Zusammenhang her, Rohdorf versucht, den Sender scharf einzustellen, er hört: Auf die Idee, Schizophrenie mit der sogenannten – Geräusch, Unverständlichkeit, Schwankungen, jetzt versteht man deutlich: Damals behandelte der Urologe James R. Cade an der Universität von Florida in – Rauschen – eine Patientin mit Nierenversagen, die zugleich an Schizophrenie erkrankt war. Nach mehreren Dialyse-Vorgängen bemerkte Cade, daß bei der Kranken nicht nur die Harnvergiftung schwand, auch die Schizophrenie-Symptome klangen allmählich ab. Seither hat Nierenspezialist Cade insgesamt sechsundzwanzig Schizophrene der Dialyse-

Kur unterzogen, in sechzehn Fällen mit Erfolg. Er zählt noch erfolgreiche – Rauschen – dennoch bleiben die Wissenschaftler skeptisch, zu oft schon hatten sich anfangs erfolgversprechende Therapieversuche, vom Insulin oder Elektroschock über die Schlafkur bis zur Lobotomie, bei der bestimmte Nervenbahnen im Gehirn operativ durchtrennt werden, als Fehlschlag oder doch nur als Teilfortschritt erwiesen. Um das biochemische Puzzle der Wahnkrankheit vollständig – Rauschen.

Rohdorf dreht das Radio aus, schiebt es behutsam auf den Nachttisch. Nießwandt räuspert sich, so räuspert sich nur jemand, der nicht schlafen kann. Rohdorf horcht, Nießwandt legt sich auf die andere Seite – diese sinnlosen Geräusche, diese völlig sinnlosen Geräusche, wenn man zuhört, wie jemand nicht schlafen kann, denkt Rohdorf, er fragt: Können Sie nicht schlafen?

Sie doch auch nicht, sagt Nießwandt, ich denke und denke, und wenn ich nicht denke, denkt es, haben Sie was dagegen, wenn ich das Licht anmache?

Nein.

... Die Zeit wird uns knapp, sagt Rohdorf, sie rieselt uns wie Sand durch die Finger, wir müssen was dagegen tun, haben Sie noch Wodka?

Und während Nießwandt aus dem Schrank eine neue Flasche holt, sagt Rohdorf, früher dauerte jede Stunde einen Tag, heute jeder Tag eine Stunde, wenn das so weitergeht, erleben wir unser Restleben in wenigen Minuten ...

Und nun sitzen Rohdorf und Nießwandt wie zwei Schulbuben am Tisch, trinken Wodka und denken, jeder für sich, über das Leben nach. Dann nimmt sich Rohdorf einen Zettel und schreibt.

Nur das Tropfen des Wasserhahns.

Stille.

Nur das Geräusch des Schreibens.

Stille.

Was schreiben Sie da?

Ach.

Sagen Sie es doch!

Wir sollten uns was vornehmen.

Was?

Gleich.

Nach wenigen Minuten liest Rohdorf vor, nein, er liest noch nicht vor. Er zögert. Vielleicht habe ich es etwas pathetisch formuliert.

Lesen Sie nur vor.

Von ganzem Herzen, von ganzer Seele und von ganzem Gemüte nehmen wir uns vor:

Unser Leben zu verlängern, indem wir jeden Tag etwas erleben.

Rohdorf blickt kurz auf.

Als Erlebnisse wollen wir solche anerkennen, die wir bisher nicht als solche anerkannt haben, herrenlose Erlebnisse, deren es soviele wie Sand am Meer gibt, wenn sie nur beachtet würden.

Rohdorf blickt abwartend.

Und weiter?

Mehr habe ich nicht, mehr ist auch nicht nötig.

... dann sollten wir darauf anstoßen, sagt Nießwandt.

Arno, Tagebuch.

Ich besteige den Paternoster im Zentralkomitee – ich frage den Polizisten, der wie eine Deschurnaja den zweiten Stock bewacht – wo geht's zum Genossen Borkowski – Ihren Ausweis bitte – er durchblättert das Dokument wie eine Reliquie, jedes Blatt einzeln, vergleicht mich skeptisch mit dem Paßbild im Ausweis, nach ausführlichem Studium scheint er zur Überzeugung zu gelangen, daß der Mann auf dem Foto mit mir identisch ist, bitte links um die Ecke, am Ende des Ganges vorletzte Tür.

Worum geht es, fragt Borkowski, der genau weiß, worum es geht.

Ich: Nimm bitte zur Kenntnis, was die Spatzen längst von den Dächern pfeifen, ich schiebe ihm meinen Ausreiseantrag über den Tisch. Mein Herz rast, dennoch fühle ich mich erleichtert, das schwerste ist hinter mir – diesen Vorgang habe ich mir hundertmal vorgestellt, ich trockne mit dem Taschentuch meine feuchte Stirn – wie wird es sein, wenn ich der Regierung sagen werde, ich gehe weg, derselben Regierung, die mich hoch dekoriert hat, mit dem Nationalpreis, dem Kunstpreis der DDR, dem Orden Banner der Arbeit, last not least dem Theodor-Körner-Preis (Auszeichnung der Staatssicherheit), für das ›Verlorene Fest‹, und mit vielen Fernsehlorbeeren, und die es gerne gesehen hat, daß ich zum Publikumsliebling gewählt wurde, und die mich sicher weiter geehrt hätte, wenn ich mich nur in die große Schar der Stummen eingereiht hätte.

Borkowski zurrt die drei Seiten aus dem Kuvert, die Überschrift meines Antrages lautet Antrag auf Ausreise aus der DDR in die BRD.

Ich versuche, in seinem Gesicht zu lesen, keine Reaktion, seine Augen verharren an einigen Stellen, manche Zeile wird wiederholt, er ist am Ende, schiebt den Brief nun seinerseits über den Tisch mit einer Geste, die bedeuten soll, diesen Brief will ich nicht zur Kenntnis nehmen, noch nicht.

Borkowski: Ich kann dir fast alles widerlegen.

Ich: Tu's.

Borkowski ungeduldig: Ich kann meine Augen nicht überall haben, wir haben keine uniformierte Repressalieninstanz, deswegen entscheiden die Genossen in den Bezirken nach eigenem Ermessen, es wird nicht alles von hier gesteuert, wir haben eine Demokratie.

Ich: Du hast mir in unserm letzten Gespräch in die Hand versprochen, daß Repressalien nicht stattfinden werden, und alle Repressalien, die mich betrafen, fanden in deinem Bereich statt, nämlich im Fernsehen, du hast dein Versprechen nicht gehalten.

Borkowski: Hast du arbeiten können oder nicht?

Ich: Ich habe nicht arbeiten können bis auf ›Arthur der Jongleur‹. Diese Rolle zu spielen, würde nichts anderes sichtbar machen als die Tatsache meines Kaputtseins, so habe ich es auch im Antrag formuliert, und ihr habt zwei Kollegen fristlos entlassen.

Borkowski: Müller hat zwei Briefe geschrieben, beleidigend gegen unsern Staat, das konnten wir uns nicht gefallen lassen, und Helga Navrott befand sich in einer persönlichen Konfliktsituation wegen ihrer Liaison mit dem Sänger, deswegen haben wir sie ausreisen lassen, den

Ausreisetermin konnte sie bestimmen, wir haben ihre Angelegenheiten großzügig behandelt.

Ich: Ihr habt sie großzügig entlassen.

Borkowski: Laß uns über dich sprechen, was willst du drüben in dieser hektischen Welt, glaubst du, eine zweite Karriere machen zu können? Der Sozialismus kann ohne dich existieren, das ist keine Frage.

Ich: Natürlich kann er das, was reden wir lange, nimm meinen Antrag zur Kenntnis und laß mich fahren.

Ich hatte mir vorgenommen, so knapp wie möglich zu antworten und es an Deutlichkeit nicht fehlen zu lassen. Meine Furcht, nicht die richtigen Antworten parat zu haben, beginnt sich zu legen – eine kleine Flasche Whisky hatte ich in den Handschuhkasten meines Autos geschoben, kurz vor dieser Begegnung sollten mir zwei, drei Schluck zu einer straffen Haltung verhelfen – darauf habe ich verzichtet, ich bin die nichtendenwollenden mit grünem Teppich ausgelegten Gänge des Zentralkomitees auch ohne Whisky wie ein Soldat entlang marschiert. Ich hätte gerne meine Schritte im Steingemäuer widerhallen hören, als Appellation an mein Selbstbewußtsein, aber es nahm mir nichts an Mut, daß der dicke Velours meinen entschlossenen Marsch unhörbar machte. Daran erinnere ich mich jetzt, ich setze mich aufrechter hin, drücke die Brust raus, meine Haltung soll ausdrücken, faule Kompromisse sind bei mir nicht drin, ich bin hart wie Kruppstahl.

Borkowski: Willst du was trinken, Tee, Kaffee, Kognak, Juice?

Ich: Juice.

Borkowski drückt auf eine Taste, Frau Bär, bringen Sie bitte zweimal Juice.

Frau Bär serviert ihn eisgekühlt, draußen sind dreißig Grad im Schatten, der wärmste Tag des Jahres, durch das dicke Gemäuer dringt die Hitze nicht durch, hier drinnen mögen zweiundzwanzig Grad sein, dennoch, der Juice erfrischt.

Borkowski: Du kannst dich doch drüben dem Propagandarummel nicht entziehen, du wirst durch den Wolf gedreht, von der CDU umarmt, eine knappe Woche, dann schmeißt man dich auf den Müllhaufen – dann bist du weg vom Fenster, mir ist von den Künstlern, die hier weggegangen sind, niemand bekannt, dem eine zweite Karriere geglückt ist.

Wir trinken den Juice synchron, wir stellen die Gläser gleichzeitig auf das papierserviettengeschmückte Tablett, unsere Hände berühren sich.

Ich nehme nicht an, daß du in die DKP eintreten wirst. Du bist ein intelligenter Mensch, du gehörst in den Sozialismus, hier hast du dein Publikum, hier ist deine Welt – sei nicht dumm – ich bitte dich, nimm diesen Ausreiseantrag zurück – was denkst du, wieviel Anträge wieder zurückgezogen worden sind.

Ich muß an unser erstes Gespräch mit dem Genossen Georg Borkowski denken, als er wie ein Bananenverkäufer die Zahl der Ausreisewilligen runterhandelte. Damals sagte er, drüben behauptet man, es wären zweihunderttausend, es sind nicht hundertachtzigtausend, nicht hundertzwanzigtausend, keine hunderttausend, auch nicht achtzigtausend, nicht mal fünfzigtausend – ganze fünfunddreißigtausend, der Haufen war zusammengeschmolzen wie die Butter in der Pfanne, ein erbärmlicher Rest, ich hatte die letzte, beinahe tonlos genannte Summe nicht mal verstanden, deswegen fragte ich wieviele? Er mußte wiederholen. Ich sagte, immerhin eine Kleinstadt. Jetzt sitze ich Georg Borkowski gegenüber, die randlose Brille steht den blauen Augen gut, ich blicke neidvoll auf sein dichtes Haar und muß daran denken, wie der Regisseur Mähler mir vorschlug, ihn intensiv zu studieren – der Staatssekretär, den ich in seinem Film spielte, sollte möglichst sein wie mein Gegenüber, nach Mähler: weltoffen und modern.

Borkowski: Willst du zwei Jahre in die Schweiz, Holland, Österreich?

Ich: Ich will fahren, wohin ich möchte, mit Frau und Kind, Arbeiten annehmen, die ich möchte – ich möchte ohne Bevormundung entscheiden, ob ich zu meinem Bruder in die BRD will oder in die Schweiz, nach Kanada, was weiß ich, deshalb auch der Antrag.

Borkowski: Bitte, Arno, aber bleib DDR-Bürger, mach's wie Ehrenberg.

Mir bleibt der Mund offen, das ist eine Sensation, das

darf nicht wahr sein, das kann ich nicht glauben, mein Mißtrauen wächst, er kann mir unter vier Augen die ganze Welt versprechen, jetzt, kurz vor Belgrad, und später wird er mir den Hals umdrehen, so wird es kommen, er fürchtet den politischen Rummel, das ist alles, meine Gedanken überschlagen sich – wie nun, wenn gerade dieser ein- und erstmalige Vorgang einen viel größeren Pressewirbel entfacht, nein, lieber Georg, ich glaube dir nicht, das wäre zu schön, um wahr zu sein.

Er muß gemerkt haben, was in mir vorgeht, ja er, Georg Borkowski, beginnt, von Vertrauen zu sprechen, er sagt nichts Neues, aber so, daß man ihm vertraut, vertrauen möchte, dann spricht er von Ehrlichkeit im Leben und in der Kunst, als geglückten Beweis für das letztere führt er die Filme von Henneberg an.

Nein, lieber Georg, wenigstens in diesem Punkt haben wir uns nicht verstanden – das Beste, was uns bisher gelang, waren Filme, die sich in der Nähe der Wahrheit aufhielten; er unterbricht:

Natürlich wird Kunst immer parteilich sein, er drückt erneut die Taste, Frau Bär, bringen Sie bitte die Presse von Rahn, schon erscheint Frau Bär mit der Presse – als sie gerade aus dem Zimmer ist, drückt er nochmal auf die Taste – bitte auch den Brief von Arnheim – augenblicklich erscheint der Brief, preußische Ordnung. Er durchfliegt meinen Brief kurz, dann schiebt er ihn weg, leider, wird er denken, mit dem kann ich nichts anfangen, kein Widerruf, kein Widerspruch – ich erwähne, daß ich diesen Brief vom Dezember 76 auf seinen Wunsch deswegen geschrieben habe, weil ich hoffte, er könnte klärende Gespräche herbeiführen und die nicht intakte Kommunikation zwischen führenden Funktionären und Künstlern abtragen helfen. In einem Telefonat hatte ich gebeten, den Brief zu veröffentlichen, das hatte er mir auch zugesagt, dieser meiner Bitte wurde nicht entsprochen, der Brief war sicher nicht artig genug, obwohl ein Anschlag an ein schwarzes Brett im Fernsehen, ein Vorschlag, den ich ebenfalls unterbreitet hatte, eine Kleinigkeit gewesen wäre. Wir hätten zwischen den Künstlern Mißtrauen abgebaut.

Er mag darauf nicht antworten, er nimmt Rahns Presse zur Hand – hier werde ich wörtlich zitiert – etwas Ver-

trauliches, was ich Rahn in diesen vier Wänden mitgeteilt hatte, und wir hatten vereinbart zu schweigen. Ich will wissen, worum es geht – er, Georg Borkowski, hält sich bis heute an die Abmachung, er liest nichts vor.

Ich denke, es müßte einen Computer für Wortbrüche geben, dann könnten wir uns diesen Teil der Unterhaltung sparen, ich sage: Ich lege die Hand ins Feuer, daß Rahn geschwiegen hat.

Wir schweigen, ich will aber nicht mehr schweigen, deshalb sage ich: Wir sollten kommunikationsfreundlicher werden, besonders die Regierung, wenn man von euch mehr wüßte, bißchen Strick, bißchen Tratsch, würde die Bevölkerung die Staatsführung besser kennen, man kann nur lieben, was man auch kennt.

Borkowski legt die Presse ordentlich auf den Tisch – er trinkt einen großen Schluck Juice, dann sagt er: Ich fahre bis zum 27. nach Afrika, gib deinen Antrag bis dahin nirgendwo ab, ich werde behaupten, es gibt keinen Antrag von Arnheim – laß uns ein zweites Gespräch haben.

Ich überlege, dann sage ich, einverstanden.

Auf Wiedersehen.

Auf Wiedersehen.

Und jetzt feiern beide ihren Entschluß. Sie trinken Wodka und sind zufrieden. Sie lesen sich vor, Rohdorf Arnos Artikel (nicht vergessen, der Kneiffke zurückzugeben), der über seine ersten Dreharbeiten berichtet. Nießwandt Geschichten. Sie reden über Politik, übers Wetter, weiß der Himmel worüber alles, über die Nordsee, das besondere Klima, und Rohdorf sagt, die beiden Deutschländer betreffend, manchmal habe ich das Gefühl, nicht zwei Welten, zwei Ideen stehen sich gegenüber, sondern zwei Neurastheniker schlimmsten Kalibers, und er hätte eine Vision, Schnitzler und Löwenthal als Träger deutscher Ideen müßten in den Ring und dürften sich schlagen, stellvertretend für jene, die es gerne möchten.

Das Bild ist seitenverkehrt: Rohdorf geht auf und ab, Rohdorf redet, und Nießwandt sitzt da, still, hört zu, antwortet, Rohdorf nimmt eine Photographie vom

Nachttisch Nießwandts, betrachtet sie ausführlich, ich sehe mir gern alte Photos an, sagt er, die Uhrkette unglaublich, Ihre Eltern, ja? Nießwandt nickt, meine Mutter, eine Fleischerstochter aus Königsberg, antwortet er, streng gläubig, mein Vater, ein Metaller aus Berlin, Kommunist, dennoch – er hat sich von Mutter rumkriegen lassen – denn er hat sich auf den Unterarm ein christliches Motiv tätowieren lassen, das Heilige Abendmahl mit nur zwei Jüngern wegen Platzmangel.

Bißchen Metaphysik kann der Partei nicht schaden, antwortet Rohdorf, dann geht er auf und ab, leicht angetrunken, ich habe nicht Ihre Phantasie, Nießwandt, ich bin mit hundert Millionen Billiarden Sternen maßlos überfordert, was heißt maßlos, für die Überforderung habe ich keine Worte, und wenn ich mir Gott vorstelle, kommt immer nur eine Mischung von Kaiser Rotbart und Karl Marx zustande.

Dann geht es Schlag auf Schlag, Nießwandt verteidigt den Himmel, Rohdorf die Erde, für Nießwandt ist Gott keine menschliche Vorbildung, sondern Geist, dem er Gedanken sendet, hoffnungsvoll und hoffnungslos, wie jemand, der eine Flaschenpost ins Meer wirft, ohne zu wissen, ob sie jemals ein Ufer erreicht; und das Jenseits bedeutet ihm die gleichzeitige Entdeckung des Diesseits, die freiwillig gesuchte Einsamkeit, die Suche nach Kommunikation, und für Rohdorf sind es nicht die Worte, die auf seiner Zunge brennen, sondern der Wodka, die folgenden Sätze läßt er fallen, wie der Wasserhahn die Tropfen, natürlich, sagt er, gibt es das naturwissenschaftliche Weltbild, auch als Versuch einer Sinnfindung, deswegen gebe ich Ihnen recht, den Kosmos nicht als eine gigantische Apparatur zu verstehen, sondern wie es jemand formulierte ... wer, wer ... als großen Gedanken; aber die Wahrheit, die von dort zu holen ist, wird tröpfchenweise abgegeben, man kann sie nicht aus dem Himmel löffeln, wie aus der Suppe die Fleischstückchen und vieles mehr, sagt er, er fühlt sich als Sieger, wer zum Beispiel die Hilfe einer naturwissenschaftlich orientierten Medizin ausschlägt, bei akuter Galle, akutem Blinddarm, ist lebensmüde oder blöd, es gibt nun mal kausale Zusammenhänge, deren Außerachtlassung sich nicht empfiehlt. Und

Nießwandt lacht, daß ihm die Tränen kommen, er bugsiert ein Taschentuch aus seinem Schmierkittel, wischt sich die Augen, dann spricht er die beeindruckenden Worte: Lieber Rohdorf, Sie sind für mich wie ein Kunstwerk, ich habe Sie angeschaut, gehört und nun bin ich getröstet. Zum Wohle ...

... hören Sie, Nießwandt, ruft Rohdorf, er spürt, daß seine Zunge Schwierigkeiten hat, sich bei Konsonanten und Vokalen von der Stelle zu bewegen, ich war schon mal tot, ich war schon mal so gut wie abgesoffen, als Elfjähriger. Wir tauchten durch ein Kajütboot, etwa drei Meter tief, vom Heck in die Eingangsluke und tauchten an der Spitze des Kahnes durch ein winziges Loch von Ausstieg wieder auf, der sich, wenn man im Dunkel der Kajüte war, als helle Stelle markierte, umkehren oder wenden ging nicht, dazu war die Kajüte zu schmal und eng; irgendein Junge hat, als ich mit Tauchen dran war, den Ausstieg dicht gemacht, und ich suchte wie wahnsinnig nach der hellen Stelle, nach der Auftauchmöglichkeit, nichts, ich sehe und finde nichts ...

Noch heute erinnere ich mich an einen euphorischen Zustand, an einen von mir selbst befreiten Dahinflug in einer immer hellerwerdenden Flüssigkeit, die Atemnot nur eine kleine Hürde, dann, Seligkeit, total high, gewaltige Kirchenglocken kommen aus der Unendlichkeit und gehen dorthin zurück, ja, da war ich schon mal tot, und die Kirchenglocken müssen die Herzschläge gewesen sein, also erlebte ich schon mal den Tod oder wenigstens die Generalprobe von ihm, und es ist beruhigend zu wissen, daß es angenehm war; wenn es zur Aufführung kommt, wünschte ich mir, der Tod möge ein natürlicher sein, einschlafen und nicht wieder aufwachen, aber glaubt man den Statistiken, wäre das schon ein bevorzugter Umstand. Ich denke, solange ich lebe, ist der Tod nicht da, und wenn ich tot bin, ist das Leben nicht da, sagt Rohdorf, kippt den letzten Schluck Wodka hinunter, lacht ein dünnes Dramaturgenlachen, aber jetzt müssen wir Ihr Personal-Patienten-Verhältnis klären, auf der Stelle müssen wir's, sagt er und schiebt seinen Stuhl nach hinten, steht auf, Frau Dr. Kneiffke und der Chef Dr. Wolff müssen her, jetzt sofort, und plötzlich bricht der Alkohol in sein Gehirn, als wäre ein Deich gebrochen, die Gedanken schwimmen ihm wie die Felle davon, ich muß pissen, sagt er und wiederholt es, ein Satz, der nüchtern nicht über seine Lippen gekommen wäre, Gewichte ziehen ihn zur Seite, dieselben, die ihn auch wieder in die Senkrechte befördern, er torkelt zur Tür und verläßt die 117.

Der lange Krankenhauskorridor scheint in die Unendlichkeit zu gehen, einige Male will der Fußboden Seitenwand werden, mein Gott, ist das Leben schön, Rohdorf schwankt bis zur Toilettentür, was wollte ich eigentlich, ach ja, das Personal-Patienten-Verhältnis von Nießwandt klären, so eine Sauerei, es wäre aber freundlich, wenn er vorher am Schwesternzimmer klopfte, eine gute Nacht wünschte, nur aus Freundlichkeit, und die Schwestern wären auch freundlich, alle wären freundlich, besonders Schwester Karin, auch die kleine flinke, die Sechzehnjährige, die ihn immer wie eine Mutter behandelt, vielleicht lacht eine Schwester, ein klitzekleines Lachen, das wäre sehr freundlich. Rohdorf torkelt den Gang aufwärts. Überhaupt, sagt er, wo ist der Chef, das ganze Krankenhaus soll her, er hätte etwas Wichtiges zu besprechen, was war es nur, hier müßte es sein, denkt er, hier ist das Schwesternzimmer ... im gleichen Augenblick legt sich eine Hand auf seine Schulter: Kommen Sie, Rohdorf, es ist schon spät, Nießwandt sagt es.

Machen Sie doch mal Ihr Radio an, sagt Rohdorf, wieder im Zimmer, mit Musik geht alles besser. Nießwandt macht es, eine männliche Stimme verliest: Als jener Baden-Württembergische Ministerpräsident sich am 16. März 1945 um 14.05 Uhr den Zweiundzwanzigjährigen vorführen läßt, dessen Exekution er um sechzehn Uhr leiten will – er selbst habe sich zum Leitenden Offizier für das Vollstreckungsverfahren bestimmt –, als er die Verfügung für den Gerichtsherrn diktierte und unterschrieb, vermeldete die Stimme, da ist außer seinem Opfer nur Inspektor Magerle im Raum. Hier unter sechs Ohren könnte nun durchaus »Antifaschist« F. ein Mensch sein. Aber er ist nur genau. Denn der »Vorgeführte« hat ja noch zwei Stunden zu leben. Also hält F. es für nötig, ihm ausdrücklich zu erklären, daß er die bürgerlichen Ehrenrechte auf Lebenszeit verloren habe.

Die Stimme aus dem Radio verkündet, daß es sich hierbei um einen Artikel des Schriftstellers H. über das Urteil gegen den Marinesoldaten G. handelt.

Danach ohne Übergang Musik von jener Art, die nicht stört, wenn man sich unterhalten will, lieber wäre Nießwandt eine, die ein Gerede nicht zulassen würde.

Nach einer halben Stunde sind beide im Bett, das Radio noch an – Kreuzberger Nächte sind lang, hatte es gerade hinter sich, mit siebzehn hat man noch Träume vor sich – und Nießwandt fragt probeweise, schlafen Sie schon? Im Gegenteil, kommt es prompt zurück. Nießwandt, lieber Freund und Kupferstecher, Kriegskamerad in Friedenszeit, und Nießwandt: Sie sind zu laut, Rohdorf. Darauf Rohdorf: Ich war noch nie laut, da werde ich doch einmal zu laut sein dürfen, Nießwandt, Sie Möwe vom Dienst, und »Möwe, du fliegst in die Heimat« singt Rohdorf, und Nießwandt muß lachen, daß das Bett wackelt. Nach einer Pause lallt Rohdorf, leise und für sich, da hätten die Schwestern beinahe gelacht, klitzeklein gelacht, das wäre schön gewesen.

Wie eine Münze im Wasser, hin und wieder blinkt sie noch, versinkt das Gespräch, Sätze, Worte, Wortfetzen, dann schlafen beide Männer. Im Radio eine Musik, die sich Nießwandt wünschte, eine, die Gerede nicht zugelassen hätte, ein Streichquartett von Borodin.

Ich habe mit der Kneiffke gesprochen, sie gibt uns Urlaub, sagt Nießwandt, das nächste Mal müssen Sie um Urlaub bitten, ich schlage vor, wir gehen ins Pergamon.

Bei dem schönen Wetter? Was halten Sie von einem Spaziergang in Wendenschloß, an der Müggel oder im Tierpark?

Davon halte ich viel.

Die Straßenbahn, die beide bestiegen haben, setzt sich schwerfällig in Bewegung, Rohdorf und Nießwandt ebenfalls: Denn eine mürrische Straßenbahnführerin ruft, durchtreeeten, können Sie nicht hören, meine Herrschaften, durchtreeeten, nun sind beide durchgetreten, ein etwa dreizehnjähriges Mädchen fragt Rohdorf, ob sie richtig sei nach Johannisthal, Rohdorf schüttelt den Kopf, andere Richtung, das Mädchen enttäuscht, ach so, gähnt und bleibt sitzen, sie wird auch dann noch nicht ausgestiegen sein, wenn die beiden die Straßenbahn verlassen haben.

In der Straßenbahn liest jemand die Berliner, Nießwandt und Rohdorf schielen hinein, lesen mit, ich muß mir auch eine kaufen, sagt Nießwandt, wegen der Fußballweltmeisterschaften, der Zeitungsbesitzer liest einen gewichtigen Kommentar; Rohdorf muß gähnen, er denkt an den trägen Verdauungsvorgang der gewichtigen Kommentare im Kopfe, wie der mehr oder weniger fetthaltigen Kartoffelsuppe im Magen, die es heute im Krankenhaus gab, warum gähnen Sie, fragt Nießwandt, weil ich vor Glück ganz müde bin, erwidert Rohdorf.

Sie übertreiben.

Nein, wirklich.

Das dreizehnjährige Mädchen, das nach Johannisthal wollte, lacht und blickt Rohdorf an.

Rohdorf lächelt und blickt zurück.

Das Mädchen prustet los und hält sich die Hand vor den Mund. Das Prusten übergeht Rohdorf wie ein lateinisches Zitat in einem gewichtigen Kommentar.

Das Mädchen prustet wieder los.

Rohdorf lacht.

Nießwandt liest die Berliner, über die Schulter des Lesenden. Als sie ausgestiegen sind, sagt Rohdorf, erzählen Sie eine Geschichte.

Eine wahre?

Egal.

Nießwandt erzählt eine wahre:

... Du siehst aus wie ein französischer commis voyageur.

Wirklich?

Auf den Champs Elysées, einverstanden, aber hier in der Rathauspassage siehst du aus, wie soll ich sagen – ha, ha, ha –, als hättest du allen Aktivisten der ersten Stunde den Krieg erklärt – ha, ha, ha –, warum der Aufzug, ja, erwidere ich, jahrelang habe ich unauffällig gelebt, leben müssen, da hat sich bei mir gewissermaßen ein Auffallnachholbedürfnis eingestellt. Nun gut, der Zylinder nicht mehr neu, aber gut sah er noch aus, das Stöckchen in der Hand kein Stöckchen, nun gut, ein ordinärer Krückstock, erstanden für eine Mark mitsamt Zylinder auf einer Haushaltsauflösung, aber meinem guten alten Freund Herbich konnte ich allemal das Wasser reichen, denn der war es, der mich ansprach und aus vollem Halse lachte über meinen Aufzug, und der ein bißchen schmuddlig (ein bißchen mehr als nur ein bißchen schmuddlig) mich mit seinen kleinen, sarkastischen Äuglein unter und zwischen den fleckigen Gläsern eines Monsters von Brille betrachtete, sein Jackett fleckenübersät und schuppenüberrieselt, und ich wollte sagen, was siehst du den Splitter in deines Bruders Auge und nicht den Balken in deinem eigenen, dafür sagte er herzlich und überaus erfreut, das ist ein Tag, die Verschrotter der ersten Stunde treffen sich hier in der neuen Rathauspassage, erinnerst du dich noch, die Verschrotter der Verschrotter, zum Beispiel Karinhall, Görings Jagd- und Lustschlößchen, natürlich, sagte ich, erinnere ich mich, und schon wurde ich von Herbich unterbrochen, Cleo wird erst Augen machen, wenn sie dich sieht, mannomann. Cleo, rief Herbig über den Rücken, und als wäre sie aus dem Boden geschossen, stand sie neben Herbich, in der nächsten Sekunde, aus dem Ex kam sie, da wirst du staunen, sagte Herbich, nun sieh dir den an, was sagst du, und da Cleo nichts sagte, sagte Herbich, unterstehe dich nicht, nichts zu sagen. Ich unterstehe mich, erwiderte Cleo.

Nein.

Doch.

Nicht doch.

Ja doch.

Das ist Heinz Nießwandt oder olle Niesi, rief Herbich, und Cleo schoß das Blut in die Wangen, wie die roten Seiten von reifen Äpfeln stand es darauf, und Cleo völlig sprachlos an Herbich gewandt, Niesi, olle Niesi, wirklich Niesi? Und dann an mich gewandt, Tag Niesi, und ich, Tag Cleo, dann waren wir vor Überraschung etwas stumm, eine Erinnerungsminute lang, und sie fragten mich nach Aktivisten der ersten Stunde, von denen sie nichts wußten, und ich fragte sie nach Aktivisten der ersten Stunde, von denen ich nichts wußte, besonders nach Hans Haberlich, der mein Vorgesetzter war, und über Hans Haberlich sagte Cleo, nix Gutes is aus dem geworden, der, der fuhr eines Tages nachn Westen sein Bruder besuchen und is drüben geblieben, in schlechte Kreise gekommen, erst war er man nur ein Renegat, später sowas wie ein Spitzel, wohl nur ein ganz gewöhnlicher, und 52 is er gestorben, der Hans, is ja schade um ihn, hat nu sein Leben als Sozialist begonnen und dann is er doch als bezahlter Agent gestorben, hätt' er ja nicht nötig gehabt, ja, 52 hat er rübergemacht ... rübergemacht hat er 49, berichtigt Herbich, 52 hat er Schluß gemacht, nee, nee, 53 hat er Schluß gemacht, 53 nix von wegen 52.

52, erwidert Cleo, und Schluß gemacht hat er überhaupt nich, gestorben is er.

Aber 53.

52, im November 52.

Im Oktober 53.

Nix von Oktober, im November 52, und während sich Cleo und Herbich in die Haare kriegen, ob nu November oder Oktober, ob nu 52 oder 53, entschloß ich mich, nicht mein ganzes Herz über die Zunge zu lassen, also nichts von der Krankheit und nichts vom Brief an den Staatsrat in der Jackentasche, den ich noch am gleichen Tag abgeben wollte, abgeben mußte, und der an meiner Brust knisterte, zu sagen, ich lüpfte nur meinen Zylinder ein wenig, mitten im Streit noch, und Herbi und Cleo hörten ruckartig mitn Gezänke auf, was isn das, fragte Herbi, denn für kurze Augenblicke erstrahlte meine geschorene Glatze, haste Dich kahlscheren lassen, und Cleo lachte, vom Zahn der Zeit kahlnagen lassen, bin für ne reife Glatze alt genug, denke ich, erwiderte ich, habe nu wenigstens einen konstruktiven Kopf schon viele Jahre und hygienisch dazu, sich ewig kämmen, nicht der Mühe wert, und ewig gekämmt sein, unmöglich, und ich lachte und Herbi und Cleo auch, ja, den Kopf hatte ich mir scheren lassen wegen der Kopfsalbe, den Zylinder auch aufgesetzt wegen der Kopfsalbe, ich sah ja zum Ausrükken aus, und Cleo und Herbi dachten nun, ich hätte eine richtige, während ich doch nur eine künstliche Glatze hatte, und Herbi tat ich sichtlich einen Gefallen mit dieser Mitteilung, denn er fuhr sich vergnügt durch die Mähne, und als ich mit Herbi und Cleo nach einigen Monaten wieder zusammengekommen war, wir hatten uns ja verabredet, waren meine Haare wieder gewachsen, eine Behandlung war gerade nicht nötig, blickte mir Herbi skeptisch in die Augen und mißtrauisch auf den Kopf und sagte, für mich, den Aktivisten der ersten Stunde, und für mich, den Revolutionär, Verschrotter, Philosophen, Theoretiker und Praktiker des bewaffneten Aufstands, war früher die Pariser Kommune, später der Aufbau unseres Arbeiter- und Bauernstaates und sind ab heute deine Haare die wichtigsten Sujets, deine Haare, die offensichtlich kommen und gehen wie sie wollen, wie machst du das bloß, und ich, der ich weiß, daß Verteidigung der Tod jedes bewaffneten Aufstands ist, sagte, blick ausm Fenster, Herbi, draußen schneit es, nu is wieder Winter, getroffen hatten wir uns im Herbst, auf der Rathauspassage, und so wie Herbst und Winter werden, werden auch meine Haare, mal da, mal nicht, mehr gibt es dazu nicht zu sagen, und Herbi schmunzelte und Cleo schmunzelte, und alle dreie drückten wir unsere Nasen an die Fensterscheibe und sahen die ersten jungfräulichen Schneeflocken vom Himmel fallen und sahen, wie ein großer Schäferhund auf dem weißen Bürgersteig kleeblattförmige Spuren hinterließ, und Herbi sagte nach einer beeindruckenden Pause, das hat mich überzeugt ... ja, sagt Nießwandt, Herbi ist voriges Jahr gestorben, und Cleo ist seit drei Monaten im Feierabendheim ...

Während beide zum Tierpark ziehen. wie die biblischen Propheten, mit keinem strategischen Plan außer jenem, aufgeschlossen zu sein gegenüber Erlebnissen, herrenlosen Erlebnissen, die das Leben verlängern sollen und deren es so viele wie Sand am Meer gibt, wenn sie nur beachtet würden, hat Nießwandt Geschichten erzählt, und beide haben darüber nachgedacht, wie sie zu veröffentlichen wären, und Rohdorf hat vorgeschlagen, sie auf ein Tonband aufzunehmen. Rohdorf sagt: Sie sind der beste Geschichtenerzähler, den ich kenne.

Und Nießwandt erwidert: Im Gegensatz zu aufgeschriebenen Geschichten, die sich mit dem Aufschreiben erledigt haben, leben die Erzählgeschichten weiter, entwickeln sich, ich habe sie ständig parat, gehortet, Geschichten als Nahrung für den Kopf. Wenn ich Geschichten erzähle, machen sie mich betroffen, manchmal muß ich weinen, das ist peinlich für mich und die Zuhörer; denn ich entdecke sie beim Erzählen neu, sie verändern sich von Mal zu Mal, und irgendwann habe ich vergessen, wie sie wirklich waren, die Quellen, aus denen sie kamen, sind lange versiegt, irgendwann ist die Geschichte selbst zur Geschichte geworden, sie hat sich von der Wirklichkeit gelöst wie ein Lendensteak vom Schwein, sie wird auch gar nicht an der Wirklichkeit gemessen sondern an ihrer Wirkung, an der Virtuosität des Erzählens, niemand kommt mehr auf den Gedanken zu fragen, war das wirklich so ...

... unbedingt müssen wir ins Brehmhaus, sagt Nießwandt, atmen Sie die frische Frühlingsluft ein, sagen Sie, stimmt es, daß ein Gepard beim Jagen auf hundert kommt? Und Rohdorf kommt nicht zum Antworten, denn Nießwandt fährt fort, sehen Sie, hier eine Hängebauchschweinfamilie, mit den Bäuchen fegen sie die Erde, die Beine viel zu kurz, eine Fehlkonstruktion der Natur, was meinen Sie?

Und Rohdorf kann immer noch nicht antworten, denn ein Nieser wird ihm von der Sonne aus der Nase gekitzelt, die Hängebauchschweinfamilie ist von der Explosion erschreckt, sie erstarrt und starrt auf Rohdorf, und während er ein Gesundheit von Nießwandt vermißt, ist Nießwandt schon wieder bei einem anderen Thema, dessen Anfang Rohdorf verpaßt, weil er sich gestattet, seinem Groll darüber etwas nachzuhängen.

Es wird laut, sie sind am Kinderspielplatz, Getummle, Gebalge, Gezanke, Nießwandt strahlt wie ein Honigkuchenpferd.

Ein kleiner Junge hat von einem anderen den Traktor gestohlen, er versucht, die Beute den Eltern zu bringen, Nießwandt und Rohdorf sehen dem Diebstahl amüsiert zu, die Eltern ebenfalls, aber keineswegs amüsiert, der Vater droht dem Sohn, während die Mutter den Traktor äußerst beflissen dem Besitzerkind in die Hände zu drükken versucht, das des Traktors überdrüssig seinerseits eine erbeutete Puppe in den Fingern hält; sie kniet vor dem

Kind, spricht auf es ein, freundlich, der Angesprochene nimmt den Traktor, kaum abgewendet, schmeißt er ihr den Traktor im hohen Bogen hinterher; die um gutes Auffallen bemühte Mutter will sich empören, aber angesichts der Öffentlichkeit entschließt sie sich zu einem Lächeln, das nicht geraten will, der eigene Sohn schreit, die Eltern ziehen ihn mit, man muß kein Prophet sein, außerhalb der Sichtweite wird es Senge geben.

Plötzlich niest Nießwandt, er macht seinem Namen alle Ehre, er niest eine ganze Serie, als belustigende Zugabe für die Kinder ruft er, hatschi, alles stehenbleiben, hatschi, alles festhalten, hatschi, gleich geht's weiter – hatschi, und das ganze nochmal von vorne – die Kinder klatschen Beifall.

Kurze Zeit später sind sie im Raubtierhaus, ein Wärter füttert – die Großkatzen schleichen nervös im Käfig auf und ab, mechanisches Wiederholen programmierter Gänge und Bewegungen – Nießwandt und Rohdorf vorm Käfig des Geparden, einige Besucher stellen sich dazu, ein junger Mann erscheint, Knochen und Fleisch im Eimer; er stellt sich vor den Geparden hin, der in seinen Bewegungen verharrt, beide blicken sich an, dann schiebt der junge Mann die Hand durch die Gitterstäbe und krault die Ohren des fauchenden Tieres, er streichelt ihm die Nase. Rohdorf ballt die Hände zu Fäusten, instinktiv, er versteckt die Finger, als könnte er dem Wärter auf diese Weise, falls der Gepard zuschnappt, ein paar Finger retten. Ein kleiner Junge sagt, nicht Pappi, alles eingeübt, und der Pappi erwidert, ich hoffe.

Rohdorf liest auf einer Tafel: Gepard, katzenartiges Raubtier der Steppen und Wüsten Afrikas, südlich der Sahara und Arabiens bis Vorderindiens, der Gepard jagt als Tagtier vorzugsweise Antilopen, die nicht belauert oder angepirscht, sondern gehetzt werden. Er ist das schnellste Säugetier, Geschwindigkeit etwa hundert Kilometer in der Stunde.

Woher wußten Sie, daß der Gepard hundert schafft?

Seit klein auf interessiere ich mich für das Schnellste, das Größte, das Stärkste.

Rohdorf muß lächeln, er ebenfalls – wer ist der Stärkste, interessiert ihn heute noch über alle Maßen, Eisbär gegen Tiger, Walfisch gegen Elefant, wenn es nur möglich wäre.

Vor einer Hauskuh bleiben sie stehen, Rohdorf saugt die Kuhluft in vollen Zügen ein, das ist Luft, sagt er, hier ist sie noch das, was sie mal war. Neben den beiden formieren sich etwa ein Dutzend junger Damen zu einem Kreis, eine Schulklasse. Die Lehrerin stellt sich in die Mitte und spricht über die Errichtung des Tierparkes, über Errungenschaften des Sozialismus und kommt auf Lenin zu sprechen, dessen Daten, Taten und Werke sie unbekümmert durcheinandermischt. Der Brester Friedensvertrag wird von ihr in das Jahr 1923 verlegt, und Rohdorf, übermütig, stellt sich an den Rand des Kreises, verbessert, vielleicht darf ich hin und wieder klärend eingreifen, die Mädchen lachen, ebenfalls die Lehrerin (errötend), und Nießwandt klatscht in die Hände.

Bald übernimmt Rohdorf (fast ausschließlich) die Aufgabe, über Lenin aufzuklären, die großen Schülerinnen hängen an seinen Lippen, sind Sie auch Lehrer? Nein, Dramaturg, beim Fernsehen.

Das Thema wird gewechselt, man spricht über Theater, Film und Literatur, und Rohdorf, der sich nicht von der Stelle gerührt hat, wird von der sich wieder formierenden Gruppe allmählich neuer Mittelpunkt, die Lehrerin steht nun am Rande neben Nießwandt, der sie ins Gespräch zieht ... die Hauskuh im Rücken aller Beteiligten muuuht, und Nießwandt sagt, als Kind glaubte ich, eine Kuh könne durch sich selbst leben, sie trinkt ihr volles Euter leer und ist satt; sie braucht nichts auf der Welt außer sich, darüber lachen die Mädchen und klatschen ihrerseits Beifall, und Rohdorf gewinnt die Blicke der Damen wieder, indem er sagt, auf diesen Einfall haben Sie kein Urheberrecht, er bückt sich nach einem Stock, räuspert sich, ich habe den gleichen gehabt, dann singt er, und es ist nicht zu glauben, das Lied von der blauen Kuh, die nicht fressen wollte, weil das Gras sie kitzelte und sie immer lachen mußte. Sie trank ihr volles Euter leer. Die letzte Strophe heißt:

Es war mal eine blaue Kuh
die hat sich ausgetrunken
da war sie weg, da war sie aus

so groß nur noch wie eine Laus
danach nur noch ein blauer Fleck
der lachte noch, dann war er weg

Rohdorf hatte diesen Text für Arno geschrieben, und er kann ihn auswendig, mehr noch, er hat Arnos Betonungen, Arnos Pausen bestens im Ohr, er kopiert ihn, singt leise, aus Übermut, aus Spaß, er macht es gut, einmal will es ihm peinlich werden, als sich einige Leute dazustellen, dennoch, er hält durch, am Ende wird begeistert geklatscht, Sie waren großartig, wird gesagt, und Nießwandt stößt Rohdorf an, das ist mehr als wir uns vorgenommen haben, Sie waren Spitze ...

... und Rohdorf stockt, entschuldigen Sie mich bitte, meine Damen, sagt er, und, kommen Sie mit, er blickt Nießwandt an, dann läuft er zu den blühenden Magnolien, dorthin wo der Weg sich kreuzt, er ist außer Sichtweite, hier ist sie eingebogen, es ist unsinnig zu glauben, daß sie mich wiedererkennt, woher auch, aber sie muß es gewesen sein, das Mädchen aus dem Palast der Republik, das Mädchen, auf dessen Gesicht er gespannt war und die verschwunden war, dort wie hier; aber ich sah sie einbiegen, hier war es, denkt Rohdorf, ich erkannte doch sofort den schiefergrauen Mantel, darüber die blonden Haare, und Rohdorf blickt sich um, suchend, wie ist es nur möglich, wie zum Hohn, als habe sie ihn einzig und allein aufgefordert zu folgen, um ihn sehen zu lassen, daß sie nicht mehr zu sehen ist.

Der Duft der Magnolien, oder nein Flieder, untermischt von Salbenmixturgeruch, der einfach immer und überall ist, der lange leere Weg, weiße Schmetterlinge, zwei oder drei um eine Blüte, der beginnende Wind, der sie einige Male aus der Bahn wirft, sonst nichts, kein Mensch weit und breit ... bis auf Nießwandt, der folgen mußte und außer Atem ist, was soll das, was ist mit Ihnen, fragt er.

Schwer zu sagen, erwidert Rohdorf, ich sah eben ein Mädchen, das ich einmal da und einmal dort sah, eben bildete ich mir ein, sah ich es hier.

Was für ein Mädchen, fragt Nießwandt.

Ein unbekanntes.

Ein unbekanntes?
Welches ich nur flüchtig gesehen habe.
Ja.
Wie sah oder sieht sie aus?
Von vorne habe ich sie noch gar nicht gesehen.
Von vorne haben Sie sie noch gar nicht gesehen?
Nein.
Sie sind verrückt.
Warum?
Weil Sie eine ganze Schulklasse hübscher Mädchen geopfert haben für jemand, den Sie vorgeben, flüchtig von hinten, von vorne aber noch gar nicht gesehen zu haben.
Ich kenne nur ihren Hinterkopf.
Und Nießwandt bleibt stehen. Der Wind hat seine Haare zerzaust. Am Nacken haben sich zwei dünne Zöpfchen zusammengeweht, die schräg vom Kopf abstehen.
Und Rohdorfs sonst stets gepiesackte Seele ist heiter, er ahnt, daß folgendes passieren wird: Der Wunsch, sein Innenleben nicht nach außen zu lassen, wird dem Wunsche weichen, sein Innenleben nach außen zu lassen. Er verspürt den Wunsch, Worte aus seinem Munde wie Erbsen aus einer reifen Hülse springen zu lassen. Er ist albern, übermäßig albern. Albernheit ist eine männliche Tugend, sie verlangt Geist, ihn aufgeben zu können, hat ein berühmter oder nicht berühmter Dichter gesagt, demnach, Prost Mahlzeit, müßte er männlicher als männlich sein ... und als wüßte Nießwandt um Rohdorfs augenblickliche Verfassung, und als bemühte er sich, dessen kribbelnden Übermut zu ordnen, zu einem Gedankenstrang zu bündeln, fragt er, warum erzählen Sie nichts von *sich*?
Und durch Rohdorf geht ein Ruck, wie bei jemandem, der eine Treppe hinuntersteigt, die letzte Stufe übersieht und ins Leere tritt ... ich schaffe es nicht mehr, was ich immer konnte, Gefühle untergehen zu lassen, wie Steine im Wasser ...
Also erzähle ich von mir: am 12. 12. 1928 in Lyck (Ostpreußen) geboren, vier Brüder, zwei sind Ärzte, einer Kraftfahrer, einer gefallen. 1939 von Lyck nach Halle, mein Vater wollte heim ins Reich, er war bei der Bahn.

Ab 1949 Theaterwissenschaften studiert, in Leipzig, später Dramaturg in Gera, Zwickau, Zittau, Halle, Stendal – 1962 geheiratet, meine Frau ebenfalls Dramaturgin, zwei Töchter, dreizehn- und fünfzehnjährig, ab 69 Dramaturg im Fernsehfunk, Gera, eine wichtige Station in meiner beruflichen Karriere, ich lernte das wichtigste in meinem Beruf, Kaffeekochen und Brötchen holen. Rohdorf spuckt Daten aus wie ein Wechselautomat Kleingeld. In der Partei bin ich auch (nach kurzem Zögern), Herbst 68 der Einmarsch in die CSSR. Kurz danach war ich in Prag bei Freunden – eine beklommene Stunde, zum Abschied sagte ich Aufwiedersehen, keine Erwiderung.

Wieder in Halle, saß ich in der Kantine des Theaters. Nach der Vorstellung, gegen 23.00 Uhr, einige Kollegen längst besoffen, der Unmut stand im Raum wie der Zigarettenqualm im Licht der Lampe. Einer wird doch auf den Gedanken kommen, protestieren zu wollen. Aber wie? Nicht gegen den Einmarsch, sondern gegen den allgemeinen Unmut, gegen – ist ja auch egal –, und wieder einer wird auf ein weißes Tischtuch mit schwarzer Schminke »Freiheit für Vico Torriani« pinseln, und dieses Tischtuch werden wir besoffen und lauthals durch das völlig ausgestorbene Halle tragen, und einer wird seine Stimme auf vornehme, heisere Brüchigkeit zwingen und »Freiheit für unseren Vico« rufen. Diese Aktion blieb nicht unbemerkt, Gespräche, Verwarnungen, ich ging nach Stendal als Chefdramaturg ... ja, wie soll ich sagen ... ich war ja Kommunist, nur nicht in der Partei ... ich wollte auch meine hohe Zeit erleben, die hohe Zeit alter Kommunisten, sie hatten sie, ich noch nicht, und die Kommunisten waren in Zeiten des Kampfes immer stark, und jetzt, in einer Zeit der Frontenbildung, vom Westen keine Nachrichten, ausschließlich Meinungen, auch keine Meinungen, Aggressionen, Feindschaft, Haß ... und als Modellfall schienen mir die Ereignisse in Prag zu überhastet, zu losgelöst, zu wacklig ... ich konnte gar nicht anders als dem Nein der andern ein klares Ja entgegenzusetzen. Ende 68 bin ich als Kandidat in die Partei aufgenommen worden ... im übrigen möchte ich in keinem anderen Land leben als in diesem, und Rohdorfs Gedanken gehen dem Mädchen mit dem schiefergrauen

Mantel hinterher, hatte sie nicht kleine, zarte Hände, und das Gesicht nimmt für Augenblicke deutliche Konturen an, das Gesicht, als würde er es kennen, ja, braune Augen wie dunkler Honig.

Jetzt gehen beide den großzügig angelegten Mittelweg des Tierparks entlang in Richtung Schloß. In Abständen Papageien, die sich auf bemalten Gestellen herumdrükken. Große Rhododendronbüsche. Irgendwann fragt Rohdorf:

Warum haben Sie Frau und Kind verlassen?

Nießwandt räuspert sich: Aus Furcht, aus Furcht, sie könnten mich verlassen. Ich betäubte mich mit Alkohol und Tabletten und wollte nicht bei Sinnen aus dieser für mich sinnlos gewordenen Welt. Ich wußte keine bessere Lösung.

Aber es gibt eine Verantwortungsmoral.

Was ist Verantwortung, was ist Moral, wer weiß das schon? Man muß Moral und Verantwortung trennen wie den Fisch von den Gräten; ich jedenfalls sah die Lösung meiner Probleme im Freitod. Die Realisierung hätte für mich die ewige Freiheit bedeutet, enden allerdings tat sie, und Nießwandt stöhnt, in der totalen Unfreiheit, in der geschlossenen Abteilung einer psychiatrischen Anstalt. Das war die Hölle, aber gerade dort beschloß ich zu leben; aus Wut, Gedemütigtsein. Konnte ich der Menschheit nicht nützlich sein, wollte ich ihr wenigstens zur Last fallen.

Sind Sie es?

Ich bin mir der Übertreibung in diesem Wunsche im klaren.

Ist die Realisierung einer ewigen Freiheit durch Suizid nicht Versagen im und Feigheit vorm Leben, fragt Rohdorf.

Versagen sicher, Feigheit keineswegs, im Gegenteil. Mut gehört dazu, sehr viel Mut, weil dem Selbstmord der natürliche Selbsterhaltungstrieb, der Lebenswille, die Lebensabsicht widersteht.

Aber dieser Mut ist schwachsinnig, weil Sie eines Tages ohnehin dorthinkommen, ohne Mut, ohne alles.

Vielleicht sind Sie stärker als ich.

Und Rohdorf schweigt.

Ich war meistens ratlos, sagt Nießwandt, wußte nie, was ich wollte, habe immer auf ein Wunder gewartet; aber, so glaube ich, Ratlosigkeit schafft erst Rat. Irgendwie hängen Stärke und Dummheit auch zusammen.

Und während Nießwandt weiterspricht, hängt Rohdorf seinen Gedanken nach. Er hatte sich bei Dreharbeiten im Gerichtsmedizinischen Institut aufhalten müssen, dort hatte er Selbstmordekelhaftigkeiten studieren können, hinter einer Glaswand aufbewahrt, Raritäten der Selbstverstümmelungen. Bilder tauchen auf. Ein Totenschädel, der von unzähligen Axteinschlägen deformiert und eingekerbt ist, ohne daß es der Selbstmörder vermocht hatte, ihn zu spalten; was mochte ihn bewogen haben, sich auf so bestialische Weise umzubringen? Zum Abschluß der Dreharbeiten hatte der fachberatende Oberarzt Rohdorf ein eigenes Buch überreicht, »Gerichtliche Medizin« in der dritten Auflage, er hatte eine Widmung hineingeschrieben, ich hoffe, Ihnen mit diesem Buch eine kleine Freude machen zu können.

Eine kleine Freude, wie freundlich, als ob man Urlaubsphotos zu sehen bekäme. Er kämpfte sich durch dieses Buch, abgestoßen, fasziniert, Seite für Seite, das Gefühl nicht loswerdend, sich waschen zu müssen, als wären die Scheußlichkeiten abzuwaschen. Die Photographien sind unauslöschlich in sein Gedächtnis gedrückt: Suizid infolge stumpfkantiger Gewalteinwirkung (Rückseite eines Bildes) oder LKW Skoda, Profilabdrücke nach Überrollen auf Rücken und Beinen; Selbsterdrosseln infolge achtundsechzigfacher Umschlingung des Halses mit einem Hanfstrick – kombinierter Suizid mit Pulsaderschnitt –, gleichzeitig stellt er sich die Skelette auf Nießwandts Leichenschiff vor; Rohdorf wehrt sich gegen diese Bilder.

Wenn es so ist, sagt er, daß Sie den Suizid als verbürgtes Menschenrecht ansehen, ist dann dieses Recht nicht eine Zumutung für die Zurückgebliebenen? Und ein Betrug an Ihrem Glauben, an Ihrem Gott, eine Abwendung von ihm und eine Zuwendung zu Luzifer?

Rohdorf hat haltgemacht und Nießwandt in die Augen gesprochen, er will ihn zu einer Antwort zwingen, und Nießwandt hält seinem Blick stand, als er kurz und bündig antwortet:

Mit Luzifer kann man nicht mauscheln, wenn man mit Gott nicht mehr klarkommt, er ist ein Geschöpf Gottes, nicht dessen Rivale.

Während des letzten Satzes hat er sich zum Gehen gewendet. Rohdorf folgt, Schritte, die sich zum Gleichschritt formieren, wie die Soldaten, denkt Rohdorf, langsam, regelmäßig knirscht es unter den Sohlen. Rohdorf stört diese zufällige Übereinstimmung, er setzt die Füße schneller. Worauf hat er einen Heißhunger? Auf sauren Hering, jawohl, sauren Hering, ihm kommt eine Ahnung, wie Inge während der Schwangerschaft gelitten haben muß.

Nießwandt bleibt vor einem hyänenähnlichen Tier stehen, sehen Sie eine Beschilderung, fragt er. Nein, ich kann nichts finden, antwortet Rohdorf, aber ich glaube, ich weiß, wie es heißt, was mit a und i, Rohdorf bemüht sich, Konsonanten an die Vokale zu sprechen, Kra, Kri, Tra ... ich habe den Namen auf der Zunge, bin dicht dran, Ka, Ki ... Weg – ich muß es spontan versuchen, haben Sie Appetit auf sauren Hering?

Nein, auf Kaffee.

Wollen wir ein Lokal aufsuchen? Ich lade Sie ein.

Achselzuckendes Akzeptieren.

Im dritten Lokal haben sie Platz gefunden. Eines jener Knacker-Bockwurst-HOs. Der unangenehme typische Pommes frites-Ölgeruch sticht in der Nase. An sauren Hering ist nicht zu denken oder richtiger, nur zu denken. Beide trinken Kaffee. Wollen Sie eine Bockwurst? Nein danke. Aus Bockwurst mache ich mir nichts. Ich auch nicht, sagt Rohdorf, wieder was Verbindendes, zwei Nichtbockwurstesser.

Am Nebentisch haben Studenten Platz genommen, vier bärtige Männer und eine Studentin. Kaum sitzen sie, beginnen sie auch schon, ein Brecht-Lied zu probieren. Die Legende von der Entstehung des Buches Taoteking auf dem Weg des Laotse in die Emigration. Die Gitarre verstimmt. Der, der sie strapaziert, zufrieden. Er hat für dieses Lied zwei Harmonien zur Verfügung. Es klingt ungekonnt, das Mädchen singt:

Als er siebzig war und war gebrechlich
drängte es den Lehrer doch nach Ruh
Denn die Güte war im Lande wieder einmal
schwächlich
und die Bosheit nahm an Kräften wieder
einmal zu
Und er gürtete den Schuh

Nießwandt spricht hinter der Zeitung, nicht aufblickend: Fußballweltmeisterschaften, erstes Spiel. BRD gegen Polen; Polen sind gut, Lato große Klasse. Bei den Tunesiern und Mexikanern habe ich keine Sorgen, die sind zu schlagen; wissen Sie, Fußball interessiert mich schon deswegen, weil ich mein Leben auf einem Ball verbracht habe; gehe ich davon aus, daß die Erde sich im Jahr 365,2 mal um sich dreht, dann habe ich auf diesem Karussell mit meinen – ich untertreibe mal – sechzig Jahren 21.921,00 mal die Runde gemacht; bei Ihnen sind's 18.260,00 mal.

Auf einmal strömt die Mädchenklasse ins Lokal: Hallo, da sind Sie ja ...

Und Rohdorf nickt, und die Mädchen lachen, Blicke huschen durch den Raum wie die falschen Daten des großen Lenin durch den Kopf der Lehrerin, die wieder errötet.

Nießwandt bleibt hinter der Zeitung verschwunden, hin und wieder ergreift seine Hand die Tasse, holt sie zu sich, hinter die Zeitung wie hinter einen Vorhang. Rohdorf wartet auf ihre Wiederkehr, den Auftritt der dickporzellanigen HO-Tasse, in der Kaffee, Tee, Brühe, Suppe serviert wird; jetzt kommt sie, gesteuert von sicherer Hand, alles andere bleibt hinter der Zeitung und wird auf die Untertasse geschoben.

Alle vier Jahre, sagt Nießwandt, gab es Weltmeisterschaften, 1930, 34, 38 – von 38 bis 50 fanden keine statt, stimmt das?

Keine Ahnung.

Ich muß von hinten nach vorne rechnen: 78, 74, 70, 66, 62, 58, 54, 50, stimmt, von 38 bis 50 war Ruhe.

Rechnen Sie immer von hinten nach vorne?

Nicht nur rechnen, ich lese, ich schreibe, ich denke, ich

lebe von hinten nach vorne, sagt Nießwandt und faltet die Zeitung zusammen. Mein Leben beginnt nicht bei der Geburt, sondern bei der Beerdigung. Ich denke einen Gedanken nicht zu Ende, ich denke ihn zu Anfang; und ich gehe davon aus, daß im Sterbenmüssen und Geborenwerden ein großer Gedanke steckt, nämlich der, den jedermann das Wesen aller Dinge nennt, um ihn in allen Grenzbereichen zu erhellen, muß man mehrmals sterben, das setzt voraus, daß man auch mehrmals lebt. Ich erinnere mich an die Zukunft und erwarte die Vergangenheit ... Sie sind heiter, ich bin es auch ...

Manchmal muß man die Dinge vor den Spiegel rücken, sie seitenverkehrt sehen, dann tut der Schmerz wohl und die Trauer ist heiter und ...

Tapir, ruft Rohdorf dazwischen, der Name lag mir die ganze Zeit auf der Zunge.

Nein, nein, unterbricht Nießwandt gemütlich, eine Hyäne war es, ich weiß nur nicht welche, es gibt so viele davon.

Am gleichen Abend, gegen zwanzig Uhr.

Nießwandt hat Schmitter gefüttert (eine Aufgabe, die die überarbeiteten Schwestern ihm gerne überlassen haben), gewaschen und mit Franzbranntwein eingerieben. Sein Blutdruck ist völlig normal, das Herz sogar gut, aber sein Kopf macht nicht mehr mit, wie eine Autobatterie im strengen Winter, da kann man nichts machen. Der gesunde Körper kriegt den gestorbenen Geist nicht mehr an. Die Schwestern waren auch da, in ihrer Haltung, kaum spürbar, dennoch vorhanden, eine kleine Aufforderung an den Bruder, sich mit dem Sterben nicht zu lange aufzuhalten. Schmitters Augen blieben geschlossen, während des gesamten Besuches, unter den Lidern bewegten sich die Augäpfel, als suchten sie nach einer endgültigen Bleibe, und Rohdorf dachte, Schmitters Leiden sind keine herkömmlichen, mit denen die Autoren sonst ihre Helden ausstatten, es sind eigentlich nicht seine, es sind viel eher die Leiden der Zurückbleibenden, die auf seinen Tod warten werden. Schmitter selbst ist für die Literatur nicht mehr zu verwenden, er ist, obwohl noch lebendig, vor kurzem gestorben; dann sangen Nießwandt und die Schwestern: Befiehl du deine Wege und was dein Herze kränkt, der allertreusten Pflege des, der den Himmel lenkt. Und die letzten Zeilen brummte Rohdorf mit, der Wolken, Luft und Winden gibt Wege, Lauf und Bahn, der wird auch Wege finden, da dein Fuß gehen kann.

Einige Zeit danach stehen Nießwandt und Rohdorf vorm Fenster an der Stirnseite des Flures, und Rohdorf sagt, merkwürdig, und er betont gegen die übliche Sprachgewohnheit die zweite Silbe, er hebt das würdig hervor. Schmitter sieht schön aus wie ein Kind, im Altern liegt etwas Erhabenes, etwas Ästhetisches, wir machen uns was vor zu denken, das Alter wäre nur ein Verfall, der Abbau. Nach einer Pause: Für mich war das ein gelungener, ein runder Tag, und ich bin sicher, Ihnen geht es ebenso.

Ich werde heute den ersten Erlebnisbericht schreiben, sagt Nießwandt.

Auf dem Nachhauseweg hatte Rohdorf erzählt, erfunden, erdichtet, er sagte, wenn er im Sinne einer Kreistheorie die Zeit umkehrbar machen, Zeitabschnitte überspringen könnte, würde er, und da besteht für ihn kein Zweifel, in die schönste Zeit gehen, etwa 75.000 Jahre zurück, Höhlen-Casanova werden und Neandertaler zeugen.

Oder er erfand Sprüche:

Früher wollte er mal die Welt verändern
heute nur noch sein Gewicht

Auch ein Adressat fand sich dafür: ein Wahrheitsapostel aus gemeinsamer Leipziger Studentenzeit, der, wie er, am Fernsehen angestellt ist, sich mit der Wahrheitsliebe verschiedene Beulen geholt hat und sie, die Wahrheitsliebe, zu einer schmierigen Angelegenheit hat verkommen lassen. Er, damals dünn, heute dick, sein Problem, will mit Rohdorf nichts mehr zu tun haben, seit Arno rüber ist. Sie waren beide befreundet.

Was hat er alles erzählt. Über Inge, über die Ehe hatte er gesprochen, dabei mimte er Inge andeutungsweise nach, keineswegs grob. Es hatte ihn über alle Maßen gestört, daß sie sich eine neue Sprache zulegte, die überzeugter Junggesellinnen. Sie bestückte die Sprache mit modischem Vokabular, Worte wie unheimlich und wahnsinnig kamen hinein, an Satzenden tauchten nööhs oder neehs auf, die

Sprachmelodie veränderte sie, mit sturer Ernsthaftigkeit betrieb sie diese Übungen, als hinge davon eine neue Identität ab, wie sie behauptete, Rohdorf jedenfalls sagte böse: du sprichst einwandfreies bundesrepublikanisches Deutsch, bald wirst du es schaffen, mit vielen Worten keine Gedanken mehr auszudrücken.

Sie: Sprache und Töchter haben sich verändert, bloß du nicht. Du sitzt auf deinem Sprachfundus wie die Glucke auf ihren Eiern, also halte dich raus; auch aus der Erziehung.

Aus der Erziehung, warum?

Weil ich die Probleme der Mädchen besser kenne als du, weil ich verhindern möchte, daß die Eltern das spätere Unglück der Töchter vorbereiten helfen, indem sie in der Erziehung ihre eigene Jugend reparieren möchten.

Mit verkehrten Mitteln.

Das glaube ich nicht, neeh. Ich bemühe mich, gegen das alte Herrschermodell der Mutter, das immer noch unheimlich funktioniert, ein Identifizierungsobjekt für die Kinder zu werden, wir haben nicht nur Tamponprobleme, neeh – ich bemühe mich, den Mädchen das schlechte Gewissen wegen einer künftigen Trennung auszureden.

Ich hoffe nur, daß du die Fachliteratur, die du aus diesem Grunde zu Rate ziehst, auch richtig verstehst.

Wie weit ich gekommen bin, wenn ich *dich* zu Rate gezogen habe, müßtest du schon daran erkennen, wie weit *wir* miteinander gekommen sind. Ich möchte jedenfalls nicht, daß die Mädchen ihren künftigen Partnern unaufgeklärt und unerfahren ausgeliefert sind. Ich will, daß sie eine ausgedehnte Junggesellenzeit erleben, nur so läßt sich das Seelen- und Liebesleben entfalten.

Und deswegen gehst du mit ihnen samstags zur Disko?

Ja, sie sollen mich begreifen wie sich selbst, sie sollen nicht zu schlechtem Gewissen erzogen werden, sie haben mich nie ohne Kinder und unverheiratet kennengelernt.

Glaubst du nicht, daß du mit deinem Immerdabeisein Peinlichkeiten heraufbeschwörst? Es kann den beiden doch unmöglich verborgen geblieben sein, genau so wenig wie mir, daß du für deinen albernen Hippyaufzug zu alt bist.

Bis hierher hatte Rohdorf das Gespräch gemimt, den

nächsten und letzten Satz, den Inge aggressiv und unversöhnlich gesprochen hatte, sagte er nicht; er war der Beginn einer Kette unangenehmer Auseinandersetzungen, die schließlich die Katastrophe herbeiführten, er lautete in etwa so: Ich habe die verkorkste Beziehung zu meiner Mutter in schlimmer Erinnerung, ich will verhindern, daß die Mädchen sich vor mir verstecken und später vielleicht ein ähnliches Mißverhältnis zu ihrem Mann haben wie ich, indem ich lieber einen Orgasmus heuchle, als daß ich mein Unbefriedigtsein zugebe.

Rohdorf rührt in seinem Kaffee, Gedankenknacker, sagt er zu sich, er hatte sich selbst wie einen Tresor und anschließend die Gedanken wie Läuse geknackt.

Den Anfang mit Inge hatte er aber auch nicht verschwiegen. Wie es zur Ehe kam. Inge war klug, begehrt und ungewöhnlich; Inge war anders oder Rohdorf wollte, daß Inge anders als die anderen war. Sie hatte kaum Ähnlichkeit mit den Frauen, die er in einem Roman beschrieben vorfand.

Im Leben allerdings trifft man diesen Typ Frau nicht selten an. Man gewöhnt sich an sie wie an Sachen. Man zieht sie aus, streichelt oder beschimpft sie, und sie stopfen dafür die Socken, gebären, holen ein. Außerdem lesen sie Romane, träumen von einem anderen, schöneren Leben, hängen einer hoffnungslosen Liebe nach, weinen im stillen und sterben, indem sie das Weh ihrer dreißig oder vierzig gelebten Jahre allein in die heißen mütterlichen Küsse an die Kinder legen. Der landläufige Typ Frau.

So war Inge auch, aber sie war auch ganz anders. Inge jedenfalls sagte, als Rohdorf sie nach Hause brachte, sie kannten sich ganze vier Tage, in der Haustüre war es, sie kamen aus einem Konzert, Brahms Vierte oder Erste, Brahms spielte an diesem Abend keine Hauptrolle, die Nacht war mild und still, ihr Atem frisch, sie blickten sich in die Augen, und was noch unklar war, klärte sie mit den Worten:

Ich kann gut nähen,
ich kann gut kochen
und bin immer gut gewaschen ...

Grund genug für Rohdorf, sie zu bitten, seine Frau zu werden.

Mein Gott, denkt Rohdorf und stolpert kurz über das gebräuchliche *Mein Gott.* Was ist mit ihm bloß los? Der mißlaunige Pförtner unter seiner Schädeldecke, der seit Jahren Sätze, Worte, ja selbst Gedanken durchforscht und durchblättert, dieser Pförtner ist großzügig und großmütig geworden. Und er geht die Ereignisse des Tages in Gedanken durch, fährt mit ihnen wie eine Kamera mit Gummilinse auf eine Wegkreuzung zu, mit blühenden Magnolien an den Wegrändern, auf ein Mädchen, das auf einem endlosen Weg verschwindet, zu einem grauen Punkt verläuft, ein Mädchen mit schiefergrauem Mantel und langen blonden Haaren.

Arno, Tagebuch.

Um achtzehn Uhr kommen die Gäste. Als um neunzehn Uhr keiner mehr zu erwarten ist, zähle ich vierundzwanzig.

Ich kann mich in Gespräche nicht einmischen, ich bin Gastgeber. Kath bittet mich, beschmutzte Teller und Gläser in die Küche zu bringen, überfüllte Aschenbecher zu leeren, ich bin so eine Art Kellner. Gegen zwei sind endlich die letzten gegangen – wir waschen das Geschirr ab, räumen auf, lassen den Zigarettenmief heraus, setzen uns, als alles einigermaßen wieder auf Vordermann gebracht ist, an den Rhöntisch; wir fühlen uns wie nach einem Marathonlauf erschöpft, wir klingen aus.

Im Radio noch Soulmusik, langsamer Übergang auf Marschmusik – heute ist 1. Mai, die May liegt dazwischen, sie singt ein Liebeslied.

Ich rezitiere mein Maigedicht am 1. Mai 77 bei einem Chanson der May.

Die May ist gekommen
selbst Bäume schlagen aus

und wer sie jetzt noch hören kann
ist selbst ein altes Haus

Neidhammel und Zyniker, sagt Kath. Du weißt genau, die May ist eine großartige Chansonette.

Ich wußte, sage ich, daß du so reagieren würdest. Ich nehme ein Buch von K. in die Hand, schlage eine markierte Stelle auf und lese vor: Der Lyriker verfaßt seine Gedichte, weil er nur auf diese Weise sich abreagieren kann, Angestautes freisetzen, wobei die Natur des Angestauten keineswegs nur Aggression sein muß. So wie es einem alten vorwissenschaftlichen Schema zufolge die vier Temperamente gibt, den Melancholiker, den Sanguiniker, den Choleriker und den Phlegmatiker, gekennzeichnet durch ihre Reaktionsweise, so ließe sich, natürlich ebenfalls schematisch vereinfacht, ein fünfter (aber seltener) Grundtyp hinzuerfinden: der Lyriker, ein Geschöpf, das Gedichte absondert, sobald man es streichelt oder schlägt.

Ich habe, sage ich, während ich das Buch zuklappe, im Schallplattenladen in der Grünstraße ein Dutzend May-Platten gesehen, daß ich gar nicht anders konnte, als diesen Vers machen, da es mir bis heute nicht gelungen ist, auch nur wenigstens eine Platte zu machen, die sich, wie ich, das Publikum ebenfalls wünscht. Ich fühlte mich geschlagen.

Du nimmst dich zu wichtig, sagt Kath.

Ich nehme mich so wichtig, erwidere ich, weil ich *so wichtig genommen werde.*

Das sieht alles sehr gut aus, sagt Frau Dr. Kneiffke zu Rohdorf, der sich mit routinierter Selbstverständlichkeit im Untersuchungszimmer umschaut. Wir werden Sie bald entlassen können, sagt sie, und Rohdorf lächelt, es freut ihn, und die Kneiffke lächelt, der narkotische Glanz ihrer Augen aus der ersten Begegnung hat an Dramatik verloren, er ist ein normaler Glanz, narkotisch kann man streichen, der Haaraufbau, wenn auch immer noch ein Aufbau, jetzt ein normaler Aufbau, der gelungenste und gewundenste kann man streichen, alles hat an Bedrohung eingebüßt, auch das Untersuchungszimmer, die Kneiffke, die an ihm rumhantierte, augenblicklich etwas in den Flur ruft, und mit Rohdorf sich in einem Gespräch über Gott und die Welt und besonders über Schmitter befindet, eine vertrauenswürdige Ärztin, Rohdorf, der gewohnt war, durch erste Eindrücke zu hetzen, sein Leben lang, hier stellt er fest, wie anders ein zweiter oder dritter sein kann, die Kneiffke also sagt, Massenblutung, Embolie, Thrombose, nach Hochrein und Schleicher, nein, blasser Blutdruck, ein Ausdruck, den ich gar nicht kenne, 200/260 keineswegs, wie kamen Sie darauf?

Ich weiß nicht, Schmitter sah blaß aus, meine persönliche Einschätzung.

Nein, nein, normaler Blutdruck.

Kann man dieses gastliche Haus hin und wieder verlassen?

Urlaub meinen Sie?

Ja.

Das wird gehen, sagen Sie mir Bescheid, vormittags, auch mal das ganze Wochenende.

Und abends?

Wollen Sie in eine Kneipe?

Nein, nur so, weiß der Himmel, vielleicht spazieren oder sowas.

Spazieren oder sowas, was ist denn sowas?

Die Kneiffke und Rohdorf lachen, synchron, dann schüttelt sie den Kopf und sagt:

Hier gab's ja schon etliche, die verwechselten dieses Krankenhaus mit einem Hotel, was soll ich Ihnen sagen, die sind um dreiundzwanzig Uhr aus dem Fenster gestiegen, Parterre, dann nicht etwa am Pförtner vorbei, sondern ab über die Kohlenhalden ...

Kann man das?

Ja, freilich, da gibt's keinen Zaun.

Die folgende Geschichte ist nicht wahr, höchstens fast wahr.

Rohdorf hat den Melierten geschlagen! Jedenfalls Nießwandt erzählt das, kaum waren sie von ihrem Nachtausflug zurück, brühwarm dem verschlafenen Pfleger Wolfgang, der Mund und Ohren aufsperrt, sowas hätte er

Rohdorf nicht zugetraut. Aber ich habe ihn doch gar nicht geschlagen, unterbricht Rohdorf den sich in Begeisterung hineinredenden Nießwandt, der neben mir war es, Eifersucht wohl, ein stummer geräuschloser Schlagabtausch der beiden Herren, mehr nicht, was erzählen Sie da.

Sie oder der Nebenmann, was macht das schon.

Viel, sehr viel macht das, zum Beispiel, ob die Geschichte wahr ist.

Eine Geschichte muß nicht wahr sein, sie muß gut sein.

Aber *so* ist sie schlecht, zu dramatisiert, zuviele Klischees. Nießwandt schüttelt den Kopf, er ist nicht zu überzeugen. *So* wie Nießwandt sie erzählt, war sie höchstens beinahe. Sie war schon *so,* nur nicht eben *ganz so.*

Und *so* hat sie Nießwandt erzählt:

Es ist dreiundzwanzig Uhr, haben Sie einen Rappel bekommen, sage ich.

Nießwandt, ich muß was erleben, sagt Rohdorf, kommen Sie mit, ich bekomme sexuelle Probleme oder habe sie bereits, ich ziehe los ...

Moment, einen Moment, wohin?

In eine Kneipe, ein Tanzlokal, eine Bar, egal wohin, Hauptsache, es klappt.

Aber es ist dreiundzwanzig Uhr, sage ich, und wir sind in einem Krankenhaus, wie wollen Sie hier raus?

Wolfgang hat Dienst, mit dem kann man reden, paar Worte, und alles ist in Butter.

Und der Pförtner?

Wir ziehen über die Kohlenhalden.

Wer hat Ihnen das von den Kohlenhalden erzählt?

Die Kneiffke.

Also wenn das rauskommt, sage ich, fliegen wir hier achtkantig ... gut, ich komme mit, wenngleich ich müde wie eine satte Katze bin, warten Sie, Rohdorf, ich bin gleich soweit ...

Also was soll ich sagen, die Kohlenhalden sind kein Problem, und Berlin ist eine schöne weite Strecke, zieht sich ganz schön in die Länge, besonders für Rohdorf, erlebnissüchtig wie er ist und ganz besonders um 23.30. Kahle, lange Straßen, in der Nähe der Volksbühne verströmt sich Berlin in Gäßchen, Sackgäßchen, aber eine Kneipe nicht zu finden, Rohdorf hat sich geirrt, vorm Hotel Stadt Berlin werden wir von einem Ausländer nach dem Zentrum befragt, zentrumer geht's nimmer, antwortet Rohdorf, endlich sitzen wir in der teuren Moskaubar, auf Barhockern, ich habe keine Chance, mich wegen der müden zwei Mark in der Tasche genieren zu können, Rohdorf bezahlt, er besteht darauf. Der Glaube an seinen Erfolg verläßt ihn offensichtlich nicht eine Sekunde, er sieht aus wie ein Glückspilz, und ich denke, er mag nicht darüber nachdenken, woher ihm dieses bemerkenswerte Talent gekommen ist, dieser Spürsinn, diese Intuition, diese Fähigkeit zum Hellsehn, nämlich, daß das Schicksal ihm wohlgeneigt sei, daß alles verlaufen wird wie es soll ... Wohltätigkeit ist ihm augenblicklich nichts anderes als innerstes Bedürfnis.

Er läßt seine Blicke maßlos eilig die wenigen weiblichen Gesichter aufsuchen, sehr bald haken sie sich an einer brünierten Enddreißigerin fest, der die Dunkelheit gut zu Gesichte steht, einer ausgesprochenen Schönheit der Nacht, der Tag, man ahnt es, wäre ihrer Schönheit Feind, Rohdorf hat keine Zeit zu verschenken, es ist bereits halb zwei, die Nächte werden kürzer. Seine Blicke gewinnen zunehmend an Kraft, wie Speerspitzen dringen sie in die Schönheit, und sie, die Schönheit, erwidert sie mit gleicher Vehemenz, der nächste Tanz, das ist selbstverständlich, wird ein gemeinsamer sein.

Die Musik beginnt, ein Tango aus den fünfziger Jahren, ein schlappes Bartrio gibt ihn noch schlapper wieder, egal, Rohdorf greift die Brünette um die Taille, mit einem Griff, der ... mein Gott, ist sie schlank ... der alle Zweifel bei ihr zerstreuen soll und muß, er zieht sie an sich heran und drückt sie, und sie erwidert diesen Druck durch leichtes Gegendrücken. War es so, Rohdorf?

Ich weiß nicht, ich ...

Was wissen Sie nicht?

Sie übertreiben.

Ich übertreibe? Wolfgang, glauben Sie auch, daß ich übertreibe? Nein, das glaube ich nicht, sagt Wolfgang zögernd, dabei Rohdorf anblickend.

Das sage ich doch. Na wird's klappen, frage ich den

völlig veränderten Rohdorf – ja, Sie waren völlig verändert –, ja, es wird klappen, mehr noch, es wird erwünscht, erwidert Rohdorf.

Hinter uns an einem Vierpersonentisch zwei Herren, ja zwei Herren, man kann sie getrost so nennen, Ost und West am Tisch vereint, und das scheint nicht nur so. Ein melierter Graukopf, eine rheinische Frohnatur, bei uns in Köln, sagt er häufig, von individueller Bedienung spricht er häufig, und wer weiß, was er noch alles sagt und spricht, und immer lächelt er dazu, und was er sagt und lächelt, unterstreicht er mit der rechten Hand, an deren kleinem Finger ein Brillant funkelt – Hand des Lächelns –, desgleichen funkelt einer am Knoten des Schlipses, gerade spricht er vom Wechselkurs und lacht, er hat da offensichtlich gut lachen, denn er steht, so sagt er, eins zu fünf, sein Gegenüber lacht nicht, wie sollte er auch, da er nicht nur vom Kurs, sondern auch von der Natur arg gebeutelt wurde: knochiger Kopf, spindeldürrer Hals, krummer Rücken – sein möglicherweise neues Jackett hat keine Chance, an der Gestalt zu korrigieren; im Hals, als hätte er ein eigenes Innenleben, bewegt sich ein Adamsapfel gefährlich auf und ab.

Wann kommen die beiden, fragt der Melierte.

Müßten gleich da sein, antwortet der Dürre.

Nicht wesentlich später trippeln zwei weibliche Wesen auf den Tisch der beiden Herren zu, lange schwarze Kleider, Seidenstolen, maskenhaft geschminkt, angeführt von einem kauzigen Ober, der aus einer Eckkneipe ausgeliehen zu sein scheint, Mannequins oder in ähnlichen Berufen, so schätzt man, tätige Wesen, die augenblicklich lächeln, daß man die Luft anhalten muß, Guten Abend, sehr erfreut, Guten Abend, dem Dürren fällt außer Guten Abend nichts ein, man setzt sich, umständlich, wer zu wem, so oder so, schließlich sitzt man; plötzlich kommen zum erstarrten Lächeln der beiden Damen Geräusche hinzu, glucksende und schnurrende, die beiden scheinen zufrieden, wie schnurrende Katzen ... wie gestreichelte Katzen ...

Wird ein schöner Abend für die vier, sagt Rohdorf.

Der Melierte legt eine dicke Brieftasche auf den Tisch, seine fleischigen Finger drücken sich trommelnd ins weiche Leder, der brillantenbesetzte Kleine der Rechten spreizt sich, als wolle er von den übrigen Fingern nichts wissen. Ich schlage vor, wir trinken den Sekt trocken, einverstanden, meine Damen, einverstanden, trocken, antworten die beiden, beim Lächeln bleibend. Okay, Herr Ober, ruft er und schnipst mit den Fingern in Richtung Ober, der die Bedienung am Nebentisch unterbricht, um beim Melierten die Bestellung aufzunehmen.

Haut auf den Putz, dieser Möchte-gern-Kapitalist, in Köln maximal ein Würstchen, und hier macht er'n Chef, widerwärtig das Melierte, widerwärtig der Typ rundum ...

Wieso ist der widerwärtig, unterbricht Wolfgang.

Mein Gefühl, knurrt Nießwandt.

Rohdorf lächelt.

Also darf ich weitererzählen?

Ja, sagt Wolfgang.

Also, während ich mich wieder meinem Glase zuwende, murmelt Rohdorf in den Sekt hinein, ein schöner Abend, ein schöner Abend.

Hör mal, sagt plötzlich in meinem Rücken der Melierte, habt ihr nichts anderes vor, als euch Gedanken über uns zu machen und uns anzustarren, he Alter, ich spreche mit dir, ich will eine Antwort, ich will jetzt eine Antwort, sagt der Melierte und bohrt mir den Zeigefinger seiner Rechten in die Schulter. Und hören Sie zu, Wolfgang, jetzt langt Rohdorf an den Sektgläsern vorbei, zerrt den brillantenverzierten Schlips aus dem Jackett des Melierten und sagt, ich, und das mußt du mir glauben, Melierter, mache mir keine Gedanken über dich ...

Wolfgang nickt mit dem Kopfe.

Rohdorf räuspert sich.

Also der Melierte schiebt seinen Schlips wieder ins Jakkett, klemmt meine Nase ein zwischen Zeige- und Mittelfinger und sagt, ich habe ein feines Gespür für eine unfreundliche Art, mir schien, dein Kollege war eben um eine solche bemüht, komm raus, Alterchen, ich warte exakt fünf Minuten, dann werdet ihr gehen wollen ... erst jetzt gibt der Melierte die Nase frei – sehen Sie hin, Wolfgang, sie ist jetzt noch rot davon ... Und Rohdorf, der Zeit hatte, genügend Zeit hatte, die Visage des Melierten zu studieren, läßt seine Faust mit voller Wucht mitten in sie hineinfahren, es gab einen Klang, als hätte es auf einen hohlen Kürbis eingeschlagen, als hätte ...

Moment mal, unterbricht Rohdorf; und während er klarzustellen versucht, daß *er* ja gar nicht geschlagen habe, sondern der Nebenmann, wandern Wolfgangs Augen von Nießwandt zu Rohdorf, wer hätte das gedacht, ein Schläger; er schüttelt den Kopf, mehrmals und kurz, pfeift durch die Zähne und lächelt ...

Vom Melierten waren präzise Angaben nach diesem Einschlag nicht mehr zu vernehmen, erzählt Nießwandt weiter, was von ihm zu hören war, klang nur sehr rätselhaft, sehr geheimnisvoll, wie ... nkensseee ... assenk ... konnkonnkse ... oder so ungefähr, ich jedenfalls glaube, daß es sich bei dieser Vokal- und Konsonantenmischung um das Wort Krankenkasse gehandelt hat.

Der Ober bat uns zu warten, die Polizei müßte jeden Augenblick eintreffen, welches sie allerdings nicht tat, schließlich wurden wir des Wartens müde, vor allem da der Melierte nur noch eins wollte, nämlich weg, auch ohne Klempner, auch ohne Damen, auch ohne Lächeln, nur weg und mit Brieftasche. Auf dem Heimweg sagte ich zu Rohdorf, Sie haben die Brünette vergessen, und Rohdorf schüttelte den Kopf, er dachte, dachte ich mir: der Tanz mit Druck und leichtem Gegendruck, der Schlag, der Sieg, die Brünette hatte ihn erlebt, beim Weggehen sah er ihr angenehmes Lächeln, er lächelte zurück, ein großer Augenblick, ein Sieger verläßt die Arena, er, Rohdorf, ich bin mir da sicher, wird lange unter dem Eindruck stehen, den er auf die Brünette gemacht hat, gemacht haben muß, er konnte nicht besser werden.

Rohdorf fühlt sich mehr und mehr als Held, und ihm ist es mittlerweile schon recht, daß ein anderer ausgeführt hat, was er gewonnen hat; er hat gesiegt, in Nießwandts Erzählung jedenfalls, was will er mehr, Nießwandt ist ohnehin nicht zu stoppen, der, als würde er Rohdorfs Gedanken kennen, ihn anblickt, verschmitzt und übermütig und sagt: Ob Sie's mir glauben oder nicht, Rohdorf, Ihre Augen haben den Schlag in die Visage des Melierten durch Funkensprühen angekündigt, und als wir auf den Bus warteten, stand über Ihrem Kopf ein merkwürdiges Leuchten.

Es ist gegen vier, Rohdorf und Nießwandt liegen im Bett, und Nießwandt reicht Rohdorf etliche Zettel, können Sie lesen, wenn Sie Lust haben. Ist Ihnen sicherlich zu dramatisiert. Und Rohdorf noch aufgekratzt, von Nießwandt zum Helden befördert, blättert in den Unterlagen, liest dieses und jenes, interessiert und desinteressiert ...

Der Bericht des DDR-Bürgers Nießwandt über seinen Aufenthalt in der Bundesrepublik Deutschland.

... Einen Sieben-Jahres-Kontrakt wollte und konnte ich mit Olivetti nicht abschließen. Ich hatte erfahren, daß zwischen Olivetti und IBM eine Marktkonvention bestand – Olivetti brachte seine Halbautomaten auf den Markt, obwohl die elektronischen Vollautomaten bereits vom Band liefen, die angepriesenen Halbautomaten also schon Schrott ...

Rohdorf überschlägt die nächsten zehn Seiten, auf denen eine detaillierte Beschreibung der Verflechtung von Olivetti und IBM vorgenommen wird.

... ich konnte noch am Stand von Olivetti die hannoversche Industrie-Messe mitmachen, dort nahm ich Kontakt zu IBM auf und konnte das Groß-Computer-Werk, welches IBM in Stuttgart-Sindelfingen errichtete, besichtigen.

... in Stuttgart (Vaihingen) war ich vor zehn Jahren zu einer Königstiger-Einheit (Papier-Einheit) kommandiert: nach dreißig Jahren treffe ich bei IBM die Tochter meines Mädchens von damals wieder.

Eckerle, Busserle, Spätzele spricht sie wie ihre Mutter, sie bewegt sich und sieht aus wie ihre Mutter, als wäre die Zeit stehengeblieben; am letzten Abend treffe ich die Mutter, Eckerle, Busserle, Spätzele spricht sie wie ihre Tochter, sie bewegt sich und sieht aus wie ihre Tochter, als wäre die Zeit stehengeblieben. Verrückt.

Rohdorf überschlägt die Seiten, auf denen die Besichtigung des Computer-Werks in allen Einzelheiten aufgezeichnet ist.

... hatte Kontakte zur KPD, bis sie verboten wurde – ich war dabei, als in Düsseldorf, in der Ackerstraße, das ZK-Büro besetzt wurde; bekam Streit mit einem Polit-Offizier und wurde zu den Verfassungsschützlern gebracht ... erst dadurch verlor ich endgültig die Stellung bei Olivetti.

... bewarb mich beim Arbeitsamt. Der Herr Amtmann verlangte von mir, daß ich das Massen-Aufnahme-Verfahren (Flüchtling) hinter mich bringen sollte. Ich lehnte ab, da ich ohnehin polizeilich gemeldet war und einen BRD-Ausweis besaß, dennoch ...

... er bestellte mich für den nächsten Tag zwölf Uhr; wenige Minuten nach Gesprächsbeginn traf ein flotter, junger Dandy ein, der uns mit folgendem Satz unterbrach: Ich will keine Arbeit, ich bringe welche, deswegen habe ich Vorrang.

... ein abgekartetes Spiel, wie sich herausstellen sollte, die Firma suchte einen Buchhalter für heiße Bilanzen.

... der feingemachte Dandy blickt mich an ... der Herr Amtmann bemerkt, er könne und solle sich ruhig in meiner Gegenwart äußern; wir sind, sagt der Dandy, ein Autohandelsunternehmen der zweiten Hand, besitzen im Ruhrgebiet Verkaufsplätze jede Menge und brauchen einen Buchhaltungsexperten, der unser in den Flammen vernichtetes Buchwerk rekonstruieren soll, nach nur leider noch spärlich vorhandenen Unterlagen. Das Monatsfixum wäre ausreichend – zusätzlich die anfallenden Spesen. Bei Gelingen dieses komplizierten Auftrags, der, versteht sich, finanzamtlich anerkannt sein muß, zahlen wir eine größere Summe, die als Gesellschafteranteil in unsere GmbH übernommen wird – der Betreffende wird, auch dieses versteht sich, unser Geschäftsführer.

Amtmann: Na, Herr Nießwandt, das wäre doch was für Sie.

Ich bin neugierig.

Wir fahren in Richtung Paderborn. Senne.

(Sennelager war zu meiner Soldatenzeit einer der größten und sandigsten Truppenübungsplätze, ein Greuel, dort geschliffen zu werden. Ich genieße für Augenblicke das Auto, wenngleich ich, als wäre damals heute, den schweren Tornister auf dem Rücken spüre und die Blasen an den Füßen fühle.)

... der Dandy sagt, seinen Chef meinend, er macht natürlich mehr als oft heiße Sachen.

... auf der Straße zwischen Freudenberg und Detmold – ein Landhaus. Davor etliche Wagen abgestellt.

Was ist das, frage ich.

Wagen mit besonderer Verkaufschance.

Heiße Ware, denke ich.

Wumme H., ein freundlicher junger Mann, äußerst gepflegt, begrüßt mich beinahe herzlich, fragt mich, ob er mir was anbieten könne, ich verneine; dennoch er läßt Tee und Kaffee bereitstellen.

Darf ich zur Sache kommen?

Bitte.

Alles läuft über Wechsel, die Käufer brauchen noch nicht einmal eine Anzahlung zu leisten. Jeder Kredit-Vertrag, auf den die Wechsel gezogen sind, wird von der Kredit Schutz AG geprüft und – wenn bestätigt – verantwortlich übernommen. Die Wechselpakete werden den Banken, Kreditinstitutionen und Versicherungen zum Aufkauf beziehungsweise Diskontieren angeboten. Der Kraftfahrzeug-Brief wird als Sicherheit bis zur letzten Wechselsumme hinterlegt. Unser Marktterrain: hauptsächlich Kumpel vom Bergbau, die augenblicklich sozial und lohnpolitisch gefördert werden. So, nun darf ich Ihnen einige Zahlen nennen ...

Rohdorf überspringt eine beinahe pingelig aufgeführte Zahlentabelle.

... wir hatten einen Barackenbrand in Recklinghausen, zeitweilig war dort der zentrale Verkaufsplatz. Könnten Sie sich vorstellen, diese Arbeit zu übernehmen?

Ich brauche Bedenkzeit, erwidere ich.

Wie lange?

Vierundzwanzig Stunden.

... studiere vor allem die steuerliche Seite, Unterlagen sind genügend vorhanden, entschließe mich, eine homöopathische Steuereinschätzung zu veranlassen.

Rohdorf überspringt erneut detaillierte Zahlenaufstellungen.

... mein Buchwerk wird anerkannt. Sitze im Trockenen, dennoch im Heißen. Nicht nur wegen der raffinierten Verkaufskultur des Wumme H.: Seine Auto-Vorführdamen sind elegante Nitribitten, die die Autobahn-Vorführstrecken als »Strich« benutzen oder mit den Kunden so auf Tuchfühlung gehen, daß sie erpreßbar werden, also kaufen müssen, vor allem aber sitze ich im Heißen wegen der Ölkrise, der ersten Heizölkrise, Bergwerke arbeiten auf Halbkraft, der Lohnspiegel sinkt, die Wechsel platzen, wir kommen langsam aber sicher bei den Banken ins Rot.

Wumme H. bleibt ein vornehmer Mann. Immer wie aus dem Ei gepellt. Er stöhnt: Vergleichsverfahren. (Der Zweck soll sein, einen unverschuldet ins Minus geratenen Betrieb amtlich zu retten, dazu wird auf einer Gläubiger-Versammlung ein Vergleichsgericht gebildet, um die Zahlungsfähigkeit bis an die Grenze des Möglichen festzustellen ... eine Quote in Prozent beschlossen, mit der die Gläubiger befriedigt sein müssen ...)

... ich will eine gesunde Pleite, sagt er, ich will den Schuldenberg nicht in voller Höhe, sondern mit fünfzig Prozent abtragen; selbst wenn das Geschäft wieder anlaufen sollte, können keine Nachforderungen gestellt werden.

Wir hätten längst Konkurs anmelden sollen, erwidere ich.

Wumme H. schweigt.

Ich möchte aufhören, sage ich, da ich weiß, daß auf Konkursverbrechen dicker Zucker liegt.

Dicker Zucker, den Ausdruck kennen Sie auch, sagt Wumme H.

Ja, Zuchthaus.

Das denke ich nicht, sagt Wumme H., sehr beherrscht, dennoch erregt. Er lispelt. Häufig hatte ich bemerkt, daß Wumme H:s Schönheit in angespannten Situationen von einem bemerkenswerten S-Fehler verunstaltet wird. Ich würde Ihnen gerne Zahlen zum Übernehmen diktieren ... wenn Sie damit einverstanden wären, ließe sich daraus unsere allgemeine Geschäftsbilanz rekonstruieren.

Rohdorf überblättert eine weitere Zahlentabelle, die sich über drei Seiten erstreckt.

... schaffe es, eine Falsch-Bilanz zu erstellen, gleichzeitig eine reelle – nach bestem Wissen und Gewissen.

Rohdorf streckt sich. Müdigkeit stellt sich ein. Er hatte geglaubt, Nießwandt würde aus Wumme H. einen stöhnenden Riesen machen, mit riesiger Hand und riesigem S-Fehler. Er hat sich getäuscht. Er muß bei Wumme nicht abziehen, was Nießwandt beim Melierten zugelegt hatte; er muß nicht den Riesen Wumme zu einem gewöhnlichen, rechtschaffenen Geschäftsmann schrumpfen lassen: er entschließt sich, den ganzen Bericht morgen zu lesen. Jetzt nur noch die letzten Zeilen.

Letzte Seite: In der Haft *habe ich eine Schuldner-Aufstellung vorbereitet.*

Ich verlasse der Reihe nach die Haftanstalt, Bielefeld, die Bundesrepublik ... Draußen (in den Städten) war es mir zu weit, zu laut, zu einsam; drinnen (in der Haftanstalt) war es mir zu eng, zu leise, zu gemeinsam.

Die Pfeiftöne, die, kaum hat Rohdorf die Zettel aus der Hand gelegt, regelmäßig aus Nießwandts Nase kommen, werden mehr und mehr von der Sirene eines Krankenwagens verdrängt, arme Frau Dr. Kneiffke, denkt Rohdorf, er weiß, sie hat Aufnahmedienst, arme Schwester Karin, denkt Rohdorf, er weiß, sie hat Nachtdienst, er hört die Sirene ein letztes Mal, dann biegt er in Gedanken mit dem Auto von der Straße auf das Krankenhausgelände ein, die Räder knirschen dicht unterm Fenster im Kies, er hört die Türen schlagen.

Der Sekt zwingt Rohdorf, vorm endgültigen Schlaf das Bett zu verlassen. Während er den Bademantel anzieht, fällt ihm eine Visage ein, noch eine unbekannte, immer mehr wird es eine bekannte, endlich bleibt die Visage des Melierten stehen, ein brennendes Gefühl fließt in seine Brust, pures Siegesgefühl, er darf sich fühlen wie Cassius Clay. Während er doch immer dachte, das Leben ist besser als im guten Film, das Leben ist schlechter als im schlechten Film, war sein Leben, heute abend, besser als im schlechten Film. Dann bleibt er auf dem Korridor der 3 B stehen, angewurzelt und blickt und kann es nicht fassen; ihm gegenüber, einen dicken Wattebausch über den Mund geklebt, freundlich mit der Kneiffke redend und Schwester Karin die Hand schüttelnd (Schwester Karin, die immer schöner wird), Dr. Kneiffke sagt gerade, grüßen Sie Ihre schöne Stadt von mir, ja richtig zum Melierten sagt sie's, und der Melierte erwidert, ich werd's ausrich ... dann bleibt ihm der Satz im Halse stecken, der Melierte sieht Rohdorf, erkennt ihn oder auch nicht, er wirkt fassungslos, und Rohdorf denkt, Gott sei Dank achtet niemand auf uns, und er drückt die Brust heraus, und der Melierte stöhnt, als wäre er von einem zweiten Schlag getroffen, und Rohdorf grunzt, als hätte er geschlagen, und der Melierte blickt wie Rohdorf eben auch blickte und scheint nichts zu begreifen, sehen meine Feinde alle gleich aus, wird er denken, denkt Rohdorf, und werde ich von diesem Mann, eben noch im Anzug und in der Bar, jetzt im Bademantel und im Krankenhaus überallhin verfolgt werden, wird er denken, denkt Rohdorf ... der Melierte dreht sich auf dem Absatz, lächelt flüchtig und flieht aus dem Gang, aus dem Krankenhaus, so scheint es.

Rohdorf denkt kurz vorm Einschlafen: Das war ein Tag, solche müßten verordnet werden, so gut tun sie, so gesund machen sie; dann direkt auf der Kippe vom Wachsein zum Schlaf werden die Erlebnisse des Tages kunterbunt durcheinandergeschüttelt: Wumme ist der Melierte, und der Melierte verkauft Autos, und Rohdorf schlägt dem Melierten ein verheißungsvolles Angebot aus und Wumme in die Visage hinein, und ein hohler Kürbis bricht auseinander, und er, Rohdorf, wächst um dreißig Zentimeter, und der Melierte fliegt, fliegt der Reihe nach aus der Bar, aus dem Krankenhaus, aus der Hauptstadt, hundertmal sieht Rohdorf den Melierten fliegen, von einer großen Kraft aus dem Stand zum Flug befördert, wie ein Sektkorken.

Arno Arnheim, Tagebuch.

Nehmen Sie Platz, sagt Hans-Joachim Lesching, ich möchte Sie bekanntmachen, er weist auf einen bleichen Herrn, das ist Genosse Knapp, seit dem 1. Januar ist er für das Schauspielensemble verantwortlich. Hans Joachim Lesching, der Stellvertreter des Vorsitzenden, mein neuer Chef im Fernsehen der DDR, ist blauäugig, hat einen kleinen Bauch, etwa Anfang fünfzig, hat den proletarischen Look unserer Filmhelden aus den fünfziger Jahren, eine Mischung aus einem verdickten Hans-Peter Grobins und einem verdünnten Günther Ackermann.

Ich nehme Platz, er bietet mir nichts an, keinen Kaffee, keinen Tee.

Er hält sich mit keinen Höflichkeiten auf.

Ich möchte Ihnen unser Vorhaben für die nächsten zwei Jahre erläutern, wie immer wird es eine Frage der Kapazitäten werden, wir haben zuviel Arbeit und zuwenig Möglichkeiten, zuwenig Leute und und und. Dennoch, wir haben große Aufgaben für Sie.

Knapp nickt.

Ich bin seit dem 1. Januar Nachfolger von Knebel und möchte Ihnen sagen, für das, was in diesem Hause vor dem 1. Januar geschah, bin ich nicht verantwortlich zu machen, kommen wir zur Sache, gegen Sie liegt nichts vor, nicht soviel, *Sie werden Arbeit und gute Rollen haben, Sie sind in unserem Haus ein erster Schauspieler – er beugt sich vor und legt mir seine Hand auf die Schulter, mein Großvater sagte nach größeren Streitereien immer, meistens an der Theke, nu laßt ma die Feindschaft sein, nun is alles gaut. Er blickt mich offen an.*

Hans-Joachim Lesching ist nicht unsympathisch. Er zählt mir in einer zwanzigminütigen Rede die Projekte auf, die gemacht werden und die eventuell gemacht werden, welche Regisseure eventuell was machen werden, ich höre, daß sehr viel gemacht werden soll – Fallada, Werfel und und, es ist zuviel mit zu häufigen Eventuells versehen, am Ende sagt er, ich möchte Ihre Mitarbeit, allerdings müßten wir die Gewähr haben, daß Sie nicht in zwei Jahren im Schiller-Theater auftreten.

Lesching ist am Ende, ich bin dran.

Wenn ich Sie richtig verstanden habe, können Sie mir nicht sagen, welche Rollen ich spielen werde, weil Sie nicht wissen, welcher Regisseur welche Rolle mit mir machen wird, Sie können mir nur sagen, daß Sie große Aufgaben für mich haben, ich glaube, Sie haben die Rechnung ohne den Wirt gemacht.

Er legt mir seine kräftige Hand aufs Knie.

Erstens: Ich bin hier so eine Art von Hauswirt.

Zweitens: Ihre Mitarbeit heißt doch nicht, daß Sie in zwanzig Stücken zwanzig Rollen spielen werden, sondern daß Sie zwei oder drei Hauptrollen spielen werden, Sie wissen doch selber, Lindemann braucht für einen Mehrteiler zwei-drei Jahre, da wären Sie ja schon für die Zeit blockiert, nein, das heißt, ob man bei der Besetzung mit Ihnen rechnen kann, weiter nichts, ob Sie annehmen, ob Sie verfügbar sein werden.

Und drittens hat man Ihnen konkret, gestern glaube ich, den Stanislaw Lem angeboten, ›Der getreue Roboter‹, und heute müßte Ihnen ein Werfel angeboten werden, den ein Schweizer Regisseur machen wird, dafür wird Günther Sandmann im nächsten Jahr was in der Schweiz machen, das Stück heißt ... na, na, er sieht Knapp an, der blättert in seinem großen grünen Notizbuch wie eine Souffleuse, die zwanzig Minuten vor dem Hänger des Schauspielers eingeschlafen ist, er hat's, ›Die arge Legende vom zerrissenen Galgenstrick‹, den Oberst darin. Lesching macht eine Handbewegung, die ausdrücken soll, bitte, so ist das.

Und so war das: Am Sonnabend rief die Chefregisseurin des Fernsehfunks bei mir an, Frau Jutta Lange, Kath war am Telefon, sie möchte mich unbedingt sprechen, sie wäre bis spät in die Nacht zu erreichen. Am Sonntag früh wiederholte sie den Anruf – Kath war dran – wieder, sie wäre den Tag über zu Hause.

Am Nachmittag rief ich an, hier Arno Arnheim. Ach, das ist lieb, daß Sie anrufen, der Genosse Lesching möchte

Sie sprechen, und dann wäre es ja auch schön, wenn Sie den neuen Leiter des Schauspielerensembles kennenlernen würden, Genossen Knapp – würden Sie so lieb sein, einen Moment mal zu warten, ich hole die Terminvorschläge des Genossen Leschings. Also, am Montag – langes Zögern – geht es den ganzen Tag, am Dienstag – wieder Zögern, als ob sie nach der freien Stelle im Zeitplan suchen würde – auch den ganzen Tag, Mittwoch ist der Genosse Lesching erst – um zehn im Hause – sie wollte mir mitteilen, daß der Genosse Lesching jederzeit für mich zu sprechen ist, ich sage, Dienstag vierzehn Uhr.

Und jetzt sitze ich vor dem Genossen Hans-Joachim Lesching, den ich nicht persönlich kannte, ich hatte nur von ihm gehört, nichts Gutes, nichts Schlechtes, ich bin nicht gegen ihn voreingenommen. Mein einziges Zusammentreffen mit ihm war im Jahre 1962, als ich aus seinen Händen den Kunstpreis der DDR erhielt, damals war er Kulturminister.

Ich teile Hans-Joachim Lesching die Gründe mit, warum ich ›Arthur der Jongleur‹ abgelehnt habe, ich erzähle alles, was ich auf dem Herzen habe, daß ich mein Jahressoll erfüllt habe, daß ich im Moment überhaupt nicht spielen möchte, ich lasse nichts aus, auch Aderhold nicht – eine Stelle, die mit einem langen hmmm quittiert wird – ich glaube, es gibt nichts, was ich ihm verschweige, und sage, was man hundertfünfzig Tage versäumt hat, beginnt man drei Tage nach dem Ausreiseantrag von Rahn zurechtrücken zu wollen.

Lesching geht zum Fenster, er hat den Sinn für die richtige Länge der Pause.

Lesching: Wissen Sie, was ich gemacht habe im Funk? Ich habe meine Jungs zusammengerufen und habe gesagt, wenn irgendeinem von den Unterzeichnern ein Haar gekrümmt wird, dem hau ich persönlich in die Fresse – und was haben wir gemacht: Im Dezember hatten wir eine Howald-Woche, dann habe ich dafür gesorgt, daß Günther Ortmann gelesen hat, Volker Schwarz, Heiner Meyer, alle sind gesendet worden. Lassen Sie mich nochmal zu uns kommen. Ich kann nicht garantieren, was sich irgendwo irgendwelche kleinen Genossen an Gehässigkeiten ausgedacht haben und ausdenken werden, ob Ihnen Kon-

zerte abgelehnt werden oder was weiß ich, ich werde dafür sorgen, daß hier in meinem Bereich keine Repressalien stattfinden werden, keine. Er unterstreicht das letzte keine mit einer Handbewegung, dafür gebe ich Ihnen mein Wort.

Ich hätte sagen sollen, laßt mich den Branko spielen, den ihr mir abgesagt habt, den Weislingen im ›Götz‹, der mir seinerzeit vom Regisseur angeboten wurde, das Porträt per Telephon machen, die Fernsehshow, alles das, was ihr abgesagt habt, und alles wäre okay: aber darauf bin ich nicht gekommen, und ich hätte sagen sollen, schmeißt Aderhold raus, der hat alles eingerührt bis zu den Ausreiseanträgen, sonst wird es keine Schuldigen geben wie immer, Aderhold selbst wird nie der Schuldige sein, der krault um jede Klippe, Knebel, Ihr Vorgänger, wäre ein möglicher Sündenbock, und den hat Aderhold ja auch schon in die Wüste geschickt. Gesagt habe ich ganz sicher:

Wie soll ich Aderhold, dieser Filzlaus, noch in die Augen sehen?

Lesching: Sie müssen die Sache anders sehen, Sie haben keinen Vertrag mit Aderhold, Sie haben eine Verpflichtung Ihrem Publikum gegenüber, ich sage Ihrem, und die wollen Sie sehen und nicht Franz Aderhold, lassen Sie uns einen Strich ziehen unter das, was gewesen ist, fangen wir von vorne an.

Er setzt sich wieder.

Ich kann Sie verstehen, aber verstehen Sie bitte auch mal die Regierung, die hat Sorgen, nicht keine, große Sorgen, andere Sorgen, die Wirtschaftsprobleme sind Nummer eins, nehmen wir mal nur Westberlin, wir werden ihnen bald Strom liefern, das Wasser liefern wir ihnen schon, wir nehmen ihnen den Müll ab und die Scheiße und und, mein Gott, das sind doch alles keine Kleinigkeiten, die große Wirtschaftslage, wo fange ich an, die Russen, ich lasse mal die Energie, die Schwierigkeiten im Lebensstandardgefälle innerhalb der sozialistischen Länder aus, sehen Sie, das Maisproblem, die Russen kaufen den Mais aus Kanada, weil die Computer errechnet haben, daß es billiger ist, ihn den kurzen Weg über Alaska nach Kamtschatka zu transportieren als vom Schwarzen Meer oder Kiew (wissen Sie, wie lange der Transport durch die *ganze Länge der Sowjetunion dauert) sagen wir zum Beispiel nach Wladiwostok? Den Mais mal in Sibirien anbauen zu wollen, war großer Quatsch, das ging nicht, aber Ihnen ist doch klar, daß sich die Zahlen auf unseren Rechnungen wiederfinden, und zwar vor dem Komma. Laskowski, mein Gott, was der alles auf dem Halse hat, das hört ja mit der Wirtschaft nicht auf, sehen Sie mal die Außenpolitik, der heiße Konflikt wird in Europa nicht stattfinden, in Asien vielleicht, das hängt natürlich von den Chinesen ab, wie die ihre Wirtschaftsprobleme lösen, die können nur eins von beiden richtig, entweder rüsten oder Wirtschaft, na ja, das müssen die wissen, im Nahen Osten wird's noch 'ne Weile gehn, in Südamerika auch, aber die heißen Konflikte werden mit Sicherheit in Afrika stattfinden, dafür wird in Europa der ideologische Kampf immer härter geführt werden, und nun schuftet die kleine DDR inmitten dieser Weltbewegung darum, den Lebensstandard der Bürger langsam aber sicher zu erhöhen, mein Gott, das ist doch was.*

Dann spricht er vom Eurokommunismus, von der Charta 77, Sacharow, den Polen, Ungarn, Rumänen, und nun kommt dieser Sänger; er zählt mit dem Zeigefinger der linken Hand an den Fingern der rechten nochmal die Vorgänge auf, die zu seiner Ausbürgerung führten, er beginnt beim Daumen.

Erstens: das Gammlertreffen in Altenburg;
zweitens: das Gammlertreffen in Salzach;
Knapp berichtigt, Bad Salzungen;
natürlich, natürlich, viel kleiner als in Altenburg;
drittens: Lüderitz;
viertens: Konze;
fünftens: der Sänger.

Nun stand die Frage, sollen wir ihn fahren lassen, also Harry Janetzki hat Gottgetreu von der IG Metall eingeladen, und Gottgetreu wollte das Gespräch platzen lassen, wenn der Sänger nicht auftreten darf, der Bochumer Appell war vorausgegangen, man entschließt sich, den Sänger auftreten zu lassen, um das Gespräch nicht platzen zu lassen, der Sänger ist ein Spielball der großen Politik geworden. Haben Sie das Konzert gesehen?

Ich: Ja.

Finden Sie nicht, daß die Kulisse von der IG Metall gut inszeniert war?

Knapp: Haben Sie den Maoisten mit dem Transparent gesehen?

Ich: Ja.

Lesching: Der Sänger läßt sich also provozieren und stimmt seinen Gesang gegen die DDR an, so, was sollten wir nun machen, ihn zurückkommen lassen und gut? Es gab nur zwei Möglichkeiten, ihn ausbürgern oder verhaften.

Ich: Was haben Sie von ihm erwartet, sollte er Liebeslieder singen?

Lesching: Wir haben erwartet, daß er sich klug verhält, wir hatten mit einem Krach gerechnet, einem großen, einem mittelmäßigen, den Bumerang hatten wir sicher nicht erwartet – die Reaktion der Künstler, hm – was sollen wir nun machen? Mit euch Künstlern? Ihr seid bokkig und verrannt, und wir sagen, seid wieder gut, die Regierung hat auch ohne euch Sorgen genug.

Seine proletarischen blauen Augen betrachten mich, den Künstler, betrachten den Jeansanzug und das bunte Hemd, das ich im Ausverkauf für fünfzehn Mark in Köln gekauft hatte, er legt mir das zweite Mal die Hand auf die Schulter, Politik wird nirgendwo auf der Welt mit Glacéhandschuhen gemacht, auch drüben nicht.

Ich: Warum eigentlich nicht, warum können wir nicht eine Politik mit Glacéhandschuhen machen, nicht in der großen Politik, aber in der Kunst zum Beispiel, und warum müssen wir uns immer mit drüben messen, mit dem verwesten Kapitalismus?

Neben mir auf dem kleinen Tisch liegt das Neue Deutschland. Ich brauch bloß auf die Überschrift zu zeigen, hier, sehen Sie, arbeitslos – selber schuld. Neuer Angriff der Unternehmer auf Rechte der BRD-Werktätigen, und jeden Tag neue Überschriften über eine stinkende BRD, warum müssen wir immer freiwillig die Konkurrenz mit der BRD suchen, warum wird die Macht so häufig als Instrument des Verbietens benutzt, wir kritisieren die Kunst, die das Leben beschreibt, aber nicht das Leben selbst. Weil es grau ist, braucht es in der Kunst Nachhilfe und Retusche, wir sollten mehr erlauben, dann wird das Leben bunter, das sage ich und anderes und sicher viel umständlicher.

Ich bin nicht bockig und auch nicht verrannt. Soll das Haus, der Besitz, das Getto, das ich mir geschaffen habe, mein Lebensinhalt werden, soll ich darauf warten, fünfundsechzig zu werden, um mir den Louvre ansehen zu können, aber ohne Frau, weil sie noch keine Rentnerin ist, oder weiter unehrliche Filme machen, ich will lieber einen Knick in der Biographie als in meinem Rückgrat, und diesen Satz sage ich zu Hans-Joachim Lesching, meinem neuen Chef im Fernsehen der DDR.

Ich habe, sagt er, seine Stimme ist krank, die Heiserkeit ist nicht normal, in Moskau studiert, und als Chruschtschow seine Rede zum XX. Parteitag hielt, da wurde gleichzeitig seine Rede auf allen Parteiebenen verlesen, auch in meiner Parteihochschule, mein Russisch war nicht gut, aber ich konnte verstehen, worum es ging, ich saß mit Dubček zusammen, der sehr gut Russisch und Deutsch kann, schwierige Passagen hat er mir übersetzt – hm, als Parteisekretär war er nicht so gut, aber als Volleyballspieler war er unschlagbar –, als die Rede verlesen war, blieben alle Männer im Saal und heulten, ein Saal mit heulenden Männern, er wiederholt das sehr langsam, er meint es väterlich mit mir – das *war ein Knick in der Geschichte, und es wird sicher nochmal einen Knick in der Geschichte geben, wenn sich Chinesen und Russen in die Arme fallen –, er steht auf und bleibt vor einer Collage stehen, die er in das Knebel-Zimmer mitgebracht hat, ansonsten ist es unverändert. Sehen Sie, dieses Bild stellt die Beerdigung von Togliatti dar, kommen Sie mal bitte her, ich stehe auf und sehe mir das Bild an, erkennen Sie, wer da alles gekommen ist zur Beerdigung, hier Neruda neben Marchais, Allende neben Angela Davis, Lenin, Lenin taucht immer wieder auf, hier Trotzki neben Lenin und Sartre und und, sehen Sie hier, er zeigt auf eine untere Stelle des Bildes, Stalin und Dimitroff, und der, er zeigt auf Stalin, dann auf Dimitroff, hat den auf dem Gewissen, alle sind sie gekommen zur Beerdigung von Togliattti, und hier sehen Sie Dolores Ibarruri, die nach dreißig Jahren nach Spanien zurückkehren wird, einundachtzigjährig, alle hatten sie Meinungsverschiedenheiten, und alle sind sie zusammengekommen.*

Das letzte hat er langsam und leise, beinahe väterlich gesagt, das muß der Abschluß gewesen sein. Wir geben uns die Hände.

Werden Sie mich anrufen, oder soll ich Sie anrufen?

Ich werde es tun, er begleitet mich zur Tür.

Ich sage, Sie sind der erste, der mir keinen Kaffee oder Tee angeboten hat.

Auf dem langen Flur des Jofagebäudes bittet mich Genosse Knapp einen Moment in sein Zimmer. Im Vorzimmer ein bekanntes Gesicht, die Sekretärin, wir begrüßen uns, die Chefs kommen und gehen, die Sekretärinnen bleiben.

Knapp: Ich wollte Sie gerne zu einem Kaffee oder Tee einladen, ich bedanke mich und gehe.

Zuhause lese ich in der Zeitung eine Überschrift: Dolores Ibarruri wird nach Spanien zurückkehren.

In einem TASS-Gespräch sagte die legendäre Passionaria: In diesem für mich so bewegenden Augenblick empfinde ich ein widersprüchliches Gefühl, es ist einerseits die Freude über das baldige Wiedersehen mit meiner Heimat und andererseits die Trauer wegen des Abschieds von der Sowjetunion, einem Land, in dem mir Gastfreundschaft erwiesen wurde und wo ich fast vierzig Jahre lebte.

Ich hatte an den Staatsrat geschrieben, den Brief kennen Sie ja, einen ebenso ausführlichen an Dr. Wolff (Chefarzt) und an die Kaderabteilung dieses Hauses.

Hier, an die Kaderabteilung

im Hause

Betr.: Bewerbung

Hiermit bewerbe ich mich um Mitarbeit in Ihrer medizinischen Einrichtung, Einsatzmöglichkeiten mögen Sie selbst entscheiden.

Ich bin Psoriatiker, dessen Ausbruchsintervalle sich immer mehr verdichten, so daß ich in der letzten Zeit fast im permanenten Befall bin und zur Zeit als Langzeitpatient in der Dermatologischen Klinik von MR Dr. Wolff in stationärer Behandlung bin.

Mein Bestreben geht nun dahin, daß ich eine Art von

Personal-Patienten-Verhältnis eingehen möchte, womit ich in hautärztlicher Kontrolle wäre, ohne arbeitsunfähig zu werden.

Mir genügt eine einfache Tätigkeit, Heizer, Pförtner, Küchenkraft. Sollten Sie mir eine Chance geben – dies in dem gewünschten Personal-Patienten-Verhältnis –, wird von mir alles unternommen werden, um meine Arbeit gewissenhaft auszuführen. Dieses Sich-selbst-in-den-Griff-nehmen kann nur in einer Tätigkeit am Ort erreicht werden, gewissermaßen die Hautklinik im Rücken.

Chefarzt Dr. Wolff ist über meine Situation bestens unterrichtet. Wenn Sie Ihre Auskünfte über mich erweitern wollen, können Sie über den Referenten für Innere Angelegenheiten vom Stadtbezirk Mitte, Berlin-Alexanderplatz, weiteres erfragen.

Hochachtungsvoll ...

Dr. Wolff an die Kaderabteilung:

Betr.: Bewerbung des Patienten Heinz Nießwandt, geb. 8. 10. 1916, z. Zt. Dermatologische Klinik/ Station 3 b

Von dem Schreiben des oben genannten Patienten habe ich Kenntnis genommen. Die Station 3 b, insbesondere die Stationsärztin, Frau Kneiffke, setzen sich sehr dafür ein, daß der Patient rehabilitiert wird. Er ist ein freundlicher, aufgeschlossener Patient, der auf Station bisher in keiner Weise unangenehm aufgefallen ist.

Auch wurde nicht bemerkt, daß er Alkohol konsumierte. Er ist auf Station äußerst hilfsbereit, sowohl den Schwestern als auch den Patienten gegenüber und hat bei der Beobachtung und Betreuung schwerkranker Patienten auf Station aktiv und aufmerksam mitgeholfen. Ich würde jedoch eine psychiatrische Beurteilung auf jeden Fall empfehlen.

Weitergeleitet, ein Brief an die Klinik für Psychiatrische Therapie ... MR Dr. Wolff (Chefarzt)

Eine Durchschrift des Briefes an die Psychiatrische Klinik habe ich nicht vorgefunden, aber hier die Antwort.

Sehr geehrter Herr Kollege!

Zu o. g. Patienten teilen wir Ihnen folgendes mit:

Er befand sich in unserer Klinik vom ...

Zur Anamnese waren vom Patienten nur wenige ver-

wertbare Angaben zu erhalten. Die Psoriasis bestehe seit ca. 1950, Verschlechterungen treten etwa alle zwei Jahre auf. Es erfolgten deshalb bereits stationäre Behandlungen in der Charité und bei Ihnen. Um eine ambulante hautärztliche Behandlung bemühte sich der Patient in der letzten Zeit nicht.

Angeblich seit 1971 – vermutlich jedoch schon seit viel längerer Zeit – besteht ein Alkoholabusus. Genauere Angaben über Trinkmenge u.a. sind vom Patienten nicht erhältlich, angeblich noch keine Entziehungskur. 1975 erfolgte deshalb Behandlung in der Nervenklinik der Charité. – Aufnahme im deliranten Zustand. Nach Klärung sozialer Fragen (Vermittlung einer Arbeitsstelle als Heizer im Christlichen Hospiz, 104 Berlin ... sowie einer Schlafstelle dort) erfolgte dann weitere ambulante Betreuung durch psychiatrische Beratungsstelle Berlin-Mitte, der sich der Patient aber zumeist entzog. Außerdem bemühte sich, lt. Mitteilung der Fürsorgerin, Abt. Inneres des Stadtbezirkes um den Patienten. Trotzdem kam es wiederholt zu asozialen Verhaltensweisen. Hierher kam der Patient und bat um Behandlung, wobei er zu Person und Wohnort falsche Angaben machte. Da er sich im prädeliranten Zustand befand, erfolgte die stationäre Aufnahme. Pat. ist alleinstehend, Verwandtschaft wohnt in Westberlin. Es besteht seit längerer Zeit ein Ausreiseantrag.

Rohdorf überfliegt nichts.

Befunde: Adipöser Pat. in ausreichendem AZ ...

Neurologisch: Bei Aufnahme grobschlächtiger Tremor der Hände, torkelnder Gang, sonst keine Befunde von Krankheitswert.

Paraklinisch: BSR ...

Psychisch: Bei Aufnahme bewußtseinsklar und örtlich und zeitlich orientiert. Zu Person und anderem völlig falsche Angaben machend. Im weiteren Verlauf Stimmung maniform gehoben, Rededrang, Kritikschwäche, Weitschweifigkeit, auf Station jedoch ohne besondere Schwierigkeiten zu führen.

Verlauf: Die medikamentöse Behandlung erfolgte mit Distraneurin, Vitamin-B-Komplex, Ascorvit und Solestril. Wegen des bestehenden maniformen Bildes erfolgte Einstellung Orap.

Erst nach längerem Aufenthalt hier machte Pat. dann richtige Angaben über Name und Wohnort. Unsere Bemühungen, über den Verbleib seiner Papiere, die er möglicherweise in einer Gaststätte hinterließ, etwas zu erfahren, waren bisher erfolglos.

Wir raten dringend, nach Abschluß der Behandlung bei Ihnen o.g. Pat. zu einer stationären Betreuung in das zuständige W-G-Krankenhaus zu überführen.

Letzte Medikation: Solestril 3 × 1
AH 1/0/2
Orap 2 × 1 mg
sowie 2%ige Salizyl-Vaseline.

Mit kollegialer Hochachtung.

Wird Dr. Wolff sich daran halten, Sie ins W-G-Krankenhaus zu überweisen, fragt Rohdorf.

Versuchen wird er's zumindest.

Was heißt versuchen?

Das heißt, es ist überhaupt nicht sicher, daß mich das W-G-Krankenhaus aufnimmt; das H-Krankenhaus will mich abschieben, das ist klar, sonst hätten sie geschrieben: Wir halten es für notwendig, o.g. Pat. nach Abschluß der Behandlung bei Ihnen einer stationären Betreuung in *unserem* Krankenhaus zu unterziehen, oder so ähnlich. In dem Schreiben erklären sie diese Absicht mit dem Wort zuständig, obwohl, und da gibt es keine Frage, beide gleichermaßen zuständig sind, da es sich um Fachkrankenhäuser für Neurologie und Psychiatrie handelt. Das ist ein Rumgeschiebe wie auf'm Rangierbahnhof.

Was ist mit Ihrem Ausreiseantrag?

Achtmal habe ich ihn gestellt und achtmal nichts gehört. Wissen Sie, jemand, der einen Ausreiseantrag stellt, wird behandelt wie ein Schizo, aber ein Schizo, der einen Ausreiseantrag stellt, ist einfach lächerlich.

Nießwandt schiebt einen Zettel über den Tisch, hier das angekündigte Gespräch mit Dr. Wolff.

Rohdorf liest: *Chefarzt MR Dr. Wolff, auffallend gekleidet, grüngestreiftes Sporthemd, blaues Jackett, helle Hose, dünnrandige modische Brille, lang gehaltenes graues Haar – die Schwestern behaupten, er wäre homosexuell, nicht nur wegen seiner betont weichen Bewegungen, ich glaube, er ist eher Bi.*

Dr. Wolff begrüßt mich freundlich. Ungewöhnlich freundlich, er fragt mich, ob ich rauchen möchte, ich verneine.

W: Ich bedanke mich für Ihren Lebensbericht, übrigens, Sie sehen gut aus – lassen Sie mich gleich zum Thema kommen. Sie wollen – er blättert in den Unterlagen – ein Personal-Patienten-Verhältnis, welche Tätigkeit schwebt Ihnen vor?

Ich: Heizer, Pförtner, Küchenkraft, Einsatzmöglichkeiten mögen Sie bestimmen, aber ich bin sicher, es gibt eine ganze Reihe von Betätigungsmöglichkeiten.

W: Welche haben Sie im Auge?

Ich: Zum Beispiel Hygiene, wohin man blickt, Schaben, in den Toiletten, Zimmern, sogar in der Küche, im Mauerwerk sollen sie ihre Nester haben, tägliche Desinfektion wäre notwendig, aber die gibt es nicht.

W: Ich weiß. Dr. Wolff rudert mit den Händen, Sie wissen doch selber, keine Leute, keine Leute.

Eben.

W: Haben Sie noch andere Vorstellungen?

Ich: Besonders am Herzen läge mir natürlich die Pflege bettlägeriger Patienten, aber ich muß dazusagen, ich bin keine gelernte Kraft.

W: Sie haben sich auf diesem Gebiet ja schon verdient gemacht. – Dr. Wolff macht ein nachdenkliches Gesicht, er zieht die Brille auf die Nasenspitze, um mich über den Rand hinweg eindringlich zu fixieren, was sagen Sie zu Herrn Schulz?

Ich: Den aus der 114?

W: Ja.

Ich: Ich kenne ihn nur flüchtig.

W: Der Patient war nie in einer psychiatrischen Behandlung, aber – Wolff lächelt, denn gleich wird er volkstümlich werden – er hat einen kleinen Haschmich.

(Anmerkung: Schulz ist ein ansonsten unauffälliger Patient, fühlt sich verfolgt, von der Frau, den Kindern, der übrigen Familie. Er glaubt, aus Steckdosen, Gullis, Gasentlüftern, geöffneten Fenstern etc. wird er mit unsichtbarem Giftgas besprüht, das sein Kontaktekzem hervorgerufen hat. Neuerdings glaubt er, daß über Radio, Fernsehen, elektrisches Gerät etc. Übertragungen von Strömun-

gen auf seine schadhafte Haut stattfinden, die eine Heilung nicht zulassen sollen.)

W. schiebt seine Brille hoch, er stöhnt, zeigt sich angestrengt: Die Arbeit verschlingt einen, man kommt zu nichts mehr, nicht ins Theater, ins Kino, nicht ins Konzert, nicht einmal zum Lesen – gerne hätte ich mal von Ihnen was gelesen, schreiben Sie noch?

Ich: Hin und wieder.

(Wolff beginnt ein umständliches Gespräch über Literatur, auf detaillierte Angaben verzichte ich, nur soviel: Die Lieblingsautoren seiner Jugendzeit waren Louise Labe, La belle cordiere, in prononciert nasalem Französisch gesprochen, François Villon, bei Louise die Rilke-Übersetzung schätzend, bei ihm die Zech'sche, François wiederholt er genüßlich, den Namen auf der Zunge nachschmeckend, danach bespricht er Autoren der deutschen Vorgoethezeit, er sagt, bis Goethe geht es einigermaßen, nach ihm komme ich ins Schwimmen. W. sucht in seiner humanistischen Bildung wie ein fast Blinder nach der Brille – seine zieht er wieder auf die Nasenspitze – zunehmend melodiöser werdend, erfindet er Wortschöpfungen, ergötzt sich an Pointen, verliebt sich in Zwischentöne – nervös, ernst, betont ernst, ironisch lächelnd, Zucken in den Mundwinkeln, ein Feuerwerk an Sprache und Mimik. Ich kann mich des Eindruckes nicht erwehren, er stürzt sich nur deswegen in geistige Unkosten, um mein zweites Gesicht zu entdecken, das Chaos meiner Seele, die Doppelzüngigkeit meines Geistes, daß nicht sein kann, was nicht sein darf, ein Schizo hat gefälligst anormal zu sein – er bemüht sich um mich wie Besuch in Gegenwart der Eltern um deren Babys, in Babygestik und -sprache sind sie besser als diese.)

Bei der Verabschiedung sagt W., wir können in Ihrer Angelegenheit natürlich nicht alleine entscheiden, aber wir werden Sie nicht auf die lange Bank schieben.

Der Pfleger Wolfgang hat mir die Unterlagen zugesteckt, bis heute zweiundzwanzig Uhr will er sie zurückhaben. Wir haben Schmitter gewaschen und mit Franzbranntwein eingerieben, und da muß Wolfgang in den Kopf gekommen sein, mir was Gutes zukommen zu lassen, und das war auch sehr gut, denn nun weiß ich, daß

W. meine Angelegenheit nicht nur auf die lange Bank schiebt, sondern überhaupt nicht schiebt, außer von sich weg, und das Personal-Patienten-Verhältnis kann ich mir an den Hut stecken.

Nießwandt spült seinen Wodka mit Bier hinunter, in der Kneipe ist es stickig, Rohdorf beginnen die Augen zu brennen, an der Theke eine erhitzte Diskussion Betrunkener über Terrorismus, in dem Stimmenwirrwarr hört man mehrmals den Namen Aldo Moro.

Nießwandt schiebt die Unterlagen sorgfältig in das Kuvert, wäre ja auch zu schön gewesen, sagt er, ich mißtraue ohnehin meiner Fähigkeit, mit dem Glück umzugehen, Glück ist ein Instrument für mich, das ich zu spielen nie erlernt habe, das wäre gerade so, als würde man mich in den Weltraum schießen, in die Schwerelosigkeit, nirgendwo Halt.

Es ist kurz vor zweiundzwanzig Uhr. Lassen Sie uns zahlen und gehen. Zusammen, fragt die Kellnerin. Bitte einzeln. Drei zehn bitte. Geben Sie auf drei fünfzig heraus, sagen beide.

Ich bin eine glückliche Natur, sagt Nießwandt, ich kann etwas, was kaum jemand kann: die Niederlage nämlich, ich kann verlieren, ich kann ertragen, Unrecht zu haben, sehen Sie, und daran scheitern die meisten, weil sie nur den Sieg trainiert haben und die Pose dazu, die Niederlage stand nie auf ihrem Lehrplan – wie gesagt, ich bin eine glückliche Natur, eben darum –, am Ende werde ich nur wieder ausgesetzt, wie ein Hund zwar, aber in eine mir wohlbekannte Freiheit, in der ich mich gut auskenne.

Der Tag verlief wie folgt:

Neun Uhr. Nießwandt macht Pläne – Erlebnispläne, wie er sie nennt. Kino, Theater, Museen, vielleicht Dresden und Prag, aber das ist zu teuer – er rechnet, berechnet, recherchiert und streicht, Pläne, sagt er, sind das Salz des Lebens, meistens sind sie viel schöner als ihre Verwirklichung. Heute neunzehn Uhr gehen wir ins Kino, wir sehen eine amerikanische Westernparodie, ›Der müde und der kleine Joe‹ oder so ähnlich, einverstanden?

Einverstanden.

Um fünfzehn Uhr. Erschrecken Sie nicht, sagt Nießwandt.

Nein, sagt Rohdorf und erschrickt, er war gerade eingeschlafen. Wie spät, fragt er. Gegen fünfzehn Uhr, erwidert Nießwandt, dann wird ihm klar, warum er nicht erschrecken soll, ein Schifferklavier geht beherzt Volkslieder an, gefolgt von zwei weiblichen Stimmen (Sopran und Alt), die Altstimme ist leichtfertig bemüht, mit einer Terz die zweite Stimme zu bewältigen, etwas unsauber, eher eine Quart denn eine Terz, das Schifferklavier weit voran, Auf Wiedersehen erst beim Umblättern, wenn überhaupt.

Rohdorf stellt sich vor: zu den Stimmen entsprechende Wesen, er kommt auf: rundlich, aufgetakelt, Kleidung aus dem Opernfundus, Geruch zwischen Mottenkugeln und Baldrian, Schrapnells, die man bestenfalls begrüßt, Sie hätte ich gern fünfundzwanzig Kilo früher gehört. Wenn alle Brünnlein fließen, Am Brunnen vor dem Tore. Sie haben's mit den Brunnen – und Nießwandt sagt: Musik wird erst schön, wenn man aktiv daran beteiligt ist, nur zuhören ist zuwenig, dann singt er mit, hilft aus, wo es am nötigsten fehlt, mal die erste, mal die zweite, einige Male leistet er sich ein Solo – die dritte Stimme.

Erstaunlich, sagt Rohdorf, der in Richtung Schifferklavier blickt; Vorstellung und Wirklichkeit gehen hundertprozentig auseinander, ansehnlich die Blonde, beinahe charmant, unauffällig und geschmackvoll die Kleidung, obschon seine Vorstellungskraft sich wehrt, so bedingungslos einen Schuß in den Ofen abgefeuert zu haben. Das Schifferklavier und der Gesang sind nicht von dieser Welt, die beiden Sängerinnen sind es sehr wohl.

Eine dreiviertel Stunde Konzert, die Türen zu den Krankenzimmern sind weit geöffnet, nach jedem Lied starker Beifall.

Die beiden kommen fast jeden Monat und sind sehr beliebt, sagt Nießwandt, und Rohdorf erwidert, so eine Art Rothenberger fürs Krankenhaus.

Die sitzende Dame mit dem Schifferklavier sagt nun eine Walzerserie ohne Gesang an, wer mittanzen möchte, sei herzlich dazu aufgefordert. Ein Walzer mit dir ... ich tanze mit dir in den ... Zwei Männer um die sechzig herum schlurfen einen flotten Dreiviertler, der Geführte, die Dame also unter den beiden, ruft etwas verlegen, tanzt doch mit – ein eigenartiges Schauspiel sieht man sich in Szene setzen – angefangen hat der, von dem jeder auf der 3b weiß, daß er einen verschleppten Tripper hat, er zieht sein Jackett aus, hält es vor den Bauch, zieht den rechten Jackenärmel mit der linken Hand in die Höhe, als wäre er ein Arm, dann dreht er sich und singt laut, dreht euch, dreht euch, dreht euch im Kreise gegen das Schifferklavier, das sich nur mit Hilfe Mitsingender durchsetzen kann ... in den siebenten Himmel der Liebe ... und nach und nach ist die Männer 3b ein Tollhaus, Bademäntel, Anzüge, Hemden, Schmierkittel werden Tanzpartnerinnen, in den Zimmern und auf dem langen, linoleumbelegten Gang wird sich gedreht, Hans Neuenhagen, der Verkrüppelte mit den Knickerbockern, dreht sich mit seinen Stöcken auf der Stelle – in der Nähe des Fensters führt jemand gefühlvoll ein weißes Laken und tut so, als wäre es ein Rasseweib, er streichelt einen vorgestellten fetten Hintern und schiebt immer auf eins sein Knie zwischen die angenommenen Beine der Lakendame – alles lacht – ein junger Mann ruft ihm rüber, hör nie uff, Opa, det hört von janz alleene uff, es schlurft und schurrt gespenstisch, die Tänzer ausschließlich über sechzig, die jüngeren haben Spaß an dummen Bemerkungen – die Walzerserie ist zu Ende, die Opas noch außer Atem, langanhaltender Beifall, das war ein großer Nachmittag.

Jemand will zum Abschluß einen Soloauftritt, und ob die Dame mit Schifferklavier ihn begleiten könne, welches Lied denn, er zählt seine Repertoire auf, man einigt sich auf: Ach laß das sein, Otto, du bist gemein ... Während des Gesanges ruft einer dazwischen, Sänger bist du, bei Aschinger hast du die Jänse jesengt, wa? – Wegen des Zwischenrufes, auch wegen Lampenfieber hat der Vortragende seinen Text vergessen, helft ihm doch, souffliert ihm, und wenn du denkst, du hast das Glück, dann zieht das Biest den Arsch zurück ... der Sänger, etwas blamiert, lächelt verkrampft, der Beifall fast ohne Ende.

Wer singt noch lieber als ein Mensch ohne Stimme? Derjenige, dem auch jegliches Gehör abgeht, sagt Rohdorf.

Kurz nach achtzehn Uhr verlassen sie das Krankenhaus, sie entschließen sich zu laufen, Spaziergang ist immer gut, und mit der Zeit sind wir gut dran, sagt Nießwandt. Erst als leichter Regen einsetzt, steigen sie in einen Bus.

Rohdorf blickt auf den Nacken eines Mannes, auf dem ein Regentropfen zum Hemdkragen zuckelt und das Schwarze aus den großen Poren wäscht, eine helle Spur wird sichtbar. Rohdorf liegt auf Lauer, einen bestimmten Mund sich öffnen sehen, gelbe, große weitauseinanderstehende Zähne hat er sich vorgestellt – er wird sich seines Lauerns erst bewußt, als ihn ein kurzer Blick des Mundinhabers trifft. Es muß am Zahnschmerz liegen, der sich wieder meldet, er blickt weg, aber immer wieder verblickt er sich haftfliegenartig in Gesichter, um sich die entsprechenden Gebisse vorzustellen, und immer wieder öffnet sich dieser oder jener Mund, seine Bemühung wird belohnt; denn allzu oft sind Vorstellung und Realität identisch. Ein Mädchen lächelt ihn an, kurz nur, ihretwegen entschließt sich Rohdorf, Nießwandt etwas zu sagen, sie soll nicht denken, er wäre verrückt oder stumm. Ich will Ihnen einen Witz erzählen, Nießwandt, einen psychologischen, er ist alt, gewiß, aber nicht zu alt, sagt Rohdorf, und er will Haltung zeigen, gar nicht verkehrt, wenn er männlich wirkt.

Die Mutter sagt ihrem Sohne, heute nachmittag kommen deine Tanten zum Kaffee, auch Tante Herta mit der großen Nase, daß du mir keine dummen Bemerkungen machst, du weißt, wie empfindlich Tante Herta ist. Die Tanten kommen, sie trinken Kaffee, essen Kuchen, der Sohn hat seinen aufgeputzt und keine dummen Bemerkungen gemacht, die Mutter schickt ihn 'raus zum Spielen, als er die Tür geschlossen hat, atmet sie befreit auf, greift zur Kaffeekanne und sagt, so Tante Herta, kann ich dir noch'n bißchen Kaffee in die Nase gießen?

Schade, das Mädchen steigt aus, wenigstens einmal umdrehen hätte sie sich können.

Der Regen hat aufgehört, eine Affenhitze liegt in der Luft, wo sind wir hier, fragt Rohdorf. In Köpenick, Bahnhofstraße, und weiter sagt Nießwandt, hier bin ich mit meiner ersten Freundin langgepilgert, wir waren im Kino, ich hatte gezahlt und glaubte, dadurch gewisse

Rechte zu besitzen, KK, Kino gegen Kuß, an der ersten Laterne will ich sie küssen, traust dich, traust dich nicht, traust dich, traust dich nicht, ich traue mich nicht, nur noch wenige Laternen vor uns, der große anfängliche Mut ist weg, da sagt sie ungeduldig, ich merke, meine Chancen haben ihren Nullpunkt erreicht, wenn du mich küssen willst, mußt du es zwischen, nicht unter den Laternen machen, und außerdem will ich gar nicht von dir geküßt werden – lange Zeit glaubte ich nach diesem Mißerfolg, die wirklich großen Ereignisse spielen sich zwischen den Laternen ab, ich hatte keine Begründung dafür, warum es so ist. Laternenwettkämpfe, manchmal führe ich sie heute noch durch, zum Beispiel bin ich zu Fuß schneller an der Laterne als das Auto, der Laster, die Straßenbahn, schaff' ich's oder schaff ich's nicht. Bin ich schneller, hab ich's geschafft, was ich geschafft habe, überlege ich mir im nachhinein, findet sich ja immer etwas, was zu schaffen wäre.

Pünktlich sind sie im Kino, unter den Zuschauern viele Jugendliche. Gejohle und Gepfeife bei einer Szene des Vorfilms, die, so wollen die Filmschöpfer glauben machen, mitten aus dem Leben gegriffen sei ... Ein Tag in einem Kollektiv des Backwarenkombinats (Bako), die Filmemacher betonen die Zufälligkeit des Zusammentreffens an diesem Tage, der nun, ein Tag wie jeder andere, von den Filmemachern so dir nichts mir nichts miterlebt wird. Der Jugendbrigadier in der Bäckerei eins und sein Kollektiv backen das sogenannte Kastenbrot, also Vollkorn-, Toast-, Graham- und Weißbrot. Sie legen strenge Maßstäbe an die Qualität, sie wollen, daß ihr Brot den Berlinern immer schmeckt. Bei den 17.000 Kastenbroten, die sie täglich backen, kommt es vor allem darauf an, daß die Krume locker und gleichmäßig gebacken – gleichporig sagt der Fachmann – und nicht zu feucht ist. Die Kruste muß gleichmäßig gebräunt sein und rundum appetitlich aussehen. Doch nicht nur beim Brotbacken geht es dem Jugendbrigadier um Qualität, sondern auch in der gesellschaftlichen Arbeit. Er leitet das FDJ-Studienjahr, ist Mitglied der Leitung der Abteilungsparteiorganisation, auf der Kreisdelegiertenkonferenz von Prenzlauer Berg wurde er als Kandidat der Kreisleitung gewählt.

Nach der Arbeit erleben wir das Kollektiv den Feierabend verbringen, optimistisch, gesellig, kameradschaftlich. Ganz nebenbei erfahren die Filmemacher, daß der Jugendbrigadier frisch gebackener Aktivist ist. Schließlich – Ende gut, alles gut – tanzen Filmkünstler und Kollektiv durch eine gemeinsame Nacht.

Rohdorf fürchtet um das Filmerlebnis, weil sich ein dicker Mann direkt vor seiner Nase unentwegt hinundherbewegt und ihm die Sicht verzappelt. Rohdorf zischt aggressiv in Richtung Vordermann: Zappelphilipp – der dicke Mann dreht sich um, sitzt tatsächlich anschließend still.

Der Film war erfrischend, die beiden treten zufrieden den Heimweg an. Eine laut grölende Gruppe von jungen Männern kommt ihnen entgegen, ein Mann – zehn Bier, zur Einundzwanzig-Uhr-Vorstellung, du lieber Himmel. Passanten weichen der Truppe mit dem Bier unterm Arm aus. Rohdorf spürt Kräfte in sich wachsen, er bewegt sich kaum merklich zur Seite, nickt mit dem Kopf, nicht mehr und nicht weniger als der Schah von Persien in für ihn gesicherten Zeiten sich vor Besuchern verneigte, fast gar nicht, nur scheinbar – dann rempelt er mit dem ersten zusammen, mit dem zweiten, der nächste Mann, der nächste Aufprall.

Rohdorf rempelt sich durch die Truppe, seinen Zorn ist er los, ein merkwürdig verstummtes Grüpplein Halbstarker blickt ihm hinterher. Siegesgefühl, ein herrlicher Kobold in seinem Innern, als wäre die Seele ein Kartoffelpuffer in der Pfanne und würde in der Luft gewendet werden.

Neunzehnhundert ... neunzehnhundert ... er kommt nicht auf das Jahr, jedenfalls hatte er, da starker Schneefall war und auf dem Fernsehgelände nur einspurig Gehwege präpariert waren, sich in die Brust geworfen und Entgegenkommende gerempelt, sie mußten in den Schnee, während er ganz und gar tat, als wäre er geistig abwesend, den schmalen Gehweg entlangschritt als Ersatz für fehlende Erfolgserlebnisse.

Nießwandt lächelt, im Augenblick haben Sie etwas von Jung-Siegfried an sich, wollen wir uns noch ein Bier leisten?

Ja.

Finden Sie nicht auch, daß es schwül ist? Eine Affenhitze, die Luft klebt an der Haut, als wäre ihr Honig beigemischt, sagt Nießwandt. Noch während er sich mit dem Taschentuch den Schweiß von der Stirne wischt, wird seine Aufmerksamkeit von einer Menschenansammlung in Beschlag genommen, die sich offensichtlich um einen Unfall gruppiert hat. Ein Laster steht zur Hälfte auf dem Bürgersteig, ein PKW, dessen rechter Blinker noch in Betrieb ist, dahinter, etwa Straßenmitte, der PKW, ein Volvo, dunkelgrün. Wildes Durcheinandergerede, ein Passant versucht, einem andern den Hergang des Unfalls zu erklären. Der Volvo hat den Blinker etwa dort, er zeigt auf eine Laterne in dreißig Meter Entfernung, betätigt, er hält sich ordnungsgemäß rechts, der Krass ist noch ziemlich weit hinten, der Volvo will hier einbiegen, dazu muß er etwas auf die Straßenmitte ausweichen, Sie sehen ja selbst, in die Kurve geht's im rechten Winkel, also der Volvo will gerade einbiegen, da versucht der Krass, ihn rechts zu überholen, mit überhöhter Geschwindigkeit, die Bremsspur vom Krass beginnt schon dort, sehen Sie, er tritt auf die Straße und zeigt auf einen Baum, links hätte er einwandfrei überholen können, weit und breit kein Gegenverkehr. Der Erklärer ist erregt, die Augen aufgerissen, der Mund trocken, ein Mann mit Aufgabe, hat man den Eindruck. Alle scheinen sie in ihrem Element zu sein, ein anderer erzählt den Vorgang genau umgekehrt. Boshaftigkeit, selbstverständliche Boshaftigkeit macht sich breit. Rohdorf hört etwa, wieviel hast du von dem Volvobonzen kassiert, he? Der kann doch nicht blinken und einbiegen, der muß sich erst im Rückspiegel vergewissern, ob nachkommender Verkehr sein Einbiegungsmanöver auch nicht gefährdet, Scheißer – wieso fahrt ihr keinen Wartburg oder Wolga, wieso schiebt ihr euch so eine Kapitalistenschleuder unter den Arsch? Halt das Maul, c'est la vie, Zella Mehlis, so ist das Leben.

Während der größere Teil sich streitet, begutachtet der kleinere den Schaden, kiek mal, beide Türen vom Volvo im Arsch und der hintere und vordere Kotflügel, schätze fünftausend Eier, wat? Auf die Ersatzteile haun sie hundert Prozent drauf, kannste mir glauben, sonst glaub ich's für dich mit – kiek mal hier, beim Krass, eine kleine Delle an der Stoßstange, kannste sagen, was du willst, SU gewonnen gegen Schweden, so dick is er gar nicht der Stahl, hier kannste es sehn, der rostet dir genauso unterm Arsch weg wie mein Shiguly, haste nur Scherereien mit dem Scheißding, wenn die keene Ersatzteile ham, biste sowieso angeschissen, steht die Karre, wenn du Pech hast, een Jahr uffm Hof.

Rohdorf langweilen die Gespräche, ein Regisseur von der DEFA, denkt er, der aus der einmaligen Serie eingeführter Volvos für Otto Normalverbraucher, die, wie man allgemein hörte, für Funktionäre nicht zugänglich waren, einen für 42.000 Mark erstanden hatte (heute werden sie unter der Hand für 55.000 gehandelt), auf vereister Straße mit ihm an eine Laterne schlittert, dabei die Knautschzone des gesamten Vorderteils bis zum Anschlag eindrückt und meinte, der Volvo vor dem Unfall hätte nur Feindlichkeit provoziert, nach ihm nur Freundlichkeit – ein gedemütigter Großer, das hat den Leuten Spaß gemacht. Er fährt ihn heute noch verbeult, wegen der Freundlichkeit.

Föhn, man könnte denken, man ist in Bayern, finden Sie nicht auch? Aber beim Föhn ist doch die Feuchtigkeit aus der Luft gut, dann eben nicht wie Föhn, aber irgendwie doch. Alle reden vom Wetter, wir auch, es ist ja wirklich so, daß man nicht nur klebrige Haut hat, sondern auch einen wetterbeeinflußten Kreislauf, ich habe mal gehört, sagt Nießwandt, daß ein Zuschauer die Wetterberichte eines ganzen Jahres mit dem stattgefundenen verglichen hat und auf folgendes bemerkenswerte Ergebnis gekommen ist: Hätten die Berichte nicht anders gelautet als morgen wird es sonnig, übermorgen bewölkt, sonnig, bewölkt, das ganze liebe Jahr hindurch, abwechselnd sonnig, bewölkt, hätten sie siebzehnmal mehr recht gehabt als so.

Die Straße ist trostlos, keine Menschenseele, Gewehreinschüsse, Querschläger, der ganze Zweite Weltkrieg noch im Mauerwerk der alten Häuser.

Da hat jemand das Radio voll aufgedreht ...

Ja, erwidert Rohdorf.

Die Beatles, nicht?

Ja, yesterday, all my troubles seemed so far away...

Fenster weit geöffnet, eine Feier, es wird getanzt, das sieht man an den sich bewegenden Schatten an der Dekke...

Nießwandt zieht sein Jackett aus, Ringelpietz mit anfassen, hält es wie nachmittags die Opas, legt sich den Ärmel des Jacketts um den Hals und tanzt laut singend um eine große Pfütze, die unter dem Fenster beginnt und bis zur Straßenmitte reicht, ein kleiner See, eine Nacht in Venedig, herrlich, ruft er, eine unheimlich dickbusige Blondine erscheint am Fenster, von Nießwandts Gesang angezogen, guckt, lacht, erschrickt über das Lachen, hält sich die Hand vor den offenen Mund, schließt die Augen, nimmt die Hand runter, der Mund noch offen, die Augen zu, dreht sich abrupt nach hinten, ruft ins Zimmer, kommt mal alle her, ein völlig Besengter tanzt um die Pfütze. Damen und Herren pressen sich ins Fenster, gruppieren sich neben und um die Dicke, selbst auf Stühlen über ihr, Platz ist nur wenig vorhanden, da sie fast allen einnimmt.

Ist doch verrückt, sagt Nießwandt zu Rohdorf, würde man ein Lokal eröffnen, in dem man singen, tanzen, in Pfützen springen könnte, wäre es ausverkauft, auch wenn man fünfzig Mark hinlegen müßte, und die da oben halten mich für verrückt, weil ich ohne fünfzig Mark in der frischen Luft dasselbe mache wie sie in ihrem vermieften Zimmer.

Rohdorf zwingt seine dünne Dramaturgenstimme zu einem Fortissimo: Hören Sie, meine Herrschaften, haben Sie noch nie gehört, daß man vor Freude in die Luft springen kann, das ist doch das normalste von der Welt, ich versuch's mal, vielleicht springe ich zu Ihnen ins Zimmer, und Rohdorf springt in die Luft wie über seinen eigenen Schatten.

Hau nicht so auf'n Putz, du Blödmann.

Kommen Sie mal her, sagt Nießwandt, der schon eine etliche Weile, das Jackett übern Arm, dicht am Hause vor der Pfütze hockt, ein Stöckchen in der Hand, ein Bild wie von Otto Dix. Wo? Na hier in der Pfütze, die Dicke als Silhouette, um sie herum die jungen Achers, phantastisch, das spiegelt sich einwandfrei, wie im Kristallglas.

Nießwandt berührt mit einem Stöckchen die Dicke im Wasser, das schwappt und wellt sich, Nießwandt kichert, wie Pudding, jetzt zittert die ganze Familie wie Espenlaub, auch Rohdorf kichert, lassen Sie mich mal, sagt er, den dünnen Specht hier oben in der Ecke will ich mal ein bißchen anrühren.

Er tut es. Beide hocken vor der Pfütze, spielen mit der sich im Wasser spiegelnden Familie wie die Schulkinder. Sie rühren im Duplikat, das Original im Rücken ...

Nochmal die Dicke.

Die fallen uns noch aus'm Fenster, die wollen wissen, was wir reden, jetzt zittert sie, meine Güte, das nenne ich zittern.

Die hat Schüttelfrost.

Natürlich, Schüttelfrost.

Wissen Sie, was Otto sagen würde? Welcher Otto?

Na, der Komiker im Fernsehen, der würde sagen, die Dicke ist so *faul*, die schläft mit ihrem Alten nur, wenn sie Schüttelfrost hat.

Paßt auf, ihr Penner, ruft die Dicke, macht euch nicht lustig über uns.

Sie irren sich, kichert Nießwandt, nicht über Sie, über die hier im Wasser.

Während Rohdorf und Nießwandt sich auf den Weg machen, wird die Gesellschaft munter, so was Verrücktes, sagen sie, aus der Anstalt Entlaufene, langsam kommt wieder Sicherheit in die Feier, Überlegenheit, sie lachen, freuen sich wie nach einem Sieg.

Rohdorf hat sich abgewöhnt, andere um Rat anzugehen, es gibt ohnehin nur Ratgeizhälse aus überzeugter Feigheit. Weiß er aus einer x-beliebigen Schwierigkeit keinen Ausweg, sagt er zum Beispiel demjenigen, auf dessen Rat es ihm ankäme: Ich habe mich fest entschlossen, die Angelegenheit so anzugehen, nur so – an der Reaktion, am Blick, am Ausdruck, an dessen Räusperer, an kaum bemerkbaren Zufälligkeiten kann er ablesen, was jener bestenfalls geantwortet haben würde, Zustimmung oder Ablehnung, er kann sie unterscheiden, präzise, schließlich, Übung macht den Meister. Er lebt von geschnorrten Ratschlägen, den indirekten, mittlerweile hat er eine Technik entwickelt, sich sogar auf diese Weise am

Telephon beraten zu lassen. Er nennt diesen Rat: der spontane.

Nießwandt ist zufrieden mit Rohdorf. Es ist nicht sein Gang, nicht sein Gesichtsausdruck, nicht eine erwähnenswerte Zufälligkeit, es ist viel eher sowas wie ein geschnorrter Ratschlag, Rohdorf hat es mitbekommen, er hat die Gewißheit, daß Nießwandt mit ihm über alle Maßen zufrieden ist; dessen ungeachtet, er ist es mit sich selber. Kinder, sagt Nießwandt, erleben die Zeit wohl deswegen so ewig lang, weil sie dauernd Abenteuer erleben, jedes Stöckchen, jeder Stein, jede Pfütze ein Abenteuer, ein Erlebnis, der Tag ist voll davon – anders bei Erwachsenen, das tägliche Einerlei, heute wie gestern und morgen wie heute, woran merkt man eigentlich, daß heute nicht gestern ist oder umgekehrt, was haben Sie in dieser Woche erlebt?

Gearbeitet, ferngesehen, Rudi Carell, Lutz Jahoda, Freitag oder Sonnabend, Sonnabend da gab's Aal, geräucherten, so vergeht Woche für Woche, werden Jahre, wird ein graues Häufchen Zeit. Man lebt ohne zu leben, deswegen sind die Fünfjährigen spannend und die Fünfzigjährigen langweilig – was für ein Vernunftsdefizit auf dieser Welt, wie wenig Voraussicht – ein Brötchen backen, ein knuspriges, nicht zu schaffen, dagegen: eine halbe Stunde in der Nacht und fertig ist ein Mensch gemacht, eine Leichtfertigkeit der Natur? Ein Fehler? Manchmal denke ich, die größten Philosophen sind durch verpaßte Gelegenheiten nicht gezeugt worden. Wir haben's mit jenen zu tun, die durch Ausreden, Zufall und Vergewaltigung entstanden sind, und danach sieht die Welt aus.

Ein vergnügliches Gedankenpuzzle, wenn wir durch die Jahrhunderte mischen könnten, große Geister wie Karten mischen, das gäbe eine Menschheit. Und Nießwandt fährt fort: Aristoteles und Mata Hari, Homer mit Rosa Luxemburg, Sokrates mit Jadwiga.

Wer ist Jadwiga?

Eine Freundin, die einzige, die ich mit Sicherheit für diesen Fall dabeihaben möchte.

Und während sie weitergehen, während die Kneipe, eine alte Berliner Eckkneipe, sichtbar wird, fragt Rohdorf, wie kamen Sie auf dieses Thema? Weil wir heute spannend wie Fünfjährige waren, von den Fünfzigjährigen, den Langweiligen, erzähle ich Ihnen, wenn wir beim Bier sind, ich hatte heute vormittag ein Gespräch mit dem Chef...

Mit wem?

Dr. Wolff, ich habe es protokolliert, mir läuft die Spukke im Mund zusammen, wenn ich an ein Bier denke.

Um 22.10 hat Pfleger Wolfgang das Kuvert mit den Unterlagen zurück, spätestens um dreiundzwanzig Uhr liegen Rohdorf und Nießwandt im Bett, vorher hatte Nießwandt eine kurze Eintragung in sein Erlebnisbuch gemacht.

Erlebnisbericht.

Um fünfzehn Uhr Tanz auf der 3 b, Kinobesuch, Unfall, Familienspiegelbild im Wasser vorm Fenster, Rohdorf heute wie ein General in Zivil, der Tag rund ... eins sechzig Kino plus drei zehn Kneipe ist vier siebzig.

Dr. Wolff gesprochen.

Rohdorf liest

Die Römischen Notizen von Tadeus Breza, Rom, 6. Juni 1957

Ich bin bei einem Gespräch des Priesters L. mit dem Priester M. zugegen.

Priester L.: Was bedeutet Diktatur des Proletariats? Das ist doch die Herrschaft der Minderheit über die Mehrheit. Also ein Mißbrauch. Die Werktätigen wollen ganz einfach, daß es ihnen besser geht und haben kein Interesse an Revolutionen, in denen alles auf den Kopf gestellt wird. Nur ein kleiner Teil ist daran interessiert. Wo nimmt aber diese Minderheit das Recht her, der Mehrheit ihren Willen aufzuzwingen?

Priester M., der den Marxismus-Leninismus studiert hat, ihn jedoch ablehnt, meint, daß Priester L die Sache vereinfache. Verbissen streiten sie um ihre Minderheit.

Wie kann sich die Minderheit das Recht nehmen, über die Mehrheit zu herrschen, wiederholt Priester L.? Nun erklärt Priester M., daß es sich dabei nicht um eine gewöhnliche Minderheit handele, sondern um die Avantgarde des Proletariats. Es stimme wohl, daß es eine Minderheit sei, aber eine qualitativ wertvollere Minderheit.

Ja, aber doch eine Minderheit! Eine Minderheit, schreit Priester L. Und eine Minderheit ist eben eine Minderheit, da helfen keine Tricks.

Unverhofft läßt ihn ein einziges Wort, das Priester M. einwirft, verstummen. M. sagt: Pars sanior.

Ich frage, was das bedeutet. Nun wetteifern beide miteinander, mir diesen Terminus des kanonischen Rechts zu erklären. Er ist von der Kirche tausendmal angewandt worden, zumal in solchen Fällen, in denen der Vatikan der Einsetzung eines von der Mehrheit des Kapitels gewählten Bischofs nicht zustimmt, sondern sich für den Kandidaten der Minderheit ausspricht und diese damit zum gesünderen Teil, zur pars sanior erhebt.

Rohdorf nach einer halben Stunde: Ich verstehe nicht, wieso Ihnen nicht die Ausreise genehmigt wird.

Sage ich doch, ich bin die reinste Verschwendung.

Arno, Tagebuch.

Es klopft vier- oder fünfmal mit Nachdruck, ich schrecke auf, denke Telegramm, Wassereinbruch, Feuerwehr, Polizei, ich öffne die Tür: der Schauspieler Heinz Gotthans.

Gotthans: Ich komme von einer Fernsehprobe, auf der offiziell verkündet wurde, daß du den Ausreiseantrag gestellt hast, ich möchte mich auf Offizielles nicht mehr verlassen – stimmt's?

Nein.

Aha, das ist gut. Heinz Gotthans ist der Ehemann der Schauspielerin Eva Gotenbach, er zeigt sich gern in der Pose großer Entschlossenheit, ich denke, Heinz' Vorstellung von sich ist nicht identisch mit der seiner Betrachter – er fühlt sich ein wenig zu viel als zorniger junger Mann –, seit einem Schlaganfall, den er sechsunddreißigjährig nur durch einen operativen Eingriff überstehen konnte, hat sich sein Leben grundlegend verändert, er muß täglich Tabletten schlucken, ich kann's nicht genau sagen – wahrscheinlich bis ans Lebensende – dennoch ist so viel Zorn in ihm übriggeblieben, daß er wie die Feuerwehr auftritt, im Zimmer auf und ab geht und ziemlich umständlich eine

Geschichte erzählt, in der er und Eva mit einem der höchsten Tiere ein Gespräch hatten und ... er blickt mich an, soll er's sagen oder soll er's nicht, er setzt sich, holt einen Brief aus der Tasche, den er und Eva verfaßt und an den Staatsratsvorsitzenden geschickt haben – zwei Tage später hatten sie das Gespräch: Er entschließt sich zum äußersten, er liest mir den Brief vor. Nach der Lesung faltet er ihn sorgfältig, schiebt ihn in sein Täschchen, es folgen erklärende Details, am Ende seiner Geschichte steht, daß die beiden das Staatsoberhaupt hoffnungsvoll verlassen hätten. Er nimmt die Brille ab und blickt mich erwartungsvoll an, was sagst du jetzt? Ich kann nichts sagen, denn er hat mir im Feuer des Gefechts vergessen, die Gründe für seine entstandene Hoffnung mitzuteilen.

Er blickt aus dem Fenster, hast du's schön hier, er vertieft sich noch etwas in die schöne Aussicht, dann kommt er wieder zum Thema.

Eva ist sehr engagiert und couragiert dabei, Ungerechtigkeiten auszuräumen, sie hat einen bitterbösen Brief an Aderhold geschrieben und Aufklärung über Marianne Kirst gefordert.

Marianne Kirst ist Fernsehansagerin, hat die Petition nicht unterschrieben, das hat ihr Mann, der bekannte Saxophonist Wilhelm Kirst, und Eva hat in ihrem Brief Freiheit für Marianne Kirst gefordert, Marianne soll ihre Abenddienste wiederhaben. (Sie, Marianne, sollte sich schriftlich von ihrem Mann distanzieren, das hat sie nicht getan, obwohl sie bemüht war, irgendwo eine Lösung zu finden, ohne Gesichtsverlust wieder an ihre Abenddienste zu kommen.)

Heinz: Seit Evas Brief an Aderhold hat man sich Gemeinheiten gegen mich ausgedacht, Aderhold, stell dir vor, hat Eva beim Kongreß der Film- und Fernsehschaffenden noch nicht einmal begrüßt, er ist an ihr vorbeigerauscht wie an einem Nichts, und hör mal gut zu, in der Fernsehsendung »Kulturmagazin« hat man meinen Film ›Hanka‹ auf das widerwärtigste fertiggemacht.

Einen Moment, ich mache schnell einen Kaffee.

Wir trinken. Heinz: Wenn's nach mir ginge, würde ich auch weggehen, aber er überlegt, ich habe keine Verwandten drüben, Eva hat eine zweiundsiebzigjährige

Oma in Westberlin, was soll's, er wollte wohl sagen, wenn's nach ihm ginge, würde er weggehen, als auch nicht, Gründe hätte er für beides.

Verstehst du, warum Hillig und Kollar, ein kinderloses Ehepaar, für eine Woche nach Paris fahren dürfen? Das sind die Ungerechtigkeiten, die mich auf die Palme bringen, du weißt, ich hatte immer meine eigene Meinung zu den Unterschriften, ich bin heute genauso dagegen wie damals, aber jetzt kauft die Regierung den beiden wieder Gehorsamen ihren damaligen Ungehorsam ab. Im Grunde seid ihr Unterzeichner viel besser dran als wir, ihr könnt den Preis selber machen, den ihr für eure Unterschrift haben wollt. Das ist zum Kotzen.

In Heinz rumort es, er springt von einem Thema zum anderen.

Ich kann ihm wenig helfen.

Er inspiziert die Wohnung. Würdest du es fertigbringen, das hier alles aufzugeben? Er setzt sich und blickt aus dem Fenster, sein Profil wirkt im Nachmittagslicht spitz und kantig, für Momente glaube ich, ihn als Greis zu sehen, die Vergänglichkeit nimmt Konturen an, ich verabschiede mich herzlich.

Heinz: Man sollte sich nur zu angenehmen Anlässen treffen, wenn ein Grund vorhanden ist, sich aufeinander zu freuen.

Wo steht geschrieben, daß das Leben eine Reihe von angenehmen Tagen sein muß, sage ich.

Heinz: Ich muß täglich für die Ärzte meinen Blutdruck messen, danach wird die Tablettendosis bestimmt, ich weiß, was Aufregungen für mich bedeuten, kann's am Blutdruck ablesen, mit jedem Tag Aufregung geht möglicherweise ein halbes Jahr vom Leben weg. Ich hätte es lieber irgendwo gelesen, nicht gerade im ND, daß das Leben eine Reihe angenehmer Tage sein muß.

Erschießen, schreit Nießwandt, erschießen, alle an die Wand stellen, kann man das verstehen?

Nießwandt ist aus dem Bett gesprungen, er dreht das Radio lauter, Kommentare und Berichte über die Entführung des italienischen christdemokratischen Parteipräsidenten, eine italienische Tragödie.

Der Kommentator im Radio: Italien gibt sich nach der Tragödie wieder der gewohnten Tätigkeit hin, die Arbeiter streiken, die Rotgardisten schießen, und der Papst betet für das Land.

O mein Gott, ruft Nießwandt, der Papst ... Ich schaffe es nicht einmal für mich, aber der Papst klärt die Probleme eines ganzen Landes im Gebet, hoffentlich übernimmt er sich nicht.

Kommentare, Berichte, Meinungen überschlagen sich ...

Die Terroristen haben erreicht, sagt Rohdorf, daß die ganze Welt mit der Kreatur mitleidet, sie haben alles Mitgefühl für ihn, gerade weil von menschlicher Würde nichts mehr übriggeblieben ist, und allen Haß gegen sich mobilisiert, das haben sie erreicht, unter Anwendung besonders rücksichtsloser, auch stärkere Willen brechende Mittel ... auch für die Hinterbliebenen nur Mitgefühl, zu Anfang Wechselbäder von Furcht und Hoffnung, Briefe des Entführten, Klagen, Weinen, Winseln. Rohdorf spielt mit den Fingern auf der Bettdecke, die Finger verfolgen sich.

Blut über sie, die Parteien und das Land, diese Worte vom künftigen Staatschef, die Finger umhakeln sich, und dann haben sie den Toten in einem Renault auf halbem Wege zwischen dem KP- und dem DC-Hauptquartier geparkt. Am Jesusplatz.

Nießwandt hat sich wieder ins Bett gelegt, er starrt an die Decke, Löcher in die Luft. Die Polizei ist machtlos, völlig, sagt er, stimmlich angegriffen vom Ausbruch. Komm zur Polizei, da machst du Karriere, und mit Filzstift quer über die Plakate geschrieben »Und der Staat bezahlt dein baldiges Begräbnis«. Angst der Polizei und Angst des Volkes, das von ihr beschützt sein möchte.

Plötzlich springt Nießwandt wieder aus dem Bett. Das Wohlleben der Reichen ist für die Armen auch eine lebenslange Provokation, irgendwo in Süditalien, stellen Sie sich vor, schreitet ein bornierter Verwalter aus dem mit Rankengittern verzierten Portal, vor einen Haufen auf Arbeit hoffendes Volk, und spricht, die Augen verkniffen, du, du, du und du, das wär's für heute, die anderen müssen den letzten Pfennig, falls sie ihn haben, in der Tasche noch mal umdrehen, bevor sie ihn ausgeben. Ich würde, sagt er und legt sich wieder hin ... er spricht nicht weiter, er konzentriert sich auf die Nase.

Was würden Sie, fragt Rohdorf?

Nießwandt springt ein drittes Mal auf, diesmal aus rein privaten Gründen, er hat seine Nase ramponiert, sie blutet, er wäscht sich das Gesicht, säubert tupfend die Nase, dann geht er mit zurückgelegtem Kopf zu Bett, legt sich besonders vorsichtig, schiebt das Kopfkissen unter den Rücken, damit der Kopf weiter unten liegen kann, und hält den Zeigefinger der rechten Hand quer unter die Nasenlöcher.

Kann ich Ihnen helfen?

Wenn Sie so freundlich sind und mir ein Taschentuch rüberreichen würden, im Schrank, ganz unten, rechts vorne, vielen Dank.

Das Radio wird von einer Brahmssymphonie maßlos überfordert.

Mit einem Mal geht die Türe auf, ein Hund kommt herein, schwanzwedelnd, einen heftigen kurzen Sprühregen aus dem Fell schüttelnd, ehe die Tür vom Durchzug zugeschlagen wird, ist er fort, die Türe knallt. Was war das? Ein Hund, glaube ich, ich konnte nichts sehen, da ich den Kopf unten hatte, aber ich bin ziemlich sicher, das war der Dackel von Schmitters Schwestern, er muß ihnen aus der Einkaufstasche entkommen sein.

Rohdorf bemerkt Blutspuren auf dem Schwamm unter dem tropfenden Wasserhahn, überwindet sich und reinigt das Becken. Und drückt den Schwamm aus. Wäscht sich die Hände.

Er verläßt die 117, geht den Korridor zweimal auf und ab, entschließt sich, den Aufenthaltsraum zu betreten. Der Fernseher läuft, eine Sportübertragung, Fußball, er verblüfft die Zuschauer, indem er sagt, gleich fällt ein Tor, im gleichen Moment fällt eins, dann erst sagt er Guten Tag, und Guten Tag erwidern nur einzelne, die andern sind längst in eine erregte Diskussion verwickelt, wie es zum Tor habe kommen können, schuld daran wäre die Verteidigung, ein Fehlpaß, ein Abwehrfehler, der

Torwart habe geschlafen, alle Möglichkeiten werden besprochen, wieso erwägt niemand die Möglichkeit eines Eigentores, möchte Rohdorf fragen, denn, da er nichts von Fußball versteht, möchte er verhindern, daß die Dutzend Opas sich wieder in die Glotze verbiestern, nur hin und wieder ein Ooch oder ein stakkatohaftes Jetzt grunzen. Eishockey, sagt er, ist viel spannender, schneller, da ist der Puck eher im Tor, als du ihn verfolgen kannst, aber so ein Fußball, bis der sich aus der einen Hälfte in die andere bewegt ... ist mir zu langweilig ... am Ende ist bestenfalls nur der Ball im Tor, na und ...?

Rohdorf spricht mit sich, keiner hört zu – ein Patient, der etwas abseits sitzt, hat einen unangenehmen Hustenanfall. Rohdorf kneift die Augen zu und betrachtet das fernsehgespannte Ensemble; unbeweglich sitzt es da, es glotzt. Rohdorf hat seine Augen zum schmalsten Sehschlitz gekniffen, der möglich, der ein Sehen gerade noch zuläßt, es flackert, die Wimpern schieben sich wie Balken ins Blickfeld, die Dutzend Opas sehen aus wie ein Raubtier, das sich auf die Beute zubewegt, den Fernseher, jetzt setzt es zum Sprung an, ein Heidenlärm, wieder eine verpaßte Torchance ...

Während Nießwandt und er glauben, die Welt besteht aus nichts anderem als Terrorismus, aus einem Krieg, der sich nicht mehr in sicherer Entfernung aufhält, sondern ausbricht, spontan neben dir wie eine Krankheit, die Psoriasis zum Beispiel, besteht für die hier die Welt nur aus Fußball ...

Plötzlich springt es auf, schreit, krächzt, ein zweites Tor ist gefallen, der Alte mit dem Hustenanfall erstickt beinahe an einem neuen. Rohdorf verläßt den Aufenthaltsraum – die sind verrückt.

Die Aktion ist die Entspannung, das tägliche Zusammenleben der Streß, ruft Nießwandt dem eintretenden Rohdorf entgegen. Das große Ziel hält sie zusammen, die Aktion, die Geiselnahme, die Zeit dazwischen macht sie fertig. Natürlich, sie hauen sich um Weiber rum, sie zanken sich um: was liest du, wo gehen wir hin, welche Musik hören wir, welchen Film ... der Eintritt in die Gruppe ist kostenlos, der Austritt kostet das Leben ... eben ein Bericht, verständlich und einleuchtend ... reden,

reden muß man mit ihnen, mein Gott, sind die wahnsinnig, größenwahnsinnig, sie beliefern die Welt mit einem Live-Krimi, und die Welt räkelt sich vor der Glotze, weil der Tod so lange auf sich warten läßt.

Plötzlich schießt eine Fontäne aus dem stets defekten Wasserhahn, niemand hat an ihm gedreht, rumrepariert, noch sonst was, er tropft wie immer, die Zeit muß schuld dran gewesen sein, daß irgendein Mechanismus in der Apparatur schlapp gemacht hat, nun sprüht er eine Fontäne senkrecht an die Decke. Rohdorf und Nießwandt bemühen sich vergeblich um die Herstellung des alten Zustandes, am Ende wickeln sie ein Handtuch um den Hahn.

Und da Rohdorf eine Schwester veranlassen will, einen Klempner zu besorgen, muß er hören, jetzt, heute noch, Blick auf die Uhr, kein Stück, wie soll ich heute noch einen Klempner rankriegen?

Auf sich gestellt, alleine gelassen, basteln sie eine halbe Stunde laienhaft unter Dazusetzung von Gewissenhaftigkeit an der Apparatur herum, später Begutachtung der Arbeit durch einen Patienten. Der Hahn jedenfalls tropft nicht mehr.

Bisher haben wir nur Entwürfe fürs Leben und Möglichkeiten für Ichs geliefert, heute haben wir Konkretes geleistet ... sagt Rohdorf.

Arno, Tagebuch.

Rohdorf ist ein Tiefstapler, er hält sich für feige, unentschlossen und phantasielos und ist es gar nicht. Er ist intelligent, aufsässig, starrköpfig, in der Starrköpfigkeit anstrengend, sensibel, meist zu sensibel. Niemand kennt ihn besser als ich, und niemand kennt mich besser als er. Er ist eine etwas veränderte Ausgabe von mir.

Er hatte mir gestern die Leviten verlesen; ein langes und ärgerliches Gespräch, weil unterm Strich nichts zusammengekommen war.

Heute bin ich in einem alten Bauernhaus, eine halbe Stunde von Berlin entfernt. Ich wollte alleine sein, ledig-

lich Christoph habe ich mitgenommen. Wir wollten angeln, durch den Wald laufen, Boot fahren, Schnecken suchen etcetera.

Gegen neunzehn Uhr kommt Rohdorf. Christoph und ich wollten gerade »Mensch ärgere dich nicht« spielen. Rohdorf: Natürlich hat mich unser Gespräch gestern beschäftigt, deswegen bin ich heute hier; mir kann es doch nicht gleich sein, ob du gehst oder nicht. (Ich lege das Mensch-ärgere-Spiel beiseite, auch ein Drehbuch, und schicke Christoph spielen.)

Rohdorf: Was ist das für ein Drehbuch?

Ich: Eine Geschichte von Casdorf.

Ich bin vor dem Thema geflüchtet, weg von Berlin, das Thema reist mir hinterher, es wird wieder im großen Topf gerührt werden.

Ich: Willst du was trinken?

Rohdorf: Was Alkoholfreies.

Ich: Tee?

Rohdorf: Tee.

Ich stelle den Wasserkessel auf den Herd, hole die Tassen aus dem Schrank.

Ich: Casdorf will die Geschichte nicht zu Ende schreiben, ich habe gestern mit ihm gesprochen; er soll was für die Weimarer Beiträge machen.

Rohdorf: Man will ein Interview von ihm, ich habe davon gehört. Alles Quatsch, die Berechnungen, die Casdorf anstellt, wenn die *dann ich; ich sage dir, die wollen ein Interview von ihm, weiter nichts. Was soll* denen, *wie Casdorf sagt, noch unklar über ihn sein? Man weiß doch, wie er denkt. Er hat doch überall seine Meinung laut genug verkündet. Wenn er die Absicht hat, sein Interview zu geben, daß es hier nicht gedruckt wird, dann wird er's auch schaffen. Und auch seinen Roman kann* er so *schreiben, daß er hier nicht verlegt wird. Alles Quatsch, als ob die ein Interview von ihm bräuchten, um zu wissen, wie er denkt.*

Der Wasserkessel pfeift.

Ich: Zucker?

Rohdorf: Ja.

Pause.

Rohdorf: Natürlich wird mein Leben hier weitergehen,

auch ohne dich. Ich werde weiter an Drehbüchern rumdoktern, auch ohne dich. Arbeitsmäßig werde ich Casdorf, falls er auch das Handtuch schmeißt, am meisten vermissen. Ich befinde mich mit Borkowski in einem Boot, weil ich genauso dagegen bin wie er, daß ihr weggeht. Arno, nimm es mir übel oder nicht, es wäre schlimm für dich, wenn du auch gehst, im Grunde nur aus Solidarität. Die Formulierung in deinem Chanson: ich bin eine freundlichere Ausgabe von Bialas ist verkehrt. Suche bitte nicht nach Motiven für solche Solidaritäten. In »Kilometerstein 77« zeigst du, wie du bist, und wenn du sagst, du willst deine Identität finden, dann sieh dir deinen Film nochmal an.

Spätestens an dieser Stelle kam mir der kalte Kaffee wieder hoch; ich hätte gerne den Spieß umgedreht und über ihn gesprochen; dran wäre er längst. Aus Bequemlichkeit lasse ich es, aus Bequemlichkeit sage ich ...

Ich: Ich werde darüber nachdenken.

Rohdorf: Ich war neulich bei Palm – Hillig, Kollar und Ebert, Ebert von drüben, du kennst ihn ja, waren da –, und Ebert wollte wissen, wie die Repressalien heute noch aussehen. Es war mir ungeheuer peinlich, als gar nichts kam, Kollar hatte drauf, der Fernsehfunk hätte ihm einen Polizeiruf angeboten, und da der Fernsehfunk doch wisse, daß er keinen Polizeiruf macht, empfinde er das als eine Schikane – und all so'n Zeugs bei den Haaren herbeigezogen. Ebert sah nur immer, wie ihm Löcher in der Luft gezeigt wurden, er hat verständnislos dagesessen, weil er mit dem Fernsehen was machen will, und ob, das wollte er von dem Gespräch abhängig machen. (Pause). Was sagt Kohnert dazu?

Ich: Wozu?

Rohdorf: Daß du gehst.

Ich: Kohnert ist strikt dagegen, jetzt ist er beim Dulden, darüber ist er nicht hinaus. Er sieht Schwierigkeiten für mich drüben; der Wunsch, nach Italien zu fahren, kommt ihm nicht, er kann's immer; er sieht nur, hier ist einer, der's geschafft hat, Geld, Haus, was sonst noch alles ...

Rohdorf (unterbricht): Hat er doch recht; wenn Rahn ausreisen darf, dann ist es ein Privileg; und wenn Dreyer nach Amerika darf, dann ist es ein Privileg. Und glaubst du etwa, die drüben haben keine Schwierigkeiten? Dreyer erzählt, er wäre in Amerika mit seinem Studienfreund Forman zusammengetroffen (dem Regisseur von Kukkucksnest), meinst du, das war ein Zuckerschlecken für Forman. Der wollte mindestens fünfmal zurück, obwohl er einen oscarnominierten Film gedreht hatte, bevor er rüberging. Arno, ich benutze jetzt eine abgedroschene Formel – das Neue setzt sich im Kampf durch – aber diese Formel trifft den Kern. Nirgends auf der Welt gibt es Durchsetzen von Ansichten oder von persönlich engagierter Kunst ohne Auseinandersetzungen, und das jetzt ganz für dich, diese Auseinandersetzungen, diese Kämpfe mit Opportunisten und Feiglingen und Schwachköpfen und Starrköpfen, die sind es, die mich hier halten. Ich gehöre unter anderem deswegen hierher.

Ich habe zuviel investiert an Kämpfen, auch gegen meine eigene Feigheit, obwohl, und das ist schmerzlich, ich fühle, daß diese Kämpfe Stück für Stück von meinem Leben etwas abschneiden, es verkürzen. Und noch ein paar Gründe, warum ich nie weggehen werde: Es sind die dreißig Jahre, die ich hier verbracht habe, meine Arbeit, die, wenn auch häufig trostlos, doch meine Arbeit ist, und die mit meinem Leben hier zusammenhängt, meine Niederlagen, manchmal ein Sieg, ganz zuletzt meine Bequemlichkeit oder Furcht, und ganz zuerst meine Freunde; ich teile nicht die Auffassung von Casdorf, der sagt, wenn die Perspektiven des Sozialismus meine Lebenserwartungen nicht berücksichtigen, dann will ich hier nicht leben ... aber mir ist natürlich klar, daß meine Lust auf unser Land immer weniger wird, je mehr Freunde es verlassen. (Pause)

Christoph kommt herein und legt zwei große Schnecken auf den Tisch.

Christoph: Das ist der Schneckenpapi und die Schnekkenmami.

Ich: Und wo sind die Schneckenkinder?

Christoph: Hier. (Er holt aus seiner Tasche unzählige kleine.) Können die bei uns schlafen?

Ich: Die schlafen lieber draußen.

Christoph: Das habe ich mir schon gedacht, gib mir bitte eine Stulle.

Ich schneide warmes Landbrot auf, knusprig und warm.

Ich: Hier.

Rohdorf: Das Brot ist gut.

Ich: Wenn du möchtest, kannst du die Hälfte mitnehmen.

Rohdorf: Gerne.

Ich versuche, das Thema zu verlassen, und erzähle einen Witz.

Ich: Ein Betriebsleiter aus Dresden hält zum Gewerkschaftskongreß eine Rede: Genossen, das sozialistische Lager weist eine ständige Aufwärtsbewegung in den letzten drei Jahren vor:

Vor drei Jahren waren wir ein Sechstel der Welt, voriges Jahr ein Siebentel,

dieses Jahr, er hebt die Stimme, ein Achtel …

Rohdorf lacht nicht, eine alte Kamelle, sagt er.

Ich: Wir beide kennen uns besser als jeder andere, wir brauchen uns nicht zu agitieren; wann auch immer, wo auch immer, wie auch immer, ich werde zu Gesprächen bereit sein, auch wenn es ein Fehler sein wird; aber diesen Fehler werde ich mir großzügig verzeihen, es wäre kleinlich, dies nicht zu tun.

Rohdorf: Ich werde dich vermissen.

Rohdorf schlägt das Tagebuch zu, und er denkt, das Gespräch war halb, Arno war halb, er war halb, und er hatte das halbe Landbrot obendrein vergessen.

Arno hatte noch gesagt, jetzt fällt es Rohdorf wieder ein, Literatur und Politik haben schon immer eine Ehe geführt. Pack schlägt sich, Pack verträgt sich. Dichter haben Politik gemacht, Politiker Literatur, Engels hat ein schlechtes Theaterstück geschrieben, Lassalle ein besseres – wenn ich Schriftsteller wäre, würde ich hierbleiben, unbedingt. Literatur vertritt bei uns die fehlende Opposition, und ein Schriftsteller braucht zur Arbeit einen Bleistift und ein Stück Papier, möglichst einen klaren Kopf, dann hat er jeden Tag einen Drehtag; ein Schauspieler braucht die aufwendigen Massenmedien, erst dann hat er einen Drehtag, und die Massenmedien führen keine Ehe mit der Politik, sie sind ihr Leibeigener. Daran erinnert sich Rohdorf und daran, daß Arno, während er diese Sätze sprach, sich an einem zu harten Kuchen verschluckte, ein Krümel war es wohl, anschließend sprach er wie ein Eunuch.

Was meinst du, was mit mir gemacht wird, ich werde aufs Abstellgleis geschoben, ich werde nie wieder Arno Arnheim, irgendwann fragt das Publikum, was ist mit dem geworden, ist der gestorben, hat der sich in Luft aufgelöst. Wenn es überhaupt fragt.

Rohdorf kann sich nicht erinnern, was er erwidert hat; aber als eine Pause entstand, sagte er, in Moskau ist ein geflügeltes Wort populär, nämlich, immer wenn in einem Gespräch eine Pause entsteht, heißt es, in der großen Sowjetunion wird in diesem Augenblick ein Polizist geboren.

Rohdorf fragt sich, haben zwei Männer den gleichen IQ, dann ist derjenige der klügere, der körperlich der Stärkere ist. Haben ein Mann und eine Frau den gleichen IQ, dann ist derjenige der stärkere, der körperlich der schwächere ist. Das ist allemal Inge.

Was nützt es, wenn Inge Urinstein oder Kessel- oder Wasserstein, wie auch immer sie heißen mögen, einen ganzen Vormittag lang aus der Badewanne und dem Toilettenbecken scheuert, mit einer Hingabe, als ginge es um sonst was, bloß weil sie nichts mehr auf der Welt stört, als eben diese Art von Steinen, wie sie sagt, die Ränder im Becken sind scheußlich, anschließend sieht das Badezimmer aus wie eine Seifenfabrik, doch stören tun sie nur die Ränder im Becken.

Was nützt es, wenn Inge regelmäßig Blumen begießt und es auf den Teppich tropft, weil Inge immer zuviel Wasser nimmt, und der Teppich fault und sie freundlich sagt, was willst du, tropfen tut es höchstens auf die eine Stelle.

Was nützt es, wenn Inge aus einem Haufen unabgewaschenen Geschirrs nur immer das herausholt, was sie braucht, eine Tasse, einen Teller, eine Gabel. Unter großer Anstrengung findet sie meist, was sie sucht, ganz unten im Geschirrberg, und wenn sie, was sie braucht, endlich ergattert hat, gibt er nach, stürzt in sich zusammen, der Geschirrberg, und etliches ist bei dieser Aktion kaputtgegangen. Scherben bringen Glück, sagt sie lächelnd, wußtest du das nicht?

Was nützt es, wenn Inge dich zum dritten Male in die zehn Minuten entfernte Kaufhalle schickt, weil sie sich in den Kopf gesetzt hat, etwas ganz Tolles zum Abendbrot zu machen, was, will sie nicht verraten, und immer wieder fehlt ihr eine Zutat, weil sie das Rezept nicht richtig liest, und du weißt längst, es wird eine Pizza, die du aus dem ff machen könntest, und wenn es soweit ist, kannst du nichts mehr essen, weil du lange übern Hunger bist. Willst du nicht wenigstens eine Schmalzstulle essen, sagt sie lieb.

Was nützt es, wenn Inge dir eine junge Krähe auf den Schreibtisch setzt, die sie direkt vor der Haustüre aufgelesen haben will, die müssen wir unbedingt durchkriegen – würdest du bitte Regenwürmer sammeln, die frißt sie am liebsten – und sie bittet dich mit soviel herzlichem Nachdruck, daß du statt zu arbeiten Regenwürmer sammelst und, was viel schlimmer ist, du mußt die Regenwürmer kleinschneiden, weil die Krähe sich verschlucken könnte, das erledigst du auch mit einem Brechgefühl im Hals. Inge ist rausgegangen, sie mag so was nicht sehen, und dann versuchst du, die Krähe zu füttern, die alles eher schlucken wird als jene mit einer Pinzette vor den Schnabel gehaltenen, sich windenden Regenwurmenden.

Was nützt es, wenn Inge dir oder den Kindern oder sich eine Überraschung machen will, und du mußt immer wieder einen Fünfziger oder einen Hunderter rausrükken.

Inge weiß nicht, was sparen ist, jetzt spar' ich, sagt sie, wenn absolut nichts mehr zum Sparen da ist.

Was nützt es, wenn man Inges Überraschungen mittlerweile kennt, ein Hamster mit Zubehör und Käfig für die Kinder, ein sehr schickes Hemd für dich, das dir leider viel zu klein ist, denn Inge kauft nach Schönheit, nicht nach Größe, Umtausch ausgeschlossen, da Inge Preise, Rechnungen oder sonst was säuberlich vernichtet hat, einem geschenkten Gaul guckt man nicht ins Maul. Ein gotisches Tafelbild für mindestens drei Monatsgehälter, das war eine Chance, sagt sie, wer weiß, ob wir jemals wieder so ein schönes Bild bekommen hätten.

Was nützt es, wenn Inge aus der Post nur jene Briefe rausfischt, die ihr Spaß machen könnten, unangenehme wie Rechnungen, Mahnungen, Aufforderungen nimmt sie gar nicht zur Kenntnis, diese Post erledigt sich von selbst, sagt sie. Das tut sie auch, weil du sie nämlich erledigst.

Was nützt es, wenn Inge voller Pläne ist, weißt du, wir sollten unbedingt ein Jugendstilhaus kaufen, ich bin nämlich auf der Dahme mit der Heinrich Heine an einem vorbeigekommen, herrlich, ein Traum, was meinst du? Ich meine gar nichts, wovon, womit? Alles Fragen, die Inge nicht interessieren – du hast eben keinen Sinn fürs Wesentliche.

Du bist die sieben Heinzelmännchen und hast nie einen Blick fürs Wesentliche. Auch wenn es dich kaum noch stört, daß Inge bei einer ihrer Stopfaktionen ein Nadelkissen in meinem Bett (warum in meinem) hat liegen lassen, und du, da du besonders leise ins Bett gehen willst, um Inge nicht zu stören, dich aufs Nadelkissen legst – oder die Unterhemden von den Mädchen, über die du nun schon die dritte Woche steigst, weil niemand auf den Gedanken kommt, sie in den Schrank zu tun, und du willst mal auch nicht, du willst ja gerade erleben, ob es überhaupt jemals geschehen wird – manchmal verhaust du Stühle und Tische, stellvertretend für Inge, überhaupt prügelst du dich immer mehr mit Möbeln und toten Gegenständen herum.

Inges Plan, wir sollten uns einen Schrank mit Geschirr leisten, und jeder, der mal will, dem danach zumute ist, darf Geschirr zerschmeißen, das Porzellan geht kaputt, aber die Ehe wird gekittet, realisiert sich auch, ohne ihn zu besitzen.

Was nützt es, wenn du dich mit Inge um vierzehn Uhr verabredest, sie kommt doch erst um sechzehn Uhr frühestens und fragt unschuldig wie ein Lamm, hast du lange gewartet? Du weißt doch, ich habe kein Zeitgefühl... allerdings, das weißt du, ihre Eile schon beim Frühstück, Frühstücken ist für sie eine stehende Angelegenheit, Zuspätkommen eine bleibende.

Was nützt es, daß Inge es wirklich so meint, wie sie es sagt, sie spielt nichts vor, die Dinge, die dich auf die Palme bringen, bemerkt sie nicht, sie sind entweder für sie gar nicht vorhanden, oder sie schlummern irgendwo als Bodensatz im Innern.

Was nützt es, daß Inge sehr dickköpfig sein kann, zum Beispiel, wenn es um Literatur geht, ein Theaterstück, Kindererziehung, da bleibt sie stur, nicht einen Millimeter gibt sie nach, auch wenn ihr die Argumente ausgegangen sind, deine wohlüberlegten, deine beweiskräftigen, so glaubst du, gehen über ihren Kopf hinweg ins Leere, verglimmen wie Sternschnuppen.

Aber Inge ist herzlich, unbedingt herzlich, wieso zählst du ihre Eigenschaften so auf, als wären sie ihre Fehler.

Käte von Reichenbach ist nicht eigentlich schön, dennoch, Rohdorf ist fasziniert, er kann nicht ablassen, sie anzublicken, sie erinnert ihn an Inge, das heißt Ähnlichkeit ist kaum vorhanden, Nase, Augen, Mund sehr verschieden, aber was ist es dann? Die Art wird es sein, die Art des Zuhörens zum Beispiel, man möchte ihr mit größter Selbstverständlichkeit die wichtigsten Geheimnisse anvertrauen, sie hat... Was ist eigentlich besonderes an ihr? Herzlichkeit, etwas Kuhwarmes, ein Mensch zum Anlehnen; wenn sie lacht, zeigt sich links ein Grübchen; wenn sie lacht, ist sie eigentlich doch schön.

Käte von Reichenbach hat die Augen auf Nießwandt gerichtet. Rohdorfs zwei bis drei Einwürfe, ich-bin-mit-Ihnen-einer-Meinung, haben ihm keine wesentliche Rolle in diesem Disput beschert, er sucht noch nach was, einer wirkungsvollen Haltung, er hat seine Rolle in dieser Runde noch nicht gefunden. Wieso Rolle? Kann er sich nicht geben, wie er ist? Selbstverständlich? Aber wie kann er sich selbstverständlich verhalten, wenn er es nicht ist. Wie kann man plaudern, wenn man reden möchte? Man müßte... wenn man interessiert ist, auch Interesse zeigen, natürlich, wenn man anderer Meinung ist, anderer

Meinung sein, natürlich, sein, wie man ist, natürlich, alles richtig, das weiß er auch, aber er macht den gleichen Fehler als Fünfzigjähriger wie als Fünfzehnjähriger, er hat nur ein Mittel, sein Interesse zu zeigen – durch gespieltes Desinteresse –, was Besseres fällt ihm nicht ein, schon gar nicht, wenn ein Typ wie Nießwandt das zu Besprechende so souverän bespricht, als gäbe es keine Barriere zwischen Mann und Frau.

Rohdorf schielt eifersüchtig auf Nießwandt, der, weil er gerade einen Korken abgeschossen hat, Käte von Reichenbach bis zu Tränen zum Lachen bringt.

Man hat über Franzosen und Deutsche gesprochen, tut es noch, und Rohdorf legt sich einen Text im Kopf zurecht, noch bastelt er an ihm rum, er soll treffend sein, wenn er ihn sagen wird, gerne hätte er eine kopfnickende Runde, nicht irgendwann wird er ihn sagen, sondern in einem Augenblick allgemeiner Ruhe. Es darf nicht passieren, wie es ungeübten Witzeerzählern passieren kann, die schon beginnen, wenn noch Gemurmel im Gange ist, laienhafte Tölpel, der Anfang des Witzes geht fast an alle, die Pointe aber hat keine Zuhörer mehr. Er will auf der Hut sein, er will während seines Beitrages Mittelpunkt sein. Pause abwarten, leise beginnen, damit äußerste Konzentration zustande kommt, und sagen wird er in etwa folgendes: Im Gegensatz zu den Franzosen haben sich die Deutschen nicht auseinandergesetzt, sie haben die Auseinandersetzung nicht gelernt, deswegen blieb ihre Geschichte unaufgearbeitet. Die Deutschen haben nie gefragt, wer *bin* ich, sondern immer *wer* bin ich, bei den Franzosen ist zwei mal zwei zwischen 3,6 und 5,8, bei den Deutschen immer nur vier (ein Satz, den er im Radio gehört hatte). Wenn das Chaos ausbricht, dann folgt mit tödlicher Sicherheit der Ruf nach dem starken Mann, sie wollen ordentlich regiert werden, um ordentlich arbeiten zu können, diese Tatsache schließt die Auseinandersetzung aus ...

Rohdorf ist zufrieden mit seinen Gedanken, der Ruf nach dem starken Mann mit tödlicher Sicherheit gefällt ihm, tödlicher Sicherheit, Stichworte fallen ihm dazu ein, Weimarer Republik, Hitler, schließlich hat man sich sogar ordentlich im Kriege umbringen lassen, deutscher

Leistungszwang, besser ist es, von Leistungsneurose zu sprechen, Leistungsneurose, sehr gut, dann muß er was über die Franzosen sagen, Vergangenheit als wichtiger Bestandteil der Identifikation.

Augenblicklich verstummt das Gespräch, dieser Moment scheint Rohdorf günstig, schade, ein wirkungsvoller Schluß fehlt noch in seiner Rede, Anfang und Schluß sind das Wichtigste, wem muß er das sagen, er ist Dramaturg, vielleicht findet er ihn beim Sprechen, also er beginnt, leise wie vorgenommen, vielleicht zu leise, jemand fragt, wie bitte? Rohdorf wiederholt das Gesagte etwas lauter, dabei ausdrücklich vermeidend, nur Käte von Reichenbach anzublicken, aber vielleicht war er zu lange mit seinen Formulierungen beschäftigt, vielleicht hat es nur deswegen geschehen können, weil er die kleine Unruhe überhört hatte, die entsteht, wenn das Gespräch wieder seinen Anfang nimmt, jedenfalls, fast zugleich mit seinen zu leise begonnenen Sätzen, beginnt das allgemeine Gespräch, es setzt sich deprimierend mühelos gegen seine Worte durch, es wird gelacht, geschwatzt, gealbert, seine gut formulierten Gedanken haben keine Chance, sie gehen in der Albernheit unter, verkohlen wie Papier im Feuer, Käte von Reichenbachs Augen, anfänglich noch bei ihm, wandern in die Runde.

Käte von Reichenbach, im Februar in Südfrankreich gewesen, kam voller Begeisterung für die Franzosen wieder heim.

Nach Westberlin. Dort ist sie Lehrerin für Deutsch und Geschichte, und heute, am Samstag, besucht sie ihren Freund Horst Buchfink, der, da schönes Wetter, mit ihr in die Natur gefahren und schließlich auf dem Campingplatz am Langen See gelandet ist. Bei seinem Freund Martin Hänslein. Auch sie kennt Martin, allerdings nur flüchtig.

Martin, ein Fall von Nachwuchs, gescheiterter Theologie- und beginnender Philosophiestudent, oppositioneller Geist zu allem außer zu sich selbst, liebenswürdig und arrogant, dünner Bartflaum im Gesicht, randlose Brille, streut Titel, Thesen, Themen ins Gespräch, gerade sagt er, und dabei holt er das ND aus der Tasche, gekielholt ist er worden, hier auf dem Schriftstellerkongreß hat er's gesagt, und dann sagt er weiter, und faltet das ND auseinander, jeder von uns mußte schon durch Pfützen schwarzer Unvernunft der kritisierenden Obrigkeit, daß ihm nach Verrennen auf Nimmerwiedersehen war; Martin faltet das ND zusammen, schiebt es in die Tasche und sagt, mittlerweile wird von jenen gekielholt, die es selber mal wurden, und denen merkt man das schlechte Gewissen an, die Kielholer sind auch nicht mehr das, was sie mal waren.

Nichts ist mehr das, was es mal war.

Mit einem Hieb leert er ein gefülltes Glas Rotwein.

Mich interessiert in der Literatur, sagt Martin, wie die stummen angepaßten Opas von heute mit ihren Heldentaten von gestern die Jugend zu Heldentaten von morgen animieren wollen? Das interessiert mich.

Darin vermag ich Ihnen nicht zu folgen, erwidert Nießwandt, ist es nicht eine Art freier Selbstbestimmung für den Schriftsteller, sich den Stoff zu wählen, in dem er sich am besten auskennt, und ist Distanz zu den Ereignissen nicht notwendig? Und kann Vergangenheit nicht auch Gegenwart beschreiben, vielmehr muß sie es nicht auch? Und was Literatur ist, was nicht, entscheidet darüber nicht die Zeit? Häufig schon das nächste Jahr? Und ...

Und was die Allgemeinbildung angeht, die nimmt auch ohne Literatur ständig zu, ruft Buchfink dazwischen, Beschwerdebriefe und Eingaben enthalten immer weniger Rechtschreibfehler.

Martin lacht, bockig wie eine Zicke, das hast du elegant formuliert, außerdem will ich Ihnen mal was sagen, sagt er und blickt Nießwandt eindringlich an, er will streiten, es geht ihm weniger darum zu klären als recht zu haben, Käte von Reichenbach will möglichen Streit verhindern, Martin, sagt sie, ich muß gleich los, und ich hätte gern Ihre Lieder gehört.

Okay, Heidrun, hol die Gitarre, mault Martin, und Heidrun, Freundin Martins, die bisher geschwiegen hat, wirft ihm einen Blick zu, und der spricht Bände, das letzte Wort zwischen den beiden ist noch nicht gesprochen. Es entsteht eine Pause, eine peinliche, in der sich Heidrun aufräkelt und in einem betonten Protestgang sich zum Trabbi bewegt, in dem die Gitarre verstaut ist, während Martin Rotwein nachgießt.

Der Schriftsteller Heimdorf, ist der nicht mit der Schauspielerin Rosa Hartkorn verheiratet, will Buchfink wissen, und Martin antwortet, nein, nicht mehr, Rosa hat sich geistig ab- und körperlich aufgeseilt, von der Literatur zur Macht, sagt Martin, wieder sein Zickenlachen einstimmend, mit Gehässigkeit einen großen Schluck Rotwein nehmend, zu groß, an den Mundwinkeln perlt er in den roten Bartflaum. Ich habe von ihr in der Zeitung gelesen, fährt Martin fort, mit der Zunge den Rotwein aus den Bartfransen holend, befragt nach Vorbildern, hat sie mit Marc Aurel geantwortet, wie man eine Toga trägt, habe ich gelernt von diesem, wie man welchen Wein trinkt von jenem, wie man einem Löwen entgegentritt, zeigte mir ein anderer. Schade, sagt Martin, daß ihr niemand zeigte, wo sie Talent herkriegt.

Sie sind betrunken, sagt Käte von Reichenbach.

Im Gegenteil, ich war noch nie ...

Aber schön ist sie, bohrt Buchfink, blond und rassig.

Ja, fährt Martin fort, wirklich schön, das sagenhafte Blond zum schwarzen Auftrittskleid, das ungebrochene Selbstbewußtsein, Macky Messer oder das Schiff mit den Segeln aus ihrem Munde, ein Leckerbissen, das hat was wie Dresdner Barock oder wie die Sandrock als Hamlet.

Hören Sie auf, Martin, Sie sind gehässig, sagt Käte von Reichenbach, und Martin sagt danke zu Heidrun, die ihm desinteressiert die Gitarre reicht, ich singe Okudshawa-Lieder, sagt er, während er sich über die Haare streicht, von hinten nach vorne, der Frisur wegen, er greift einige Harmonien, erklärt den Inhalt des Liedes, das er in russischer Sprache vortragen wird, leise singt er, unprofessionell, dadurch angenehm, der aggressive Fall von Nachwuchs ist aus ihm heraus, bescheiden wirkt er, beinahe hilflos:

ПЕСЕНКА О МОЦАРТЕ
Моцарт на старенькой скрипке играет.
Моцарт играет, а скрипка поет.
Моцарт отечства не выбирает –
просто играет всю жизнь напролет.

Ах, ничего, что всегда, как известно,
то гульба, то пальба . . .
Не оставляйте стараний, маэстро,
не убирайте ладони со лба.

Lied über Mozart

Mozart spielt auf einer uralten Geige
Mozart spielt, und die Geige singt
Mozart, der sucht sich kein anderes
  Vaterland
Spielt einfach nur, was das Leben auch bringt
Ach, unser Schicksal, bekanntlich, heißt ewig
Saufen und Siege und Kriegesgeschrei
Macht euch nichts draus, gebt nicht auf
  ach Maestro
Legt nicht die kostbare Geige beiseit

Irgendwo, letzte Station unseres Lebens
Sagen wir Dank auch für solches Geschick
Doch aus den Sünden des ewigen Vaterlands
Macht keine Götzen, sie blenden den Blick
Ach, unser Schicksal, bekanntlich, heißt ewig
Saufen und Siege und Kriegesgeschrei
Gebt eure Hoffnung nicht auf
  ach Maestro
Legt nicht die kostbare Geige beiseit

Kurz nur sind unsere jungen Jahre
Wie Feuer zerstieben, ein kurzer Moment
Das rote Wams und die goldenen Schuhe
Weiße Perücke und spitzenes Hemd
Ach, unser Schicksal, bekanntlich, heißt ewig
Saufen und Siege und Kriegesgeschrei
Achtet nicht drauf, haltet durch
  ach Maestro
Legt nicht die kostbare Geige beiseit

Rohdorf kriecht in sich hinein, wie eine Schnecke in ihr Haus, er versucht, sind in Käte von Reichenbach zu versetzen, wie würde er, wenn er sie wäre, sich sehen, langweilig? Schwer von Kapee? Sicher so was in der Art, oder? Er hat nicht Phantasie genug, sich auszumalen, wie er sein müßte, um Käte von Reichenbach zu gefallen. Er schließt die Augen. Wenn du dich in die Lage eines anderen versetzt, merke dir ja den Weg zurück, diesen Satz hat er gehört, von wem, von wem nur? Schlafen Sie, fragt Nießwandt.

Nein, erwidert Rohdorf, die Augen geschlossen haltend, und während Martin mit einem Lied gerade fertig ist, sagt Rohdorf, sich selber überraschend, ich möchte einen Witz erzählen (einen Witz, den er, als er ihn vor Jahren hörte, eine alte Kamelle also, belanglos und dümmlich fand; er hat ihn überhaupt nur behalten, weil ein Freund ihm diesen als Sensation angekündigt hatte). Vom chinesischen Koch, also ... und Rohdorf erzählt einen belanglosen Witz, witzlosen Witz, und den erzählt er obendrein schlecht.

Betretenes Schweigen, neben Okudshawa konnte er nicht unpassender plaziert sein. Nießwandt und Käte von Reichenbach sind die einzigen, die etwas lächeln, ein mitleidiges Lächeln, glaubt Rohdorf bemerken zu können.

Der Witz jedenfalls, sagt Nießwandt, ich fand ihn komisch, ungeheuer komisch, und er lacht aus vollem Halse, er steckt alle anderen an, alles lacht, aus einem eklatanten Mißerfolg macht Nießwandt einen Erfolg.

Ich kenne auch einen alten, so alt, daß er schon wieder neu sein könnte, sagt Martin, rot vor Lachen, ein neues Gesetz ist herausgekommen, sparen, sparen, nochmals sparen, alles kostet Geld, also nach diesem Gesetz dürfen Rentner Pilze jeglicher Art essen und bei Rot über die Kreuzung gehen.

Es folgen Witze am laufenden Band. Nießwandt ist unerschöpflich, auch Martin und Buchfink, Käte von Reichenbach und Heidrun sind Zuhörer, Rohdorf fällt aus, als Zuhörer wie als Erzähler, er hat mit sich zu tun.

Käte von Reichenbach blickt auf die Uhr, es ist soweit, ich muß leider aufbrechen, schade um die verpaßten Okudshawa-Lieder, vielleicht treffen wir uns bald wieder, ich würde mich freuen, herzliche Verabschiedung von allen, Käte von Reichenbach an Buchfink gewandt, du brauchst nicht mitzukommen, ich weiß den Weg alleine, wir telephonieren miteinander. Buchfink ist nach zaghaften Protesten einverstanden, dann steigt sie in einen VW, altes Baujahr, auf der Motorhaube ein Schildchen, gelb, *Atomkraft – nein danke*, man winkt sich noch zu, dann verschwinden die Rücklichter, der Aufbruch der Westler.

Rohdorf säuft nicht, er läuft den Waldweg entlang in Richtung Straße, auf der sich Käte von Reichenbach längst in Richtung West befindet, er atmet tief; frische, würzige Waldluft wie nach einem Gewitter, Wald und Wasserluft, Kindheitserinnerungen tauchen auf, Masuren, die vielen Seen, das Baden, das Tauchen, das Stöckchenschmeißen für Fips, den Setter.

Und so sind Rohdorf und Nießwandt auf den Campingplatz gekommen. Der Pfleger Wolfgang, der, so sagt Nießwandt, ein völlig harmloser Mann ist, aber, wie gesagt wird, für die Stasi arbeitet, ich sage es nur, also der hatte Nießwandt das Angebot unterbreitet, sein Zelt, das den ganzen Sommer über am Langen See aufgebaut bleibt, für dieses Wochenende zu nutzen. Propangaskocher, Luftmatratzen, Decken, selbst eine kühle Wasserquelle unter einer ins Wasser ragenden Baumwurzel, als Kühlschrank gewissermaßen, in der cellophanverpackte Lebensmittel verwahrt seien, alles ist da, lediglich frische Schrippen müßtet ihr euch selbst besorgen. Auch Angelzeug und Angelkahn sind da. Nachdem Nießwandt mit den Schwestern Schmitters geklärt hatte, daß sie sich um den Bruder kümmern müßten, der zwar geistig nichts mehr aufnimmt, aber Freundlich- oder Unfreundlichkeit sehr genau mitbekommt, denn sein Gemütsleben ist ganz und gar intakt (wenn Nießwandt ihn zum Beispiel füttert, würde er das Doppelte an Nahrung zu sich nehmen), also nachdem das geklärt war, bereiteten sich Rohdorf und Nießwandt auf das nächste Erlebnis vor. Kämpfer und Camper, lachte Nießwandt.

Und nun Käte von Reichenbach. Laufende Meter Inge fiel ihm ein, immerzu Inge, er beneidet diesen Dummkopf Buchfink, der (sowas kann eben nur ein Geiger vom Berliner Symphonieorchester, Buchfink sitzt am zweiten Pult bei den ersten Geigen) Käte von Reichenbach noch nicht einmal zum Grenzübergang begleitet, warum ist er nicht Buchfink; dabei, das muß er sich zugeben, hatte er zwei Anläufe unternommen, um von ihr beachtet zu werden, mit deren Stil auch nicht viel los war; im Gegenteil. Aber sie hatte Augen im Kopf, sie mußte bemerkt haben, so glaubte Rohdorf bemerkt zu haben, daß seine beinahe hilflosen Stammeleien nur geschehen konnten, weil er sich für sie interessierte, weiß der Teufel warum, er, Rohdorf, nimmt an, sie habe das bemerkt, eine Frau wie Käte von Reichenbach fühlt das, da braucht es keine Glanzleistungen zu geben, dennoch gab es nicht das geringste Anzeichen dafür, daß aus ihrer stets anonymen Freundlichkeit eine eigens für ihn gedachte hätte werden können. Käte von Reichenbach, so beantwortet sich Rohdorf alle weiteren Fragen, Käte von Reichenbach ist freundlich zu jedem und zu jedem besonders, das ist eben ihr Wesen, deswegen provoziert sie in jedem eine Erwartungshaltung; selbst Nießwandt, der sich hätte einreden können, ihre besondere Aufmerksamkeit erregt zu haben, hätte, und Rohdorf stellt das im Nachhinein mit Genugtuung fest, sich geirrt, es schien nur so, sie war wie eine Stewardess, ihre Freundlichkeit ist für jeden und keinen, so einfach ist das.

An der Straßenkreuzung Käte von Reichenbachs VW. Einen Augenblick denkt er an einen Unfall, eine Entführung, wie als Junge wünscht er sich eine Situation, wo er, ganz und gar Held, sie befreit, wie im Märchen, natürlich unter Einsetzung seines Lebens.

Hände legen sich um seine Augen, behutsam, hier bin ich, sagt Käte von Reichenbach, und ich hier, erwidert Rohdorf etwas dümmlich, sie blickt ihn freundlich an, freundlich wie gehabt, nein, nicht wie gehabt, der Blick verliert seine Anonymität, er wird eine Angelegenheit zwischen ihr und ihm, ein Geheimnis, so schnell kann man zu einem Geheimnis kommen. Sie läßt es geschehen, daß Rohdorf sie küßt, zärtlich, unendlich zärtlich, und Käte von Reichenbach erwidert den Kuß, und Rohdorf fährt mit den Lippen den Hals hinunter bis zur Schulter, und er denkt, daß er das nochmal erleben darf, er umfaßt ihre Taille, kein Widerstand ist zu bemerken, und Rohdorf, dessen Gefühle die Selbstkontrolle außer Gefecht setzen, würde hier mitten auf dem Waldweg vor der Straßenkreuzung mit ihr niedersinken, würde alles drum herum vergessen, wenn nicht Käte von Reichenbach seinen Kopf in die Hand nehmen, ihn anblicken, nochmal zärtlich küssen, dann wieder lächeln, mit dem Zeigefinger auf die Armbanduhr weisen, die Schulter heben und fallen lassen, zum Auto schreiten, an der Autotür sich nicht mehr wenden, aber verharren, hineinsteigen, die Scheibe herunterkurbeln, ihn anblicken, lieb, unendlich lieb anblicken, den Motor anlassen, den Gang einlegen, traurig lächeln und abfahren würde.

Wie im Stummfilm, denkt Rohdorf, wir haben uns auseinandergeflust wie Watte, die man teilen will: Man ist zwar schon auseinander, aber immer noch zusammen.

Als der Motor lange schon nicht mehr zu hören ist, steht Rohdorf noch da, als würde er erleben, was er eben erlebt hatte, als wäre er ein Heiliger und könnte vollbringen, was er vor einer Stunde noch für ein Wunder hielt, Gott sei Dank, er ist kein Heiliger, denn wenn man einer ist, kann man keine Wunder vollbringen.

Und dann ein Gedankenblitz aus heiterem Himmel, schmerzlos noch dringt er in ihn hinein, schießt durch die Venen, Nerven, Adern, um irgendwo im Innern schmerzhaft zum Donner zu zerplatzen: ein grauer Mantel, hatte sie nicht einen schiefergrauen Mantel an, auf dessen Kragen lange blonde Haare landeten, und hatte er sie endlich gesehen, die Kehrseite der Medaille, das ihm noch fehlende Gesicht, die Vorderseite der bekannten Rückseite, oder war der Mantel am Ende gar nicht grau, sondern blau, braun, schwarz, die Dunkelheit saugt die Farben auf, und hatte er wirklich auf die Farbe geachtet, war nicht vielmehr der Wunsch der Vater des Gedankens? Und müßte er ein Leben lang ein Wesen nur mit einer Rückansicht akzeptieren, ein Wesen, welches nur aus Rückansicht besteht, vielleicht, wie man es dreht und wendet, immer nur Hinterkopf ... Und Rohdorf starrt in die Dunkelheit, als könnte er Käte von Reichenbach zurückstarren und zu dem Wesen machen, welches er bisher vergeblich suchte und allzu bereitwillig wünschte, es in ihr gefunden zu haben.

Wenn man lange in die Vergangenheit guckt, sieht man

immer nur seinen eigenen Hinterkopf, sagt Nießwandt zu Rohdorf, der immer noch auf der gleichen Stelle wie angewurzelt steht, ich habe Sie vermißt, ist irgendwas? Ja und nein, sagt Rohdorf.

Wollen wir zu unserer Party zurück oder noch etwas spazieren gehen? Ich schlage einen Kompromiß vor, wir gehen auf Umwegen zur Party zurück.

Rohdorf hat Mühe, seine Gefühle wieder in geordnete Bahnen zu lenken, und Nießwandt sagt, seine Zunge mittlerweile rotweinschwer, he Rohdorf, Sie sind auf Entdeckungen neuer Bedürfnisse aus? Was? Und Rohdorf ahnt, daß Nießwandt seinem Hang zum Philosophieren nachkommen wird, aber er sagt nur: Ich glaube, entdeckt zu haben, was Sie heute wieder entdeckt haben ... Sollten wir nicht Heiratsannoncen studieren und beantworten? Als drittes großes Erlebnis?

Ja, sagt Rohdorf, natürlich, warum eigentlich nicht. Moment mal, flüstert Rohdorf und hält Nießwandt zurück, sehen Sie, da steht jemand, nur als Silhouette zu erkennen, dort, schwarz vor der Lampe, bewegt sich nicht, unheimlich.

Lassen Sie ihn stehen, der steht nicht anders als Sie vorhin. Da – unsere Abendtafel, die lohnt sich anzusehen, wie ein Stilleben von Rembrandt, sehen Sie mal.

Ihre Abendtafel, so sieht sie aus: Ein alter Fischerkahn, auf dem Bauch liegend, gibt mit seinem geteerten flachen Unterschiff den Tisch für die Tafel ab, auf schwarzem Untergrund also benutzte und unbenutzte weiße Teller, Papierservietten jede Menge, abgebrannte und noch brennende Kerzen, volle und leere Rotweinflaschen, Speisereste, Aschenbecher, Bestecke, Rotweingläser, wirr durcheinander, chaotisch verteilt wie unbeabsichtigt beabsichtigt, wie organisierte Unordnung. Rohdorf stellt sich das Bild von Rembrandt gemalt vor, und an der Gestaltung dieser Tafel hat er mitgewirkt.

Buchfink und Heidrun unterhalten sich, Rotweingläser in den Händen, auf einer Decke ausgestreckt, und Martin singt, aber schön war es doch, er ist besoffen, aber schön war es doch, meine Ehe, sagt er, ach Scheiße, was wißt ihr schon von meiner Ehe, kaputt, restlos kaputt und zwei

Kinder, dabei haben wir uns richtig geliebt; er setzt erst die Rotweinflasche, dann zu musizieren an, aber schön war es doch, Martin kann nur noch dieses eine Lied.

Buchfink gibt seine Sorgen an Heidrun ab. Hemmungen gibt es keine, betrunken lallt er, Buchfink, mein Gesicht, sieh dir mein Gesicht an, entstellt, vom Autounfall entstellt; aber das ist nicht mein Hauptproblem, seit diesem verdammten Autounfall kann ich nicht mehr, ich kriege ihn nicht mehr hoch, und Buchfink kommen die Tränen, er schüttelt den Kopf und trinkt nicht aus dem Glas, das er in der einen, sondern aus der Flasche, die er in der anderen Hand hält. Heidrun streichelt sein Haar, der Abend zwischen ihr und Martin scheint gelaufen, du hast einen Schock, nichts weiter, außerdem, sie nimmt seinen Kopf in die Hände, hast du einen wunderschönen Charakterkopf.

Heidrun tröstet den untröstlichen Buchfink, Martin singt wie eine defekte Schallplatte, immer nur eine Zeile, aber schön war es doch, und Rohdorf und Nießwandt sind mit Aufräumungsarbeiten beschäftigt, Rohdorf sagt, je später der Abend, desto größer die Probleme.

Nachmittagszeit, Rohdorf und Nießwandt wollten kurz schlafen, vorm Zelt großer Lärm. Nießwandt tritt aus dem Zelt und sagt, wenn wir schon nicht schlafen können, sollten wir uns wenigstens kennenlernen.

Herzliche Vorstellung, Kaffeetrinken, gemeinsames Abendessen, Käte von Reichenbach und Nießwandt die Köche, Kartoffeln und gebratener Fisch, Rohdorf und Martin für das Tischdecken verantwortlich, Buchfink und Heidrun für Beschaffung von Rotwein.

Ob es Gewitter geben wird, fragt Rohdorf.
Gut möglich.
Wetterleuchten, taghell wird es immer wieder.

Inge betrügt ihn, Inge hat ihn immer betrogen. Rohdorf weiß es. Weiß er es? Nein, aber er fühlt es. Rohdorf ist eifersüchtig, kannst du mir sagen, warum du erst jetzt kommst? Wo warst du? Gestern so spät, heute so spät, soll das immer so weitergehen?

Bist du eifersüchtig?

Ist es zuviel verlangt, Auskünfte zu bekommen, ohne daß sie erfragt werden müssen? Ist es zuviel verlangt...

Rohdorf in der Rolle des Anklägers, wohltuender Schmerz, noch tut es wohl, betrogen und gedemütigt zu sein, noch schafft seine Phantasie die Tatbestände, Tatbestände ausschließlich zu Lasten Inges, er darf sich makellos fühlen, er ist es auch, er ist in der anständigsten Phase seines Lebens.

Als sie eines Tages sagt, du bist nicht der einzige... spricht Rohdorf zwei Tage lang kein Wort, du bist nicht der einzige, geht durch seinen Kopf wie ein Mühlrad, du bist nicht der einzige, das ist der reale Tatbestand. Nach Tagen fragt er, wovon... wovon bin ich nicht der einzige, was meinst du damit, du bist nicht der einzige.

Es gibt andere, vielleicht viele, mit denen ich glücklicher wäre als mit dir.

Wieviele?

Sie schweigt.

Und du, fragt Inge.

Was heißt und du?

Hast du mich betrogen?

Ich habe dich nicht betrogen, schreit er, ich kann nur betrügen, wenn ich absolut glücklich bin, ich bin aber nicht glücklich.

Komisch bist du, erwidert sie, wie kann man betrügen, wenn man glücklich ist.

Der gelassene Ton ist es, sagt Rohdorf, in dem, wie du es sagst, spüre ich deine Distanz zu mir. Der gelassene Ton? Welcher gelassene Ton, erwidert sie, während wir, was selten genug vorkommt, glücklich sind, gehst du zu anderen Weibern, das ist jämmerlich.

Und Rohdorf fühlt sich in der Tat jämmerlich, obwohl er nicht betrogen hat, gestern nicht, heute nicht.

Also Rohdorf denkt, bevor er einschläft, an Inge, richtiger, er kann nicht einschlafen, weil er an Inge denken will – vielleicht hat ihn Inge nie betrogen, vielleicht hat er sie gar um den Genuß eines Betruges betrogen, indem er ausgezogen ist, weggegangen, zu früh, vielleicht ist er schuld an allem, soll sie Nonne werden? Die Fälle hat immer seine Phantasie geschaffen, das denkt er noch, dann ist er eingeschlafen.

Nießwandt richtet das matte Licht der Campingfunzel auf sein Erlebnisheft, er blickt auf die Uhr, kurz vor drei, dann macht er folgende Eintragung.

Regen auf dem Zeltdach macht mich müde, einzelne Tropfen munter. Gegen 1.30 Blitz und Donner gleichzeitig – von der Tanne am Kopfende des Zeltes ein etwa ein Meter langes und dreißig Zentimeter breites Stück Borke abrasiert, also hinterm Kopfende eingeschlagen. Rohdorf saß, wie ich, für Sekunden aufrecht im Bett, die Detonation ungeheuerlich, danach klärt er mich über Blitze auf, meine Furcht hat nach seiner Mitteilung eher zugenommen. Rohdorf meinte, etwa jede Woche wird in der DDR ein Mensch vom Blitz erschlagen, er erklärt Einzelheiten aus dem Steckbrief eines Blitzes, Stromstärken bis zu 300.000 Ampere, er erhitzt sich im Kanal auf 25.000 bis 40.000 Grad Celsius (Angaben ohne Gewähr, da Rohdorf Daten sehr verschlafen bekanntgibt), er vermag die Geschwindigkeit von 100.000 Kilometer pro Sekunde erreichen, er wisse deswegen so gut Bescheid, weil Inge (seine Frau) sich vor Blitzen gefürchtet und er sich genauestens unterrichtet habe. Vor den Eichen sollst du weichen, doch die Buchen sollst du suchen, ein dämlicher Bauernspruch, weil der Blitz immer den höchsten Punkt anvisiert. In einer großen Stadt habe es in eine Computeranlage eingeschlagen und sie so durcheinandergebracht, daß Tausende von Steuerschulden aus seinem Elektrogehirn gelöscht wurden; die Schuldner glauben seit diesem Ereignis wieder an den Blitz als eine göttliche Angelegenheit. Sie beten wieder. Nach dieser Bekanntgabe ist Rohdorf völlig erschöpft eingeschlafen.

Nießwandt macht die Taschenlampe aus, Rohdorf schläft, er atmet regelmäßig. Als sie schlafen gingen, sagte Rohdorf, Gewitter ist nicht so gefährlich, aber alles andere, ich campe das erste Mal in meinem Leben, und so ein Zelt überm Kopf ist weniger Sicherheit als ein Hut auf, finden Sie nicht? Dann sprach er einen Vers, von Arno, sagt er lächelnd, ein Küchenmesser neben sein Kopfkissen legend:

Taschenlampe, Herz und Messer
in der Nacht, bewährt und gut

denn die Nacht ist ein Verbrecher
und verscheucht den schwachen Mut.

Nießwandt hockt erschöpft vorm Zelt. Hat dieser Blitz ihm gegolten? Beten, beten müßte er, aber er fühlt es, der Kontakt zu seinem Gott wird sich schwer herstellen lassen. Immer, so glaubt Nießwandt, hat es die individuellen Götter gegeben, jeder Mensch hat seinen, wenn nur jeder glauben würde. Er betet: Ich bitte dich, Herr, um die Fähigkeit, mehr zu verstehen denn mißzuverstehen, mehr zu verzeihen denn zu bezichtigen, mehr zu beschenken denn beschenkt zu werden, mehr zu lieben denn geliebt zu werden; die Selbstlosigkeit, Herr, laß sie selbstverständlich werden. Ohne Überzeugung, ohne Kraft, ohne Bedürfnis kommen die Worte über seine Lippen, er faltet die Hände, lieber Vater, ich danke dir, daß du deine schützende Hand über uns gehalten hast, er zögert, die Hände, einmal gefaltet, bleiben es, aber nichts geschieht, keine Reaktion im Körper, kein Beweis dafür, daß sein Gebet erhört werden wird, immer schon, seit Jahren, gibt es ein Echo im Körper, wenn das Gespräch mit Gott zustande kommt, ein nicht zu beschreibendes Gefühl, ein Knacks, ein Geräusch, irgendwas, mal mehr, mal weniger, aber diesmal nichts, in seinem Innern herrscht Stille.

Flaute, warum, so fragt er sich, schafft er es nicht, eine Empfindung, die sich gewöhnlich von selbst herstellt, herzustellen, die es ihm ermöglicht zu glauben, daß Gott ihn erhört, eine Empfindung, die sich häufig als wohlige Wärme in den Beinen oder als angenehme Schwere in den Armen bemerkbar macht, eine Empfindung, die, wenn sich Erschöpfung dazugesellt, ihm gleichzeitig das Ende des Gespräches ankündigt, wieso tut sich nichts in seinem Körper? Er läßt die Hände kraftlos sinken, die Zweifel werden es sein, er ist voller Zweifel. Wäre es nicht eine göttliche Lösung gewesen, er, von einem Blitz getroffen, ein Tod, an dem er nicht beteiligt gewesen wäre, warum nur, warum will er danken für das Nichteintreffen von etwas, worum er so häufig im Gebet gebeten hat? Oder war es nur eine Trainingsstunde seines Todes, getarnt als Blitz, dicht hinter seinem Kopf, der, einmal unterwegs, sein Opfer betrachtet, begutachtet und ablehnt, ablehnt als seiner noch nicht würdig? Gehört zum Tod nicht Reife, Weisheit und Milde, mußte er, Heinz Nießwandt, nochmal zurück ins Leben wegen Unreife, war sein Tod deswegen noch nicht einverstanden mit ihm? Sein Tod unzufrieden mit ihm, kann etwa der Tod den Vertrag einseitig aufkündigen? Jeder hat sein eigenes Leben, seinen eigenen Gott, seinen eigenen Tod, natürlich ist eine einseitige Vertragsaufkündigung möglich, und was für einen Tod hätte er dann zu erwarten?

Nießwandt erstarrt, dicht vor ihm, im taghellen Aufleuchten der davonziehenden Unwetter ein Mann, als Silhouette erkennbar, der entfernte Blitz brachte ihn ins Licht, schälte ihn aus der Dunkelheit heraus, die Mütze tief ins Gesicht gezogen, starr stehend, und Nießwandt würde, nach jenem befragt, schwören, er hätte ihn lächeln sehen, abfällig und niederträchtig. Kein Geräusch zu vernehmen, Nießwandt lauscht in die Nacht. Friedhofsruhe, Grabesstille, der Mann vor ihm hinterm Strauch, mit Sicherheit derselbe, den Rohdorf beim abendlichen Heimgang ausgemacht hatte, rührt sich nicht von der Stelle. Ein Dieb, ein Sittenstrolch, ein Mörder?

Nießwandt wagt nicht zu atmen, aberwitzig das Ganze, jener im Dunkeln befindet sich im Vorteil ihm gegenüber, ein total ungleicher Kampf, denn, wenn es sich um einen Mörder, so eine Art Lustmörder handelt, ist jener, wenn er vorhat, ihn zu töten, auch gerüstet dafür, und er, Nießwandt, ihm völlig wehrlos ausgeliefert, weil unvorbereitet, also vielleicht steht er da, ein Messer im Anschlag, und vielleicht wird er ausführen, was der Blitz vorher nur angedeutet hatte; nicht der Blitz also, sondern jener Mann wird für seinen Tod verantwortlich gemacht werden können, jener also hat die vakant gewordene Stelle seines Todes übernommen. Pfui Teufel, Nießwandt ist mit ihm nicht einverstanden, er wird sich wehren, koste es, was es wolle. Das ist nicht sein Vertragspartner.

Hin und wieder zuckt der Himmel nervös, es blitzt in der Ferne, die Silhouetten-Gestalt unbeweglich, noch steht sie nur da, auf dem Sprunge vielleicht, aber nicht nur der Himmel blitzt, sondern auch das Messer womöglich, hinterm Strauch, wie ein davonschnellender Fisch im trüben Gewässer. Nießwandt schüttelt es. Mein Mörder ist mir unsympathisch, das wäre ein Titel, ein Titel für diese Nacht. So ein Tod ist keine göttliche Vorsehung, so ein Tod ist einfach lächerlich. Opfer eines Verrückten, Opfer eines Lustmörders, Nießwandt muß hysterisch lachen, ein Mann in seinen Jahren, mit seiner Krankheit, im Schlafanzug, ein Lustobjekt. Er bildet sich da zuviel ein, nein, er will überhaupt nicht Opfer einer lächerlichen Zufälligkeit werden, das erhabene Geschäft des Todes darf nicht ohne Erhabenheit betrieben werden, ein Messer im Schlafanzug, ein Messer im dicken Bauch, ich bitte Sie.

Wellen schlagen ans Ufer, ein Schiff nirgends zu sehen, wovon also Wellen? Wovon ist im Moment Nebensache, aber günstig wären sie für einen unhörbaren Rückzug, für einen würdevollen Rückzug.

Der Tod, so erschienen, ist unseriös, nicht für die Literatur, das Messer hinterm Strauch, das Messer im Bauch, das Messer im Rücken.

Ein Nachbar tritt verschlafen aus seinem Zelt, tritt an den Strauch, hinter dem der Mörder lauert, und schlägt sein Wasser ab, Stille, nur der Strahl prasselt auf die Erde.

Als Nießwandt im Bett liegt: Alles war nur ein Spuk, ein toter Gegenstand, ein Gerät, denkt er, ein Baumstumpf, wer weiß was, aussehend wie eine Gestalt mit Mütze, tief ins Gesicht gezogen, man ist ja schließlich Neuling, Anfänger, was das Campen angeht.

Nießwandts angespannte Nerven geben nach, er muß weinen wie ein Kind, als habe der Regen nur aufgehört, damit er mit Weinen beginnen kann.

Er liegt auf dem Rücken, eine angenehme Wärme zieht durch seinen Körper – die Freude auf die Zukunft, die nicht erst beginnt, wenn der Deckel zu ist –, diese und andere Entdeckungen haben ihm vorübergehend den Weg zu Gott versperrt, er wird müde, er registriert die Schwere der Glieder, das Hinübergleiten in den Schlaf.

Jemand kommt auf dein Bett zu, du mußt aufwachen, jemand will dich erwürgen, du mußt aufwachen, warum ist die Bettdecke aus Beton, warum sind deine Glieder steif, unbeweglich, warum wirst du erwürgt, ohne daß du dich wehren kannst, aufwachen, aufwachen …

Nießwandt, was haben Sie? Nießwandt, wachen Sie auf!

Ja, sagt Nießwandt, jaa...

Sie haben geträumt, ein Alptraum nehme ich an.

Entschuldigen Sie, wie spät ist es denn?

Fünf Uhr.

Fünf Uhr, wiederholt Nießwandt, er streicht sich mit der Hand übers Gesicht, als wolle er den Traum abstreifen.

Ich habe auch geträumt, sagt Rohdorf, ich habe eine phantastische Filmgeschichte erträumt, im Traume greife ich zu Bleistift und Papier und beginne zu notieren (auf so schnelle Weise, sage ich mir, kommst du nie wieder zu einer Filmgeschichte), dann träume ich, du mußt aufwachen und die Geschichte aufschreiben, denn wenn du sie nur im Traum aufschreibst, schreibst du sie eben nur im Traum auf, dieses träume ich, und dann...

Was und dann?

Dann haben Sie geschrien.

Das tut mir aufrichtig leid, dann habe ich Sie womöglich um einen Erfolg gebracht.

Vielleicht ja, vielleicht nein.

Pause.

Was habe ich nur geträumt? Rohdorf hält Fetzen eines Traumes fest, in dem Wunsche, aus den Fetzen ein zusammenhängendes Stück zu flicken... Ein Antiquitätengeschäft, ein Barocksekretär, der teuerste auf dem Kontinent, was war noch?

Nießwandt sieht besorgt aus.

Ein Barocksekretär, unbezahlbar, mit einer berühmten Figur in ein rundes Emblem eingearbeitet, ein Dichter, glaube ich, auf dem Sekretär sich drehend, mitternachts dreht sich wiederum ein Figurenensemble um das sich drehende Emblem, um beim letzten Gongschlag – es muß sich um eine Art Uhren-Sekretär-Kombination gehandelt haben – nach Art der Münchner Frauenkirche, in die Figur... Rohdorf macht Pausen, nur noch Andeutungen, je mehr ich den Traum festzuhalten versuche, desto mehr will er weg.

Nießwandts Gesicht zeigt jenen sorgenvollen Ausdruck, der nichts anderes bewirkt als Mitleid. Rohdorf sagt also: Ich kann Sie beruhigen, Nießwandt, der geträumte Shakespeare mag sich als harmloses Hirngespinst entlarven. Ein Schriftstellerkollege, und das entspricht der Wahrheit, hatte mehrmals in der Woche Träume von der Art wie meiner, jener Kollege also, von der immerwährenden Trauer geplagt, nachts ein bedeutender, tags dagegen ein äußerst unbedeutender Dichter zu sein, entschloß sich, Bleistift und Papier griffbereit auf dem Nachttisch zu postieren; und sollten die nächtlichen Musen ihm wieder ein Stück Weltliteratur verabreichen, wollte er, noch im Halbschlaf, stichwortartig den Text notieren. Mit diesem Entschluß bestieg er abends das Bett, träumte schöner denn je, er mußte im Traum weinen vor Rührung, er träumte das schönste Stück Literatur, das je erdacht. Im Halbschlaf notierte er, und beglückt schlief er wieder ein.

Am nächsten Morgen las er die Notiz – er liebt sie und sie liebt ihn.

Übrigens, meine Luftmatratze ist platt wie 'ne Flunder, die Luft total raus, kein Wunder, wir sollten aufstehen, damit wir mehr vom Tag haben, dennoch, beide dösen vor sich hin, einer muß den Anfang machen, das Aufstehen ist noch eine Hürde, die zu überwinden es nur eines winzigen Anlasses bedarf.

Rohdorf und Nießwandt haben gefrühstückt, ein herrlicher Morgen, wollen wir mit dem Kahn auf den See, fragt Nießwandt.

Ja.

Hier, sagt Nießwandt, auf einen alten Weidenstamm zeigend, hier können Sie Ihren Mann von gestern abend sehen als Silhouette, wenn Sie die Augen zukneifen, können Sie sogar ein Gesicht erkennen.

Rohdorf lächelt, und Nießwandt, der, während er sich die Nase schneuzt, ebenfalls lächelt, sagt, da kann ein alter Baumstumpf, wenn man Angst haben möchte, ganz schön Angst machen.

Rohdorf und Nießwandt sitzen im Angelkahn, Nießwandt angelt, Rohdorf hält Arnos Tagebuch auf den Knien, beide blicken ins Wasser und Rohdorf fragt: Haben Sie schon mal auf eine Heiratsannonce geantwortet, das heißt eine aufgegeben und beantwortet?

Ja.

Und?

Wir hatten schriftlich eine ergiebige Korrespondenz, eine Lehrerin und ich, schließlich einen Treff vereinbart, sagt Nießwandt, am S-Bahneingang Warschauer Brücke, als Erkennungszeichen wollte ich ein Kofferradio unterm Arm tragen, ein dummer Einfall, ich mit einem Radio unterm Arm, wie ein altgewordener Halbstarker hätte ich ausgesehen, also stand ich da am S-Bahneingang Warschauer Brücke, ohne Radio versteht sich, neben mir eine vollschlanke gepflegte Mittfünfzigerin, zwei Meter von mir entfernt, ich schämte mich, sie anzusprechen, und wissen Sie warum? Ich hatte ihr geschrieben, ich wäre groß und schlank.

Rohdorf blickt auf das Wasser, die Sonne, die vormittägliche, die, nur hin und wieder von einer Wolke verdeckt, angenehm den Körper erwärmt, spiegelt sich im Wasser, daß sie in den Augen schmerzt. Käte von Reichenbach, Rohdorf denkt an sie und stellt fest, nicht ohne Besorgnis, daß ihre Gesichtszüge in der Erinnerung sich bereits auflösen; simultan erscheint Inges Gesicht.

Heiratsannonce, verrückte Idee, aber warum sollte er nicht, warum sollte er nicht (nicht gerade mit Nießwandts Radio unterm Arm) sich mit jemand treffen, da er, wenn er sein Leben betrachtet, nie verrückte Ideen hatte, also nie welche realisierte, warum also nicht, oder hatte es etwas auf sich, daß er sein Leben unverrückt zu Ende leben müßte. Ein bißchen aus der Norm verrückt ist ja noch lange nicht verrückt.

Ein herrlicher Tag, Sonne, See, milde Luft – Rohdorf stellt fest, daß seine Beziehung zur Natur keineswegs gestört, nur keineswegs gebildet war. Die sonntäglichen Spaziergänge eher notwendig wegen des wöchentlichen Bewegungsdefizites als aus Bedürfnis. Er genießt den Vormittag, also selbst das Naturgenießen ist erlernbar, früher hätte er den schönen Tag bestenfalls wahrgenommen, heute macht er ihn sinnlich, er schafft Ruhe unter den Gedanken; der Duft des Wassers, der Erde nach dem Gewitter, Frühling, er mußte fünfzig werden, um diesen Tag zu erleben. Hin und wieder surrt Nießwandts Angelschnur durch die Luft und jetzt, da Nießwandt sich eine

Zigarre anbrennt, verschleiert der Zigarrenqualm dessen Gesicht. Dreimal schon hatte er einen kleinen Fisch geangelt, den er jedesmal vorsichtig vom Angelhaken befreit und ins Wasser wirft, man kann spüren, wie die Fische, in die Freiheit geworfen, in die Tiefe fliehen.

Rohdorf schlägt Arnos Tagebuch auf, aber er liest nicht. Protest meldet sich an, Protest vor allem gegen sich selber, er hatte von Inge immer Veränderung verlangt, sie soll sich ändern, von sich verlangte er nichts. Die Zerrüttung seiner Ehe als auch der Ausbruch seiner Krankheit, beides hatte noch mit dem Erhalt von Bestehendem zu tun, aber auch schon mit dem Protest gegen es. Der Protest gegen sich, so glaubt Rohdorf zu bemerken, ist in seine Glieder gefahren, er hat nicht nur seinen Körper, sondern auch sein Bewußtsein ergriffen, denn er hört, sieht, riecht, daß Veränderung notwendig sei – daß er nämlich (seine Ehe betrachtet) seine Energien hauptsächlich für Destruktionen verbraucht hatte, soviel Einfälle, soviel Kraft, soviel Mühe für Destruktionen – was hätte man alles anfangen können.

Rohdorf liest:

Arno, Mai, er schafft es noch nicht zu lesen. Seine Gedanken greifen immer wieder das alte Thema auf: Inge. Zum Thema Ehe hatte er ein Lied geschrieben. (Eine Ehe zwischen Spinne und Floh. Sie: die Spinne, er: der Floh. Die Ehe geht nicht, bis sie die Beine knotet. Der Refrain des Liedes lautet: Denn oftmals muß man für sein Glück sich knoten ein enormes Stück.)

Hat sie sich verändert, ist alles in Ordnung. Immer sie, warum nicht er? Könnte er sich für sein Glück nicht auch ein wenig strecken? Rohdorf lächelt: Er ein Floh, Inge eine Spinne, als habe er es jemals geschafft, große Sprünge zu machen. Er hat sich überschätzt.

Rohdorf liest: (Arno, Tagebuch)

Ich schlage die Berliner Zeitung auf, den Mittelteil, Kulturpolitik. Ich lese einen Brief mit fettgedrucktem Titel »Wachsenden Ansprüchen des Volkes gerecht werden«

unterzeichnet von Ernst Georg Straubing, davor »Im Namen der Delegierten und Gäste der Delegiertenkonferenz des Verbandes der Komponisten und Musikwissenschaftler der DDR«. Es handelt sich um einen Brief, der an den Genossen Hermann Laskowski persönlich gerichtet ist, ohne Nennung von Titeln, einfach »Sehr verehrter Genosse Hermann Laskowski«. »Für die Förderung und große Aufmerksamkeit, die die Partei der Arbeiterklasse unserer sozialistischen Musikkultur stets entgegenbrachte, möchten wir der Sozialistischen Einheitspartei Deutschlands und Ihnen persönlich, lieber Genosse Laskowski, sehr herzlich danken«, und dann wird versichert und nochmal versichert, und auch die tiefe Verbundenheit mit der Sowjetunion, die die Arbeit beflügelt, wird hervorgehoben, und daß die Musikschaffenden den wachsenden kulturellen Ansprüchen des Volkes gerecht werden wollen.

Wir hatten vor längerer Zeit mit Genossen Kohnert und einigen Freunden einen Streit, ob Musik politisch wäre oder nicht, Kohnert sagte, sie wäre es, ich sagte, sie wäre es nicht und führte als Beispiel Haydns Kaiserquartett, in dem das spätere Deutschlandlied vorkommt, an, das erst durch die verbale Zutat »Deutschland, Deutschland über alles« ein Politikum wurde. Aus Deutschland, Deutschland über alles könnte man auch ein Liebeslied machen, zum Beispiel: Ach, ich habe dich verloren. Wir stritten uns intensiv, bemühten Hanns Eisler und das Bungebuch, bemühten Freunde, Kohnert blieb dabei, daß Musik politisch sei, die Argumente kann ich im einzelnen nicht mehr wiedergeben, aber hier, in der BZ, wird seine These bestätigt, und zwar durch meinen Nachbarn, den Komponisten Erich Natfenske, in der Zeitung wörtlich: Erich Natfenske plädierte für alle Genres erfassende Vielfalt des musikalischen Schaffens und forderte alle Verbandsmitglieder auf, die ideologische Auseinandersetzung mit dem Klassengegner in ihrer Musik von offensiven Positionen zu führen.

Ich gehe gegen dreiundzwanzig Uhr spazieren, meine alte Route vorm Zubettgehen, auch an Erich Natfenskes Haus vorbei. Sein Arbeitsfenster ist erleuchtet, er sitzt an seinem Flügel und komponiert sicherlich ein Werk, das die ideologische Auseinandersetzung mit dem Klassengegner, versteht sich: von einer offensiven Position aus, zum In-

halt hat. Recht so, Erich, wie macht man das bloß – ich stelle mir vor, die schwarzen Tasten sind die Gegner, die weißen wir.

Guten Tag Fremder! Naturfrdn. Zuverl. gut auss. mö. mit Dir (bis 65 Ja) leben, lieben, lachen.

Nießwandt hat auf diese Annonce geantwortet, einen langen Brief, und er begann »*Guten Tag, Fremde! Naturfrd. zuverl. Psoriatiker, liebt Wein, Weib und Gesang* ...«

Rohdorf hat sich zur Beantwortung folgende Annonce ausgesucht:

Gesucht wird symp. intell. Berliner von jg. Frau 168 gr. 58 kg bis 45 Ja.

Rohdorf hat sich im Spiegel betrachtet und ist zur Ansicht gelangt, das Wörtchen »bis« in der Annonce problematisiert die Sache – bis 45 Jahre –, stünde in der Annonce »ab 45 Jahre« wäre er haargenau richtig, so liegt er haargenau daneben. Wer nichts wagt, der nichts gewinnt, und schließlich es ist ein Spiel, fünfundvierzig Jahre hin, fünfundvierzig Jahre her, Annonce, was soll schon daraus werden. Nichts. Es ist, wie gesagt, ein Spiel, sagt Rohdorf.

Nießwandt überholt seinen einzigen Anzug, helles Grau, verschlissen, an den lichtabgewandten Stellen, wie hinter den Revers, den Ärmelinnenseiten, der Taillengegend, dunkles Grau. Nießwandt hat geflickt, das Taschenfutter, das nur noch aus morschen einzelnen Fäden bestand, hat er entfernt, aus Lakenstoff neue Taschen eingesetzt, hat moderne Knöpfe rangenäht, hat sich bemüht, die dunklen grauen Stellen etwas aufzuhellen, gebügelt, gestopft, gereinigt, einen ganzen Tag – jetzt, gegen einundzwanzig Uhr, hat er ihn für Rohdorf angezogen, zur Begutachtung.

Rohdorf, wie sehe ich aus?

Den Schlips müssen Sie anders knoten, sagt Rohdorf, der hat überhaupt keine Form.

Ist das alles, was Sie zu meinem Anzug zu sagen haben?

Ich sehe erst das Detail, bevor ich zu einem Gesamteindruck komme, und der Schlipsknoten hat eine altmodische Form.

Ich kenne nur diese Form, erwidert Nießwandt, die andere kann ich nicht knoten, wenn Sie den Windsorknoten meinen.

Ich weiß nicht, ob der Knoten, den ich meine, Windsorknoten heißt, nur der, den ich meine, ist nicht so kleinbürgerlich, so spießig, der ist etwas großzügiger.

Können Sie mir behilflich sein?

Ja. Während Rohdorf sich bemüht, die Krawatte seitenverkehrt zu binden, sagt Nießwandt, wissen Sie, was heute für eine Heiratsannonce in der Zeitung stand?

Heiraten weibl. gepflegte jünger wirkend. Mittfünfzigerin sucht Ehepartner mit Marx. Leninist. Bild. mit Liebe für das Land ihrer Kinder. Int. für Tourist. und Musik, Auto und Eigenheim vorhanden.

Ich habe mir gedacht, ei jei, das wäre was für mein' Vater sein Sohn, sagen Sie, was halten Sie davon? Bin ich, Heinz Nießwandt, etwa nicht gut genug für eine jüngerwirkend. Mittfünfzigerin, eine Frau mit Auto und Eigenheim. Da treten natürlich Fragen auf, sucht sie einen Partner mit marxistisch-leninistischer Bildung, weil sie keine marxistisch-leninistische Bildung hat, oder sucht sie den Partner, weil sie sie hat, und hat sie das Eigenheim, weil sie die Bildung hat oder hat sie die Bildung, weil sie das Eigenheim hat; überhaupt denke ich mir, ich hätte genug marxistisch-leninistische Bildung, um diese jünger wirkende Mittfünfzigerin nicht zu enttäuschen, das Auto und das Eigenheim will ich als notwendiges Übel verkraften oder in die Bildung einbeziehen, je nach dem, wie's verlangt wird, denn hier geht es um ein Geschäft, Bildung gegen Eigenheim, und sie beantwortet indirekt auch die Frage nach der Heimat.

Heimat ist dort, wo man sein Heim hat, am besten Eigenheim. Nicht Vaterland, nicht Mutterland, sondern Kinderland.

Den Knoten seitenverkehrt binden kann ich nicht, darf ich, sagt Rohdorf. Rohdorf hängt sich den Schlips um den eigenen Hals, auf Anhieb sitzt der Knoten, er öffnet die Schlinge so weit wie nötig, um den Schlips über die Köpfe zu streifen, so sieht er passabel aus, Rohdorf rückt noch etwas an Nießwandts Jackett herum und entfernt sich zwei Meter, um einen Gesamteindruck zu erhalten.

Es entsteht eine Pause, in der Rohdorf kritisch Nießwandts Anzug und Nießwandt ängstlich Rohdorfs Gesichtsausdruck betrachtet, als wäre Rohdorfs Gesicht ein Spiegel und Nießwandt könne in ihm lesen, wie er sich zu gefallen habe. Im folgenden übersetzt Nießwandt Rohdorfs Gesichtsausdruck, er murmelt: Die Krawatte paßt nicht zum Anzug, aber das mag noch hingehen, der Anzug unmöglich, die Hosen zu kurz, die Schultern zu eng, die Bügelfalten werden sich in dem abgetragenen Gewebe nicht halten, schon jetzt zeichnen sich Beulen in der Kniegegend ab, die Ärmel zu kurz, irgendwie geht es und irgendwie geht es nicht, und laut sagt Nießwandt:

Sie sehen auch aus der Entfernung immer nur Details, auf den Gesamteindruck kommt es an.

Meine Großmutter, sagt Rohdorf, war Bühnen- oder Kulissenmalerin, sie selber hatte fünf Kinder in die Welt gesetzt, und diese fünf Kinder ihrerseits sechzehn Kinder, also hatte sie sechzehn Enkel, und da sich zur Sommerzeit diese sechzehn Enkel häufig vollzählig im großen ländlichen Pfarrhaus einfanden, um den Urlaub zu verleben, kam es vor, daß diese sechzehn lauten Gören von den Dorfbewohnern zu Festlichkeiten eingeladen wurden, und für diese Festlichkeiten zog meine Großmutter die Enkel festlich an. Sie legte den Kopf zurück, kniff die Augen zusammen, betrachtete jedes Kind wie ein Kunstwerk und verbesserte, was da an Form oder Farbe fehlte, manchmal schob sie einer Cousine eine blaue oder rote Blume ins Haar, aber manchmal kam es auch vor, daß sie, während sie die Malpalette in der Linken hatte, weil sie meist eine Meerlandschaft malte, die Kinder auf sich zutreten ließ und ihnen ein farbiges Detail auf die Garderobe malte, einen Kreis, ein Viereck, eine Blume, ein Gesicht; am Ende betrachtete sie die Kinder wie zu Anfang, mit zugekniffenen Augen, als gehörten sie zum Bühnenbild, und war sie zufrieden, entließ sie sie zur Festlichkeit. Für uns Kinder waren diese Malereien ein Alpdruck, kaum schwärmten wir durchs Dorf, hieß es, die Enkel der Frau Pfarrer kommen, und kaum langten wir beim Gastgeber an, stürzte man sich auf uns und betrachtete Großmutters gemalte Details, keiner sah die Gesamtwirkung, alle nur die Details.

Wollen wir eine Flasche Rosenthaler Kadarka leeren? fragt Nießwandt.

Ja.

Und während Nießwandt die Flasche aus dem Schrank holt, beginnt er zu lachen, und wenn's nun eine fürchterliche Schachtel ist, für die ich mich zurechtflicke? Und wissen Sie überhaupt, warum eine Schachtel eine alte Schachtel genannt wird? Nein? Weil es vorkommen kann, daß eine alte Schachtel zu zwei Dritteln in einer alten Schachtel verpackt sein kann, ein Gedicht über Galla gibt genauere Auskunft:

Galla, dein Putztisch flickt sich aus hundert Mythen zusammen, während in Rom du lebst, rötet am Rhein sich dein Haar, wie dein seiden Gewand, so hebst du am Abend den Zahn auf, und zwei Drittel von dir liegen in Schachteln verpackt, Wangen und Augenbrauen, womit du Erhörung uns zuwinkst, malte der Zofe Kunst, welche dich morgens geschmückt, darum kann kein Mann zu dir »ich liebe dich« sagen.

Tatsächlich, sagt Nießwandt, in diesem Anzug habe ich mein Abitur gemacht, in diesem Anzug habe ich geheiratet, in diesem Anzug habe ich die Taufe meiner Tochter Bärbel erlebt, in diesem Reversknopfloch steckte eine weiße Nelke, und die Bügelfalten waren scharf wie ein Messer. Ich glaubte, dieser Anzug könne nicht altern, da er nur für die feierlichsten Augenblicke des Lebens da war. Bei den Soldaten hieß es, die Bügelfalten müßten so scharf sein, daß sie einem Käfer die Eier abschneiden, und ich dachte, mit meinen kann man es sicher.

Mit dem Ellenbogen stieß Nießwandt ans Glas, Rotwein ergießt sich über die Hose und übers Jackett. In der ersten Reaktion springen beide auf, zu retten, was noch zu retten sei. Nießwandt und Rohdorf scheuern mit der Nagelbürste und warmem Wasser auf den Flecken herum; in der zweiten Reaktion zieht Nießwandt seinen Anzug aus, behutsam, als gelte es, ihn nicht zu beschädigen, hängt ihn auf einen Bügel, um den er zuvor ein Handtuch gewickelt hat, und sagt, damit scheint das Anzugproblem gelöst, Rotweinflecke sind nicht zu entfernen; er sieht sauertöpfisch aus, dennoch, er scheint zu lächeln, und Rohdorf sagt, Sie sehen gut aus, wenn Sie sauer sind und das Lächeln nicht verbergen können, das sind gute Augenblicke in Ihrem Gesicht, obschon Sie ohne Anzug aussehen, wie eine Schnecke ohne Haus.

Arno, Tagebuch.

Die Freundschaften werden von Tag zu Tag komplizierter. Von den dreien, die mir geblieben sind, ist mir besonders einer ans Herz gewachsen: Hans Gawriloff. Hans hat die gleichen drei Freunde wie ich. Hans hat zwei Tage nicht angerufen. Warum ruft er nicht an, denke ich, warum rufe ich nicht an, denkt er. Hans ist sensibel, Hans hört Flöhe husten, Hans nimmt übel. Wir nehmen alle nur noch übel. Wir mißtrauen uns gegenseitig. Unsere Freundschaften werden durch das ständig zu besprechende eine *Thema überfordert. Die Verletzlichkeiten sind unkontrollierbar geworden, wir scheinen sie geradezu zu trainieren, ich rufe ihn nicht an, weil ich darauf warte, daß er mich anruft. Es ist schlimm. Wie Eheleute.*

Kommen Sie, Rohdorf, ich muß Ihnen etwas zeigen.

Nießwandt schließt die Tür zum Baderaum auf, kommen Sie rein, sagt er. Über einer Zinkwanne hängt etwas Undefinierbares, Tropfendes; Nießwandt blickt Rohdorf an, na, was sagen Sie? Erst hatte ich vor, den Anzug in Rosenthaler Kadarka zu tauchen, tauchst du, dacht' ich mir, den ganzen Anzug in Rotwein, sind auch die Rotweinflecke weg, vier Flaschen hätten ausgereicht, aber das schien mir zu verschwenderisch, zu angeberisch, Anzug in Rotwein wie Hering in Tomatensauce, schließlich habe ich mich für Pyoktanin entschieden. Pfleger Wolfgang hat mir drei Flaschen kostenlos überlassen, ich denke, das war richtig so, sehen Sie, auch das Taschenfutter ist gleichmäßig eingefärbt, na, was sagen Sie also?

Rohdorf kann sich nicht entschließen, das alles für einen Scherz zu halten. Nießwandts Gesicht hat etwas Triumphierendes, Rohdorf entschließt sich lediglich, keine Miene zu verziehen.

Am Wochenende, sagt Nießwandt, werde ich Ilona Buchzyk begrüßen wie ein Diplomat oder ein Regierungsmitglied, ein weißes Taschentuch in der Reverstasche meines dunklen Anzuges, das wird ein Auftritt. Wenn ich irgendwo einen Zylinder erstehe und einen weißen Schal, ein Stöckchen dazu, könnte ich wie Johannes Heesters in Ufa-Filmen auf der obersten Stufe einer langen Treppe erscheinen, das Weitere macht meine Phantasie: zu meinen Füßen ein tanzendes Ballett, vor mir ein tausendköpfiges Publikum, das mir begeistert zuklatscht, mir, olle Heinz Nießwandt, mit dreißig Mark Sozialunterstützung, und weswegen jetzt erst mein großer Erfolg?

Weil ich zum ersten Mal in meinem Leben einen dunklen Anzug besitze. Dabei habe ich immer einen gewollt, es hatte aber nie gereicht. Nießwandt lacht. Auch Rohdorf lacht, das also ist Ihr Anzug, sagt er und blickt skeptisch auf dieses Häufchen nassen, dunklen Stoffs, das auf einem Plastebügel über der Zinkwanne hängt und tropft.

Ilona Buchzyk, sagt Nießwandt, schreibt, daß sie wisse, was die Psoriasis für eine Krankheit sei, und sie freue sich gerade deswegen, mich kennenzulernen. Ihren Mann habe sie bis zu seinem Tode gepflegt, er wäre an Prostatakrebs gestorben, sie wisse, was körperliche Pflege sei. Bei mir, so denke sie, wäre eine seelische Pflege vielleicht notwendiger. Ein verständnisvoller, ein sympathischer Brief. Heute arbeitet sie als Schreibkraft in der Baustoffversorgung.

Und was schreibt Ihre Annoncendame?

Lustig schreibt sie, erwidert Rohdorf, sie schreibt wie sie heißt, und sie heißt Sabine Streichhahn geb. Kolkwitz, und wir werden uns auch am Wochenende treffen, Freitag, achtzehn Uhr, Eingang Metropoltheater.

Und?

Nichts und.

Vielleicht sollten Sie, sagt Nießwandt retardierend, davon ausgehen, daß Sie am Metropol das Gegenteil von dem erwartet, was Sie sich erhoffen, möglicherweise. Vor einem Jahr saß ich in Treptow, in einem Gartenlokal, schlürfte dünnen Kaffee, mir gegenüber ein Tisch mit Rentnerinnen, daneben ein Tisch mit Rentnern. Jedenfalls, ein Rentner sagte, auf den Nebentisch weisend, auf ein zusammengefallenes Muttchen, frisch gedrehte Löckchen in dünnen grauen Haaren, das ist Elfriede, das war ein Luder, ich sage euch, Elfriede war der größte Feger von Treptow; ich blickte sie an und wußte, meine Phantasie wird nicht ausreichen, mir Elfriede jung vorzustellen, ich blickte sie also an und wußte, Elfriede ist für mich ein unlösbarer Fall, dabei gelingt es mir doch häufig, in alten Gesichtern Kindergesichter zu entdecken, so wie ich häufig in Kindern Greise entdecke. Hören Sie, Rohdorf, als ich meine Jugendliebe traf, war ich um die Fünfzig, sie ebenfalls, Mutter von sechs Kindern, Großmutter von zwölf Enkeln, also ein Monster an Fruchtbarkeit, als ich sie sah, vergaß ich augenblicklich die, die ich ein Leben lang in meinem Kopfe rumgetragen hatte, nämlich die Begehrteste, die Naheste und die Unerreichbarste aus meiner Schulzeit, das einzige Mädchen, über das fast alle Klassenkameraden mit Hochachtung sprachen. Da stand ich nun vor ihr, blickte auf eine Fünfzigjährige wie auf eine Fremde und dachte mir, auf die Schönheit ist kein Verlaß, und weiter dachte ich, sie sucht in meinem Gesicht den fünfunddreißig Jahre jüngeren Heinz Nießwandt, ihre Erinnerung wird vielleicht genauso von der Wirklichkeit aufgehoben wie meine. Behalten habe ich von ihr bis heute den Duft ihrer Haare, auf einem Schülerball tanzte ich mit ihr, beneidet von Mitschülern, dann brachte ich sie nach Hause, beneideter von Mitschülern, sie ließ es geschehen, daß ich sie küßte, der Wind wehte uns ihre frischgewaschenen Haare zwischen die Lippen.

Rohdorf blickt Nießwandt an, der neben seinem tropfenden Anzug überaus glücklich aussieht, und er fühlt eine große Sympathie in sich aufkommen, es werden Kräfte in ihm wirksam, die ihn ausführen lassen, er geht auf ihn zu, langsam, umarmt ihn, herzlich, verharrt in der Umarmung, dann plötzlich löst er sie, als wäre ihm der Vorgang peinlich und sagt, beinahe etwas ruppig: Wie kommen Sie auf Pyoktanin? Warum haben Sie den Anzug nicht färben lassen?

Und Nießwandt antwortet nach einer Pause, der Anzug ist nichts mehr wert, das Material übersteht keine Färbung mehr, und keine Färberei hätte ihn je angenommen, und warum kein Pyoktanin? Die alten Römer haben sich mit spanischem Harn, Rosenwasser und Safran Mundspülungen gemacht, selbst Zahnersatz wurde schon aus Kälberzähnen hergestellt, graue Haare wurden mit der Galle schwarzer Ochsen eingefärbt, warum soll ich also meinen Anzug nicht mit Pyoktanin färben, warum sollte ich nicht können, was die alten Römer konnten?

Im folgenden Gespräch hatten sie beide für kurze Zeit ihre gelungenste Freundlichkeit. Sie eröffneten sich Annehmlichkeiten, Interdependenzen, die augenblickliche Sucht nach Harmonie war so groß, daß beide sich selbst jener unangenehmen Charaktereigenschaften beschuldigten, die sie beim anderen wähnten, und Nießwandt sagte am Ende der freundlichen Unterredung: Die großen Erlebnisse finden im Kopfe statt, auch die großen Ängste. Beim Campen wurde mir klar: Wir benötigen einen Fluß für ein Weltmeer, einen Angelkahn für einen Ozeanriesen, ein Zelt für ein Hochhaus, einen alten Baumstumpf für einen Mörder. Sie, Rohdorf, haben eine Menge gelernt, Sie beginnen langsam Luft unter die Achseln zu bekommen, Sie beginnen abzuheben, zu fliegen, mir dagegen geht die Luft langsam aus, ich strecke die Füße zur Landung aus – wir haben voneinander gelernt, und ich beginne, Sie zu vermissen, bevor Sie mich verlassen haben.

Arno, Tagebuch.

Meine dritte Begegnung mit Borkowski. Am 29. um sechzehn Uhr.

Der Paternoster, der Polizist im zweiten Stock, die langen, mit grünem Velours ausgelegten Gänge können mich kaum noch in gewohnte Mutlosigkeit bringen – man sollte mir Erregung anmerken, ich muß mich zu stärkerem Herzklopfen geradezu überreden. Nur einmal, an der Tür, gebe ich mir einen Ruck und klopfe besonders energisch, Frau Bär ruft:

Herein. Sie sind aber energisch.

Ja? Finden Sie?

Gegen die anderen, die hier klopfen, schon.

Sie sollen mich ja auch hören und nicht überhören. Ein kurzes freundliches Lachen, würden Sie bitte einen kleinen Moment im Nebenzimmer warten, der Genosse Borkowski führt noch ein Gespräch.

Ich setze mich nun schon zum dritten Mal in das kleine ungemütliche Zimmer, die Bedrohlichkeit des Raumes aus vorangegangenen Besuchen ist verschwunden. In einer Ecke entdecke ich einen kleinen grauen Koffer, einen ähnlichen, in dem ich mir ein dringend benötigtes Revox Tonbandgerät aus West-Berlin habe mitbringen lassen, und der im Keller steht. Und der im Keller steht? Oder stand? Die weißen Schränke erinnern an ein Krankenhaus, die Sitzgarnitur an ein Wartezimmer, kein Bild an der Wand. Das einzige bemerkenswerte der Koffer. Da sind neben dem Griff zwei festgenietete Lederriemen, genauso vergammelt und am zweiten Loch markiert wie bei meinem.

Sollte? Unsinn, das ist nicht meiner. Ich höre auf den Regen. Bei unserem letzten Gespräch schien die Sonne, es war der wärmste Tag des Jahres, ein Tag davor wurde mir das Tonbandgerät gebracht – ich starre auf den Koffer, und je länger ich ihn anstarre, desto mehr gelange ich zur Überzeugung, daß dieser Koffer da in der Ecke meiner ist, was soll sonst so ein Koffer im Vorzimmer von Borkowski. Mein Herz kommt auf Fahrt, jawohl, das ist ein Wartezimmer, ein Wartezimmer besonderer Art, in dem man eventuell Jahre warten kann. Ich muß alle Kräfte in mir mobilisieren, um die aufgekommene Panik in Schach zu halten. Die freundliche Stimme von Frau Bär beendet den Nervenkrieg.

Kommen Sie bitte, Herr Arnheim.

Guten Tag, Arno.

Guten Tag, Georg.

Georg wirkt kaputt, angestrengter als beim letzten Mal, Afrika muß seine Kondition strapaziert haben.

Ich sage: Ich habe deine Afrikareise in der Presse verfolgt.

Du glaubst gar nicht, erwidert er, welche Autorität die

DDR in Afrika genießt, für die meisten afrikanischen Staaten ist die DDR das Vorbild, Borkowski blättert in der Presse, die sorgfältig vor ihm gestapelt liegt, schlägt den Spiegel an einer gekennzeichneten Stelle auf und schiebt ihn mir über den Tisch. Hier hat dein Freund Moersmann (ich erkenne den Schriftsteller Moersmann vor dessen Haus) ein Interview gegeben, obwohl wir absolutes Schweigen vereinbart hatten. Dieses Interview hat er einem bei uns nicht akkreditierten Journalisten gegeben, und daß wir eine Menge mehr wissen, als er angenommen hat, ergibt sich daraus, daß die Journalisten, die mit ihm gesprochen haben, gleichzeitig mit uns gesprochen haben, die konnten sich vor Freude doch gar nicht halten, daß sie einen dicken Fisch an der Angel hatten, Borkowski lacht, da muß er schon ein bißchen früher aufstehen. Ich sage dir das deswegen, damit du nicht denkst, wir wären die Wortbrüchigen.

Ich denke, nichts läßt darauf schließen, daß mein Kofferkrimi Wahrheit werden könnte. Zu Moersmann kann ich nichts sagen, sage ich, ich kenne ihn zu wenig.

Borkowski drückt auf eine Taste, Frau Bär, bringen Sie bitte zweimal Tee.

Der Himmel ist grau, es gießt in Strömen, mag es an diesem tristen Himmel liegen, ich fühle mich bis auf den Grund meiner Seele mies, und Borkowski sieht blaß und mitgenommen aus – in seiner Brille spiegeln sich Fetzen eines nervösen Himmels, ich rutsche in mich zusammen und schaue auf die Staatsmacht, und sie, die Staatsmacht, schaut auf mich, nein Georg, wenn du in deiner Überzeugungskraft nicht imstande bist, Balance zu diesem trostlosen Nachmittag zu halten, im Gegenteil weitaus trostloser aussiehst, wie soll ich dann, der wirklich Trostlose, von dir überzeugt werden.

Wir sollten über das sprechen, worüber wir einig sind, nämlich den Kapitalismus, über den Sozialismus sprechen wir lieber bei Sonnenschein.

Weißt du, sagt Borkowski, wir sind dabei, die Freiheitsräume, und das bewegt dich doch, für alle zu erweitern; nicht nur Arno Arnheim soll sich den Louvre ansehen dürfen, sondern auch Meyer und Schulze, die Jugend möchte ich nach Afrika schicken, da soll sie sich bilden –

mir geht es nicht anders; ich brauche auch die Möglichkeit, mich an historischen Stätten aufzuhalten –, dann spricht er ausführlich von einem Besuch der Akropolis, einem Besuch im Louvre, von Paris, den Champs-Elysées, du kennst doch die Champs-Elysées, fragt er mich.

Nein, sage ich, weiß der Himmel, was mich bewegt zu sagen: Wenn ich dort gewesen wäre, wie und wann ich es wollte, säße ich dir nicht gegenüber, und weiter zitiere ich einen Satz des Lyrikers sinngemäß: Der Spaziergänger, der an der Grenze von einer Kugel getroffen wurde, sagte verblutend, die Heimat geht durch und durch.

Borkowski verzieht keine Miene, er fährt fort, wo er aufgehört hat, die Champs-Elysées sind die Prachtstraße von Paris, wir werden dich dort hinschicken – und während ich mich ärgere, den Satz zitiert zu haben, spricht er weiter, als ich mit Georges Marchais die Champs-Elysées 'rauf und 'runtergebummelt bin, sagte Marchais: Wenn wir, die französischen Kommunisten, eines Tages auf dieser Straße demonstrieren werden, wird in Frankreich der Sozialismus gesiegt haben. Und Marchais fragte mich, wie der Sozialismus in Frankreich aussehen wird, französisch wird er aussehen, wie denn sonst, erwiderte ich, und weiter spricht Borkowski zu mir, wir werden doch von den Franzosen nicht verlangen, statt Rotwein Wodka zu trinken, wir sind großzügiger als ihr glaubt, nicht so kleinkariert; nur eines ist sicher, überall auf der Welt wird vom Kapitalismus zum Sozialismus gegangen werden, nicht umgekehrt.

Ich fühle Sympathie für Georg Borkowski, trotz der Propaganda oder gerade wegen der Propaganda, es macht ihn so undramatisch menschlich, daß er mich in diesem Gespräch agitiert, überzeugen will.

Ich sage, Georg, meine Mutter ist in der BRD lebensgefährlich erkrankt, drei Atteste sind gleichzeitig losgeschickt worden, an meinen Bruder, an meinen Onkel, die anderen haben das Attest schon seit zehn Tagen, ich noch nicht, ich weiß nicht, wie du das nennen würdest.

Du glaubst, sagt er, daß die Sicherheit ...?

Das glaube ich nicht (das glaube ich nicht, kann ich ihm nicht glauben), wir machen eine Photokopie vom Attest deines Bruders, und morgen kannst du fahren, dafür gibt es Gesetze; er neigt sich vor, was ich sage, habe ich immer eingehalten.

Ich kann nichts dafür, ich muß schlucken, meine Augen werden naß, ich kann die Tränen gerade noch zurückhalten, Georg blickt mich an, wie jemand, der eine Herzattacke erwartet, seine Augen sind aufgerissen, er fragt, was ist mit dir? Ich erwidere, bei diesem verregneten Wetter mache ich halt einen verschwommenen Eindruck, immer ist es so, es ist verflucht ansteckend, weißt du, sonst ist alles okay.

Mensch, Arno, sagt Borkowski, fahre auf Urlaub, auf die Krim oder nach Kuba oder wohin du willst – denk doch mal nach. Arno, ich sehe dich drüben nach einigen Jahren im Arbeitslosenheer der Schauspieler untertauchen.

Ich habe mich wieder im Griff, die feuchte Anwandlung ist vorüber, ich stehe auf, ich mag nichts mehr sagen, mag auch nichts mehr hören.

Wir stehen an der Türe, Borkowski sagt, laß mich um dich kämpfen. Wir geben uns die Hände.

Ich habe nicht gesagt, daß die Skrupel mich auffressen, daß meine Zweifel mit jedem Tag größer werden, dennoch, ich fühle eine Sucht in mir, die Sucht nach Reisendürfen, Sich-informieren-dürfen, überhaupt nach Dürfen – ich werde nicht mehr soviel Geld verdienen, niemand wird sich mehr nach mir umblicken, aber ich werde auf jede Fähre zehnmal steigen, ich werde die Ländergrenzen hin und her benutzen, ich werde Texte schreiben, wie ich sie will, ich werde dem Staatsoberhaupt sagen, was ich von ihm denke, ich werde – wer weiß, was ich alles werde.

Borkowski ist so alt wie ich, er wird für mich die Macht sein, dennoch, ich möchte glauben, daß er's meint, wie er's sagt, ich mag ihn, er mich auch, so scheint es. Ich bin nicht sein Kriechtier.

Ich setze mich in das Auto und mache das Radio an, die Scheibenwischer schaffen selbst im Stehen nicht das Wasser von den Scheiben; auf der Straße schleicht der Verkehr, es wird mehr gestanden als gefahren, und dann steigt Übermut in mir hoch, verrückter Übermut. Ich stelle das Radio an so laut es geht, ich rase an dem ertrun-

kenen Verkehr vorbei, ich fordere das Schicksal heraus, wer ist stärker, du oder ich, schaffe ich es oder nicht, das ist die Frage, das Herz rast wie das Auto, ich schiebe ein Streichholz in die Hupe, kann sie aber nicht hören, das Radio ist zu laut, der Regen gibt überhaupt keinen Blick frei, mein Slalom schafft Heiterkeit in mich; dann halte ich plötzlich, schalte die Unfalleuchten ein, bleibe mitten auf der Straße stehen, ziehe das Streichholz aus der Hupe, stelle das Radio aus, ich habe das Gefühl, ich bin der Sieger, der Verkehr stockt.

Ich fahre nach Hause, solange es noch mein Zuhause ist.

Arno, Tagebuch.

Am ..... werden Kath und ich ins Rathaus bestellt, unserem Ausreiseantrag wird stattgegeben. Wir werden höflich gebeten, erste Formulare auszufüllen.

Am ..... werde ich wieder ins Rathaus bestellt. Mir wird mitgeteilt, daß man an meinem Hierbleiben sehr interessiert ist, mir werden Reise- und ständige Arbeitsmöglichkeiten in kapitalistischen Ländern angeboten.

Am ..... wird mir im Rathaus mitgeteilt, der Ausreiseantrag wird abgelehnt.

Zuhause wartet Rohdorf auf mich. Ich bin ziemlich verzweifelt. Er sagt: Sei froh, man will dir helfen, du wirst arbeiten können, wo du willst, du wirst reisen können, wohin du willst, sei froh.

Ich bin skeptisch, okay, sage ich, in einem Jahr werde ich's wissen.

Arno, Tagebuch.

Tatsächlich, ich darf reisen, habe aber keine Arbeit. Kein gutes Geschäft. Die einzige Freude also, das Reisen-dürfen, eine halbe Freude.

Immerhin: mit Kath und Christoph den Urlaub in

Frankreich verbracht. Schreibe Borkowski, Grüße von den Champs-Elysées.

Ich war so gestreßt wie noch nie, so kaputt wie noch nie, und alles vom Nichtarbeiten. Solange beruflich nichts geklärt ist, macht der Urlaub halben Spaß. Ich sage zu Christoph, diese Stadt heißt Moskau, in Paris sage ich's. Ich sage zu Christoph, dieses Meer heißt Ostsee, am Atlantik sage ich's. Kath und ich bläuen Christoph diese Lüge für den Kindergarten ein, wir wollen Gerede vermeiden. (Das privilegierte Schauspielerkind, das in den Westen darf, es wird eh zuviel getratscht.)

Christoph nach dem Urlaub, der erste Tag im Kindergarten, wo wart ihr? Und wo warst du, Christoph?

Christoph: In Moskau und an der Ostsee, und alle Leute sagen in Moskau und an der Ostsee Merci, und deswegen müssen jetzt alle Kinder Merci sagen (von der Sowjetunion lernen heißt siegen lernen, diesen Satz will Christoph beherzigt wissen).

Christoph sagt wenigstens ehrlich die Unwahrheit.

Nießwandts Bericht (schriftlich).

Wir fuhren mit der S-Bahn vom Alex nach Schöneweide. Die untergehende Sonne traf hin und wieder mich und meinen Pyoktanin-Anzug, ich hätte einiges dafür gegeben, wenn ich den Anzug nicht, wenigstens nicht eingefärbt, angehabt hätte. Einmal blieb die S-Bahn auf freier Strecke stehen, kurz vor der Warschauer Brücke, und mit ihr auch unser Gespräch. Ich hätte nie geglaubt, wie quälend Pausen sein können. Jede Pause ein schlechtes Gewissen. Ich verschränkte die Arme vor der Brust, am liebsten hätte ich mich hinter einer großen Zeitung versteckt, aber der Anzug, einmal an, ließ sich nicht verbergen, mir schien die Farbe grell und gemein zu sein und die Einfärbung ungleichmäßig, wenigstens das Kavaliertaschentuch konnte ich unbemerkt in die Tasche schieben. Der einzige Satz, der mir einfiel, albern, einer, den ich auch noch für mich behalten mußte, war, ich komme mir vor wie eine Schnecke ohne Haus.

Ich beobachtete Ilona Buchzyk und dachte, sie müßte eine Reaktion zeigen, die ihre Enttäuschung über mich kundtun müßte, aber nichts dergleichen. Sie war freundlich, sympathisch und charmant, und für ihre achtundfünfzig Jahre bemerkenswert gut gehalten, was Aussehen und Haltung angeht, und erfreulich die Selbstverständlichkeit, mit der sie mich nach Hause lud.

Was sollen wir uns in einem ungemütlichen Lokal aufhalten, derweil ich zu Hause alles vorbereitet habe. Ich freue mich auf einen schönen Abend.

Ich war verhemmt. Erst als ich mir sagte, ich werde keine Chance haben, in die engere Auswahl der Bewerber zu kommen, wurde ich sicher.

Bei ihr war es gemütlich, pieksauber und gepflegt, die Einrichtung nicht reich, aber durchaus geschmackvoll, und als ob sie erraten hätte, was mich stört, legte sie mir einen dunkelgrauen Pullover hin und sagte, machen Sie es sich bequem, fühlen Sie sich wie zu Hause.

Wir tranken Rotwein und aßen Genüßlichkeiten, Gaumensonntage. Unser Gespräch war ungezwungen. Musik habe sie interessiert, sagte sie, ihr ganzes Leben schon, Geige habe sie gelernt, und als ich sagte, ich hätte auch mal Geigenunterricht gehabt, mit meinem Geigenspiel allerdings wäre es nicht weit her, über die dritte Lage bin ich nie hinausgekommen, lachte sie und sagte, vielleicht finden sich noch mehr Gemeinsamkeiten?

Es gab eine Menge. Schon Anfang der fünfziger Jahre hätten wir uns theoretisch kennenlernen können, vielleicht haben wir es sogar, wir waren regelmäßige Besucher der Berliner Philharmonischen sonntäglichen Elf-Uhr-Konzerte im Titaniapalast. Wir zählten die Dirigenten auf, die, unvergessen von uns, besonderen Eindruck auf uns gemacht hatten. Der mitsingende Celibidache, der stöhnende Furtwängler, der ohne Taktstock dirigierende John Bitter, der majestätisch wirkende Knappertsbusch, der vom Flügel dirigierende, mozartspielende Georg Solti und der sein eigenes Bratschenkonzert spielende und dabei dirigierende Hindemith.

Meine dümmliche Bemerkung, arbeite mit, plane mit, Hindemith, wurde von ihr mit einem herzhaften Lachen bedacht. Waren Sie dabei, fragte sie, als Busch sich beim

Beethoven-Violinkonzert im letzten Satz vergriff und aus einigen Dur-Stellen Moll-Stellen machte? Oder wie hieß doch nur der Geiger, dem beim Tschaikowski-Violinkonzert die G-Saite runterrutschte, wie hieß der bloß? Oder haben Sie die Winterreise, die Schöne Müllerin, die Dichterliebe und vor allem Brahms' ernste Gesänge von Fischer-Dieskau gehört, begleitet von Hertha Klust?

Ilona legte eine Schallplatte auf, die Dichterliebe mit Fischer-Dieskau, von Dieskau habe sie Schallplatten die Hülle und Fülle, und ich, der ich die Dichterliebe in- und auswendig kannte und konnte, stellte fest, daß ich sie immer noch kann, ich sang mit ohne Fehler. Meine Frage, ob sie das Mitsingen stört, verneinte sie, im Gegenteil, es freut mich ungemein, ich kann Ihnen gar nicht sagen, wie ich mich freue.

Sie machte mir das Bett im Wohnzimmer und sagte, sie freue sich schon auf den nächsten Tag, den Sonntag. Ich sagte nichts, dennoch, ich freute mich ebenfalls. Wir frühstückten ausgiebig. Später fragte mich Ilona, ob ich radfahren könne und wolle, sie hätte zwei Räder im Keller und würde vorschlagen, in eine zwanzig Minuten entfernte Laubenpieperkolonie zu fahren, in der sie eine Parzelle mit Laube besäße. Ich war einverstanden.

Die Laube pieko bello, die Sonne schien, wollen wir uns ein wenig in die Sonne setzen. O ja, nach kurzer Zeit hatten wir wohl beide das Bedürfnis, Gartenarbeiten zu verrichten, harken, altes Laub verbrennen, kurz, wir fühlten uns auch ohne Gespräch wohl, jeder machte, was er wollte.

Mittag aßen wir im Laubenpieperlokal, weiße, saubere Tischdecken. Das teuerste wählten wir, Filet mit Champignons, vier zwanzig, dazu zwei Bier, ich lud ein, zusammen aufgerundet zwölf Mark.

Bis sechzehn Uhr blieben wir auf dem Grundstück. Zu Hause angelangt tranken wir Kaffee. Kuchen hatte Ilona gebacken, nach altem Rezept, Schneekuchen, schmeckte phantastisch.

Weißt du, sagte Ilona, wenn du wirklich noch etwas Geige spielen kannst, wäre es doch möglich, daß wir Duos spielen könnten, von Campagnoli zum Beispiel, der Andante-Satz des ersten Duos müßte zu schaffen sein, was meinst du?

Wenn ich eine Geige besäße, könnte es durchaus möglich sein, erwiderte ich.

Ilona verließ das Zimmer. Nach wenigen Augenblicken erschien sie mit zwei Geigenkästen unter dem Arm. So, nun können wir's versuchen, sagte Ilona, beide Geigen gut in Schuß, du kannst eine wählen.

Ich bekam wirklich einen herzhaften Schreck, denn nun hieß es, eventuell der Lüge überführt zu werden.

Fünfzig Jahre war her, was ich vorhin so leichtsinnig mitgeteilt hatte, nicht ahnend, daß die Prüfung auf dem Fuße folgen könnte. Ich erinnerte mich, daß ich wegen meiner großzügigen Bogenführung gelobt wurde, ich strich beherzt vom Frosch zur Spitze, wie gesagt, fünfzig Jahre her, was soll davon noch übrig geblieben sein.

Ilona sagte, ich zeige dir, falls du vergessen haben solltest, wo die Noten auf dem Papier als Töne auf der Geige wiederzufinden sind. Hier, die dickste ist die G-Saite, es folgen die D, die A, die E-Saite, und während Ilona erklärte, studierte ich den Andante-Satz, den Part der zweiten Violine, dreiviertel Rhythmus, leicht zu zählen, keine Vorzeichen, also äußerst günstig, aber einige Doppelgriffe waren da zu sehen, die ich nie und nimmer hinkriegen würde, und Ilona sagte, als ob sie wüßte, woran ich dachte, sieh dir die zweite Violine an, bei den Doppelgriffen würde ich vorschlagen, nur die unteren Noten zu beachten, das klänge auch schon gut, und außerdem bräuchte ich verschiedene Male nur eine Leersaite zu streichen und das wäre doch kinderleicht.

Ilona stimmte die Geigen und drückte mir eine in die Hand, mir war es völlig gleich, auf welcher ich mich blamieren würde. Ich muß sagen, mein Herz schlug mir bis zum Halse, ich war aufgeregt wie vor einer Prüfung. Zunächst setzte ich die Geige an den Hals, als wäre ich Paganini, dann ließ ich meine Finger auf einer Saite rumklettern, tolpatschig bemühten sie sich um ihre Plätze, der Reihe nach, vom ersten bis vierten, rauf ging es noch, runter ein Chaos, o weh, dachte ich, was soll nur daraus werden?

Während Ilona ihre erste Stimme schon spielte, nicht so

gut wie ich befürchtet hatte, ein bißchen verkorkst klangen auch ihre Töne, nahm ich meinen Bogen, beförderte ihn auf die Saite, auf der ich meine Finger zu haben glaubte, was sich sogleich als ein Irrtum erwies, denn obwohl ich meine Finger bewegte, erklang ein konstanter Ton, ich strich eine Leersaite. Nach und nach näherten sich Bogen und Finger, schließlich strich ich auch die Saite, auf der ich meine Finger hatte, was da erklang, war schlimm, aber so schlimm auch wieder nicht, es gibt Schlimmeres.

Mit einem A auf der G-Saite hatte ich zu beginnen, also der erste Finger auf der dicksten Saite, das schaffte ich, dann die leere D-Saite, leere A-Saite, dritter Finger auf die D-Saite, das G, so der Anfang – zunächst einmal wollte ich Eindruck machen und wollte, während Ilona am Spielen war, meinen früher gelobten langen Strich wagen, vom Frosch zur Spitze, etwas, das auch gleich daneben ging, denn ich hatte kein Gefühl für die Länge des Bogens, strich über die Spitze hinweg ins Leere und stieß mir beim folgenden Aufstrich den Bogen im hohen Bogen aus der Hand. Er fiel auf den Teppich. Ilona war Gott sei Dank mit sich beschäftigt, so daß sie nur ein Lächeln für meine Geigenakrobatik übrig hatte. Ich benutzte im folgenden nur das obere Drittel des Bogens, was weniger Reibung, also weniger Kratzen verursachte. Alsbald hatte ich die erste Zeile im Griff und ich bat Ilona um ein Zusammenspiel. Was jetzt geschah, war für uns berauschend, Ilonas Wangen waren gerötet, meine auch, ich konnte es fühlen.

Der Andante-Satz war für die erste Violine auf vier, für die zweite auf fünf Zeilen notiert, ich brauchte für jede Zeile etwa eine halbe Stunde, insgesamt zweieinhalb Stunden, bis wir den zweiten Satz vom Campagnoli einmal, wenn auch noch stotternd, durchgespielt hatten. Nach drei Stunden waren wir erschöpft und glücklich, und ich durchblätterte das Notenheft und sagte, in diesem Heft steckt Arbeit für die nächsten zehn Jahre, und Ilona erwiderte, das Notenheftchen von Campagnoli mit seinen sechs Duos schaffen wir in zwei Jahren bei dreimaligem wöchentlichen Spiel, aber Notenmaterial habe ich für die nächsten hundert Jahre, und das müßte, scheint mir, für uns beide reichen.

Rohdorf legt Nießwandts Schriftstück beiseite. Es ist

unvollständig, Nießwandt, was sagte sie zur Psoriasis, was haben Sie über ihren Mann in Erfahrung gebracht, wo war der Übergang vom Sie zum Du, undsoweiter.

Nießwandt lächelt, sie bot mir das Du an, während sie den Kuchen aufschnitt, um dessen Rezept ich sie gebeten hatte. Zunächst, sagte sie, machen Sie einen Mürbeteig aus: 500 Gramm Mehl, einem halben Pfund Margarine, zwei Eiern, 175 Gramm Zucker, einem halben Päckchen Backpulver und auf den Teig legen Sie eine Schicht abgekochter Äpfel. Dann der Schnee. Zum Schnee benötigen Sie: drei Eiweiß, einen Teelöffel Zucker, einen Teelöffel Saft jener Flüssigkeit, die vom Abkochen der Äpfel übriggeblieben ist. Den Schnee schlagen Sie, bis er steif ist, beinahe hart, dann streichen Sie ihn auf den Kuchen und überbacken das Ganze etwa fünf bis zehn Minuten höchstens.

Eigenartig war das »Sie« beim Erklären des Rezeptes schon, Ilona muß das so empfunden haben, ich auch; denn sie sagte, nachdem sie den Kaffee eingegossen hatte, wir sollten besser du sagen.

Ansonsten war der Verlauf der beiden Tage so, wie ich sie aufnotiert habe, nicht mehr, nicht weniger, und ich bin Ilona dankbar dafür, daß sie nicht alles bei der ersten Begegnung in Erfahrung bringen wollte; es war dies mit Sicherheit keine erloschene Neugier, es war ein Gefühl des Anstandes, des Taktes. Die beiden Tage vergingen ohne inneren Druck.

Rohdorfs Bericht (schriftlich).

Wir essen im Budapest, Kalbsteak Bakony, zwei Flaschen »Grauer Mönch«. Sabine Streichhahn sitzt mir gegenüber, sie ist nicht schön, dafür lustig, die Figur lang und schlank, verheißungsvoll. Ich biete ihr während des Abendessens das Du an, nachdem sie mich längst duzt. Du Horst, sagt sie, ich dachte, du wirst sein wie die anderen, aber du gefällst mir. Ich hatte viele Zuschriften, jeden Abend habe ich mich mit einem verabredet, gestern dachte ich schon, am besten, man wird lesbisch, ich konnte keine Männer mehr sehen.

Sie ist elektrisiert, Feuer und Flamme für Wortassoziationen, Hoppegarten, ich kann nicht anders, ich muß lachen, das ist kein Ort, das ist ein erotisches Wort – das macht ein Kribbeln in mir, als ob mich jemand mit einer Feder am Oberschenkel kitzelt. Streichhahn hieß mein Geschiedener, meinen ganzen Körper hat es gejuckt, als ich den Namen hörte, bis in die Fingerspitzen, Streichhahn klang für mich wie Schmusewolle, wie Marlon Brando und Rock Hudson zusammen. Eigentlich habe ich ihn geheiratet, weil er Streichhahn hieß, aber es hat mir nie gefallen, daß ich auch Streichhahn heißen sollte, das kam mir direkt schmutzig vor ... Also Hans Streichhahn war so eifersüchtig, daß er, wenn er Nachtschicht hatte, Mehl vor die Haustüre gestreut hat, dann hat er morgens, wenn er von Schicht kam, sich auf den Bauch gelegt und im Mehl nach Spuren gesucht, ein verrückter Kerl. Einmal hat er eine gefunden, und da hat er das ganze Haus zusammengetrommelt und hat den Leuten erzählt, daß ich ihn betrogen habe, alle sollten im Mehl sehen, daß er die Wahrheit gesagt hat. Und dann haben die Leute ins Mehl geguckt und mich wie eine Nutte angesehen, und dann bin ich ausgezogen, weg von Hans. Und er mir hinterher, geflennt hat er, der große Kerl, er macht sowas nie wieder, hat er gesagt, er liebt mich doch, ohne mich will er nicht leben, aufgeführt hat er sich wie ein Kind, und da wollte ich ihn wirklich nicht mehr. Ich bin zum Rechtsanwalt gegangen, wir hatten ein Kind, Markus, mir wurde es zugesprochen, und das ist ja auch richtig so. Komplikationen hat es bei der Geburt gegeben, Sauerstoffmangel, Verwicklung in der Nabelschnur, man hat mir das Baby nicht gezeigt, ich habe Angst gehabt, keiner hat mir richtige Auskünfte gegeben, weißt du, am meisten hatte ich Angst, daß ich Markus nicht lieben kann, wenn er nicht normal ist, entstellt, und als er kam, habe ich als erstes die Finger und Zehen abgezählt, alles dran, da war ich glücklich, aber Markus ist Spastiker, heute merkt man kaum noch etwas davon, er spricht etwas unordentlich, Sch und S kann er nicht aussprechen, und manchmal bewegt er sich etwas gestört, aber der Arzt sagt, das geht noch ganz weg. Was denkst du, was ich mit dem Jungen alles gemacht habe, er hatte sich so an mich gewöhnt, daß er nichts mehr ohne mich machen wollte, vier Jahre habe ich gebraucht, bis er alleine in seinem Bett schlief. Zuerst lag er immer zwischen uns, in der Mitte der Ehebetten, dann habe ich ihn links von mir nach außen gelegt, ich lag in der Mitte, dann kriegte er sein eigenes Bett, es stand neben meinem, daß er mich mit der Hand immer berühren konnte, zehnzentimeterweise habe ich ihn immer weiter von mir weggestellt, bis er lernte, alleine zu schlafen. Mein Sorgenkind, ich habe soviel Sorgen um den Bengel gehabt, daß er heute mein ein und alles ist, von der Schule ist er noch zurückgestellt, ist ja auch richtig so, ein verrückter Psychologe hat ihn getestet, in einer Hand hielt er ihm ein Geldstück hin, in der anderen einen Apfel, und als Markus den Apfel nahm, sagte er, das Kind vermag das Wertvollere noch nicht erkennen.

Als ich das meinem Arzt erzählte, sagte er, das wird ein Nachspiel haben, wir sind doch nicht in Bayern, aber ich bestand nicht darauf, es war ja nur gut, daß er noch nicht zur Schule muß. Ist ja auch ein starkes Stück, so einer will heute bei uns Psychologe sein, Dinge gibt's, die gibt's gar nicht. Hans Streichhahn war sehr sauer, daß mir der Junge zugesprochen wurde, aber da gab es überhaupt keine Frage, und nun will er mir mit einem anderen Rechtsanwalt verbieten lassen, den Namen Streichhahn zu tragen, aber jetzt will ich so heißen. Weißt du, Horst, du gefällst mir gut, aber was Schlimmeres als deinen Namen habe ich noch nie gehört, der klingt, als ob ein dickes Eisentor zufällt, Rohdorf, weißt du, sagt sie ... und ich sage, ich fahre dich jetzt mit einer Taxe nach Hause, und morgen besuche ich dich, gegen zwanzig Uhr, ich habe noch was vor, schade, sagt sie.

Sabine setze ich in der Husemannstraße ab, sie ist etwas betrunken, ich bezahle die Taxe und laufe zu Fuß zur Gaudystraße. Ich will alleine sein. Als Sabine von Markus sprach, hätte ich viel drum gegeben, meine Mädchen in den Arm zu nehmen.

Große Sehnsucht.

Gegen vierundzwanzig Uhr ins Bett. Die Behausung in der Gaudystraße hat nichts Deprimierendes.

Sonnabend.

Trödelsonnabend, zur Rosenthaler getrödelt, stehe eine halbe Stunde vorm Haus, der Wunsch, Inge und die Kinder zu sehen, ist groß. Entschließe mich, nicht zu klingeln. Bin dennoch heiter.

Um zwanzig Uhr mit zwei Flaschen »Grauer Mönch« zu Sabine. Sie öffnet und sagt, daß ihre Freundin Lucie da wäre – Lucie und Sabine haben Abendbrot gemacht, frisches Landbrot, Knoblauchkäse (selbstgemacht). Schmeckt phantastisch. Ein Ungetüm von Sessel wird mein Platz, ich sage, in diesem Sessel braucht man gar keinen Fernseher, um einzuschlafen, beide lachen, das waren noch Zeiten, als ein Monarch einem Wachhabenden ein Sofa bringen ließ, weil der müde aussah.

Das war Ludwig von Bayern, sagt Lucie.

Woher wissen Sie das, frage ich.

Vor vierzehn Tagen wurde diese Frage in einem Ratespiel im Fernsehen gestellt.

Bei Rudi Carell, frage ich.

Nein, sagt Lucie und erklärt detailliert wann, wie, wo.

Also daher weiß ich's, sage ich. Beide lachen.

Der Fernseher läuft während der ganzen Zeit, stumm, man kann sich auf nichts konzentrieren, man blickt auf einen stummen Film.

Lucie hat Kummer mit ihrem sechzehnjährigen Bengel. Heute abend war die Polizei bei ihr, weil er mit einer Horde in ein Alkoholgeschäft eingebrochen ist – ich vermag Lucies Leid nicht zu teilen, weil im Fernsehen die Knef gerade ein Kudamm-Lied singt, besser, ein Berlin-Lied, das ich, unter Aufbietung meiner Konzentration, versuche mitzubekommen. Komisch sieht es aus, wenn jemand ohne Ton singt. Mampe, Kranzler, Gedächtniskirche, entschuldige, sage ich, kann man die Kiste nicht für einen Augenblick lauter stellen? Bitte, sagt Sabine und stellt ihn lauter. Ich erfahre, daß man plante, aus dem Kudamm eine Fußgängerzone zu machen, im gleichen Atemzug aber erklärt der Sprecher, daß man ihn heute kaum zu ändern gedenkt, weil zu ihm der flanierende Autoverkehr gehört. Dann wieder die Knef, die ihn mit der Fifth-Avenue und den Champs-Elysées vergleicht, ich denke an Arno. Gegen dreiundzwanzig Uhr verabschiedet sich Lucie, eine Kindergärtnerin, wie ich erfahre. Sabine begleitet sie hinaus. Ich denke, von dem Gespräch wird der Verlauf meines weiteren Abends abhängen. Am Blick der hereinkommenden Sabine kann ich Zufriedenheit ablesen. Lucie hat Kummer mit ihren Männern (und mit ihrem Bengel), im Moment lebt sie mit einem Zweiundzwanzigjährigen zusammen, der sie ausnimmt wie eine Weihnachtsgans, dich findet sie nett, sagt Sabine. Der Fernseher hat mich nett gemacht, denke ich, für viele Ehen wird er die Rettung sein.

Salz dein Aug für die Träne Elsbeth
ach Elsbeth du bist nicht gut
ist kein Salz mehr in der Träne
ist die Liebe nicht mehr gut

Markus ist bei seiner Großmutter, wenn du willst, laß dich in seinem Zimmer häuslich nieder, ich werde das Bett beziehen.

Als ich schon liege, die Couch eine Idee zu kurz, ich muß die Beine anwinkeln oder sie hängen rüber, kommt sie rein, ich achte nicht darauf warum, lange schlanke Beine, ein weißer Slip, was habe ich davon, keusch zu bleiben? Bevor ich mich zu was entschließe, sagt sie gute Nacht, wünsche ich dir auch, erwidere ich. Verrückter Kerl, der ich auch bin, denkt sie, kann ich mir denken, während sie im anderen Zimmer in ihr Bett steigt. Ich sehe mich in Markus' Zimmer um, Bilder, von ihm gemalt, begeistern mich. Lauter Himmel. Eine weiße Himmelsleiter in einem weißen Himmel, eine blaue Himmelsbrücke in einem blauen Himmel, gelbe Sterne im gelben Himmel, ein Soldat im Himmel, alles in gleichen Farben. Der Soldat hat rote Punkte im Bauch, Kugeln im Bauch, denke ich. Die Bilder beeindrucken mich, ich möchte Markus kennenlernen. Solange die Ausrüstung eines Soldaten sechsmal soviel kostet wie die Erziehung eines Kindes ist die Welt nicht in Ordnung.

Sonntag.

Sabines Zimmer ist braun. Jetzt, bei Tageslicht, sieht es ganz anders aus, mein großer Ohrensessel dunkelbrauner Kordstoff, der Tisch dunkle Eiche, dunkelbraune Stühle, braune Auslegware, Nippes, Trödel, die Augen haben zu tun, vom hellen bis schwarzen Braun. Du scheinst Braun zu mögen. In der Wohnung braun, in der Kleidung kommen blau und schwarz dazu. Auch die Mischung von alt und neu gefällt mir, der eichene Barocksekretär. Den habe ich selbst mit Sandpapier bearbeitet, eine ganze Woche lang, jetzt hat er einen herrlichen Farbton, findest du nicht? Doch, und jetzt begreife ich die Bilder von Markus, das Talent scheint er von dir zu haben. O ja, die Bilder sind sehr schön, sagt Sabine, Himmelsbilder, sein schönstes hat seine Großmutter, ein Meer, in dem sich Himmel spiegelt, das ganze Bild nur Himmel im Meer, Fische überm Mond. Organisierte Zufälligkeiten, sage ich, was bist du von Beruf?

Maskenbildnerin in der Komischen.

Warum hast du annonciert?

Ich habe den Zufall organisiert, lacht Sabine.

Wir gehen spazieren, ein warmer Tag. Vor dem Pergamonmuseum wird Sabine von jemand angesprochen, es folgt ein längeres Gespräch, ich gehe derweil ins Museum. Im langen Gang ein Herr, der mich anblickt, er grüßt, ich grüße, wir lächeln. Nach einigen Schritten bleibt er stehen, er blickt mich erneut an, ich blicke ihn erneut an, dann gehen wir aufeinander zu, wie von einem Magnet angezogen, wir umarmen uns, betont herzlich, gleichzeitig irritiert, die Begrüßungsworte bleiben uns im Halse stecken, ein Irrtum ist nicht auszuschließen, wir kennen uns nicht, die Umarmung zu ungeprüft, zu eilig, zu frühzeitig, dennoch, es entsteht keine Peinlichkeit, wir sind an diesem Irrtum gleichwertig beteiligt. Am Ausgang treffen wir uns wieder, er lächelt und schüttelt den Kopf, ich ebenfalls.

Neun Uhr, der Sonntag noch am Anfang, wir schlendern durch die Straßen, kommen an einer Kirche vorbei, Orgelmusik. Wir bleiben stehen. Sabine ergreift meine Hand, komm, sagt sie. Die Kühle der Kirche empfinde ich als angenehm, wir setzen uns. Sabine hat meine Hand nicht freigegeben, die Finger bewegen sich, mit den Fingerkuppen fahren wir unsere Hände ab, dann geschieht etwas mir Bekanntes, ich bin mein eigener Ausführender, ich stehe auf, Sabine nicht loslassend, gehe mit ihr durch das Mittelschiff zum Altar, vorbei an Leuten, die mehr oder weniger zum Gottesdienst erschienen sind, wahrscheinlich mehr, ich sehe sie nicht, mich interessieren sie auch nicht, hinter der Kanzel ein schmaler Gang, Sabine muß folgen, dann sind wir hinter dem Altar, alleine, ich werfe mein Jackett von der Schulter, nehme Sabine in die Arme und küsse sie, während der Pfarrer mit der Predigt beginnt. Sabine sagt etwas, ich höre es nicht, Widerstand wird schwer sein, ich spüre auch keinen, den Rock löse ich, er fällt auf den Boden, wir sinken, liegen auf meinem Jackett, es ist herrlich, die Orgelmusik verleiht der Angelegenheit Größe und Würde, die Liebe ist kein trauriges Vehikel der Vergangenheit ...

Ne halbe Stunde in der Nacht
und fertig ist ein Mensch gemacht?
Warum nur diese Hatz und Eile
der gute Mensch braucht seine Weile
nicht eins zwei drei son Knirps getan
schon läuft sowas auf unsrer Bahn
Nun gib der Dicken einen Kuß
und schenk ihr einen scharfen Schuß
damit ein richtiger Mensch mal bellt
in unsrer unvollkommnen Welt

Auf dem Nachhauseweg drückt etwas in meinem Schuh, ein Insekt womöglich. Immer denke ich, ich erdrücke ein Insekt im Schuh, und immer ist es ein Stein. Als wir uns um siebzehn Uhr verabschieden, lächelt sie, verrückter Kerl, sagt sie, dann küßt sie mich und sagt, du bist wirklich fromm, der frommste, den ich kenne. Komm, wann du willst.

Folgender Brief erreicht Rohdorf im Krankenhaus:

Lieber Horst Rohdorf,
wir sind uns etliche Male begegnet. Ich trug einen grauen Flanellmantel. Meine Haare sind lang und blond. Ich werde am Dienstag um fünfzehn Uhr im Café sitzen, im

siebenunddreißigsten Stockwerk (ich denke, es ist das siebenunddreißigste) des Hotels »Stadt Berlin«.
Ich würde mich freuen, wenn Sie kämen.
Eine Unbekannte

Da ist sie, die Kehrseite der Medaille, konnte er sie nicht finden, findet sie ihn. Er wird diese Verabredung wahrnehmen, unbedingt wird er das.

Nießwandt ordnet seine Geschichten: Kartons, Mappen, Zettel und Ausgeschnittenes sind auf dem Tisch verteilt. Er sortiert. Ich werde meine Memoiren schreiben, sagt er. Die Titelfolge des lebensgeschichtlichen Buches – Teile I bis VIII.

I. Vom Alexanderplatz bis nach Onkel Toms Hütte.
– Von der Kindheit bis zur Haftzeit –
II. Werkspionage im Lichthof.
– Siemenszeit –
III. Es meldet sich Gefreiter Nießwandt.
– Barras und Kriegszeit –
IV. Recherchen um den Geheimkonstrukteur Nießwandt.
– Verflechtungsperioden mit dem Lebensweg des Patenonkels –
V. Stars und Stripes und Stacheldraht.
– Kriegsgefangenenzeit –
VI. Die Verschrottung der Verschrotter.
– Aufbau – Kampf – Zeit –
VII. Bilanz-Frisur
– Westzeit –
VIII. Frauen, die mich liebten.
– Ehe – Familienzeit mit Eva und Bärbelchen – (Jadwiga)

Dann schweigt Nießwandt. Irgendwann sagt er: Mit Schmitter immer noch dasselbe, es hat den Anschein, daß es ihm besser geht. Die Schwestern waren gestern mit dem Hund in der Einkaufstasche da und beteten, daß

Gott ihn von seinen Leiden befreien möchte, daß er ihn endlich erlösen möchte. Dabei leidet er gar nicht, im Gegenteil. Heute morgen wollte ihm Schwester Karin das Gebiß einsetzen, er hat es nicht zugelassen. Schwester Karin wollte gerade aufgeben, da macht er den Mund auf. Als er das Gebiß drin hatte, biß er ihr in den Finger. Und gestern abend hat er den Tee aus dem Mund geprustet, nach einer Fliege, die über ihm kreiste. Er ist wie ein Kind. Die Schwestern wollen nicht nur, daß *er* erlöst wird, vor allem, daß *sie* es werden.

Nießwandt hat den ganzen Tag kaum gesprochen, er war mit Sortieren, Schreiben und Korrigieren beschäftigt. Am Nachmittag holt er seine Nagelschere.

Er schneidet Köpfe, Figuren, einzelne Körperteile aus Zeitungen und Illustrierten heraus, legt das Ausgeschnittene in einen Pappkarton, dessen Flächen bemalt und beklebt sind. Rohdorf erkennt Köpfe: Marx und Engels, Ulbricht, Honecker, Schmidt und viele andere, an die Köpfe sind Körper gezeichnet, Breschnew statt des Körpers Orden, nur Orden, in die Orden geschrieben: Generalsekretär Breschnew, Vorsitzender eines Drittels der Welt.

Heute will ich hohe Tiere ausschneiden, mir fehlen Affen und Habichte, sagt Nießwandt, er hat einen Vogel in der Mache, er schneidet sorgfältig, schiebt die Zungenspitze heraus: Ich habe immer wieder ein- und denselben Traum, sagt er, ich werde verfolgt, ich fliehe in einen unendlich hohen Turm und haste die Wendeltreppe hinauf, Stufe für Stufe, mein Herz schlägt bis zum Halse, die Luft wird knapp, ich höre das Schuhgeklapper meiner Verfolger auf der Metalltreppe, das Klappern kommt näher, aber ich finde keinen Ausgang, der Turm hat keinen, keine Öffnung, kein Fenster, nicht mal eine Nische, sich zu verstecken, und die Treppe scheint endlos zu sein.

Schon spüre ich den Atem meiner Verfolger im Nacken, in wirklich letzter Sekunde öffnet sich das Mauerwerk, um mich herum nur Himmel, ich stehe auf einem schuhbreiten Gesims, schwindelerregende Tiefe unter mir – die Verfolger treten in Zeitlupe aus der Öffnung, im gleichen Augenblick fließen Kräfte in mich hinein, beflügelnde Kräfte im wahrsten Sinne des Wortes, meine Arme gehen von ganz alleine auseinander, als wären sie Schwingen von einem Falken, und ich segle den Verfolgern davon.

Nießwandt kichert und Rohdorf sagt: Ich habe einen ähnlichen Traum, ich werde verfolgt, versuche zu fliehen, aber komme nicht hoch, höchstens einen Meter, und die Verfolger ziehen mich an den Beinen wieder auf den Boden.

Mir gefällt es, im Traum besser zu sein als Sie, sagt Nießwandt, manchmal träume ich, ich wäre von der Krankheit geheilt, und im Traume sage ich mir: nicht aufwachen, nicht aufwachen.

Heute war einer von der NVA bei der Kneiffke, sagt Rohdorf, GO, er heulte wie ein Schloßhund, Dr. Kneiffke sagte, besser als ein Kopfschuß.

Manchmal ist ein Kopfschuß besser als eine GO, erwidert Nießwandt, ich war in Frankreich Zahlmeister in einem Lazarett, jeder, der Ausgang hatte, brauchte dazu die Genehmigung des Generalstabsarztes. Die Geschlechtskranken bekamen nie Urlaub. Die Alteingesessenen aber, pfiffig, fälschten die Krankennummern im Soldbuch, eine GO war Nr. 13, eine Verletzung durch Infanteriegeschoß 13 a – also malten sie ein a hinter die 13. So leicht ließ sich aus einem Tripper ein Kopfschuß machen. Und mit Kopfschuß durften sie.

Am Abend sagt Rohdorf, wollen wir eine Flasche Vermouth trinken?

Bitte, sagt Nießwandt, holt aus dem Schrank Vermouth und schenkt Rohdorf ein.

Und Sie?

Ich mag nicht.

Heinzelmann,

was ist Kommunismus. Er ist das Einfache, das schwer zu machen ist, oder das Schwere, das einfach nicht zu machen ist. Er ist das, was der in die Kirche Gehende hofft, nach seinem Tode vorzufinden: Kunst wird sein, Gerechtigkeit wird sein, Wahrheit wird sein, Vergnügen und Freude werden sein, Wünsche werden erfüllt werden, und niemand wird mehr unter Schlaflosigkeit leiden, da doch die Schlaflosigkeit einzig und alleine von der Sorge und Not herrührt. Deine Jadwiga.

Rohdorf, jetzt, da er nicht schlafen kann, denkt an diesen Brief, den er, da Nießwandt seine unzähligen Papiere geordnet verpackte, gelesen hatte. Ilona Buchzyk und Jadwiga haben Ähnlichkeiten, hatte Nießwandt gesagt, mehr konnte Rohdorf über Jadwiga nicht erfahren. Bei Ilona wird er die Fußballweltmeisterschaften sehen, beide freuen wir uns darauf, hatte er geantwortet, als Rohdorf ihn nach Jadwiga fragte. Überhaupt war Nießwandt heute gesprächsunlustig, wie er selber sagte, Rohdorf solle ihn nach nichts befragen, er wäre schweigelustig.

Bis schweigelustig hat Rohdorf gedacht, dann ist er eingeschlafen. Doch nur kurz, ein süßlich unangenehmer Geruch weckt ihn. Die Vermouthflasche, neben das Bett gestellt, riecht, konzentriertes Süß, er hatte vergessen, sie zuzukorken. Rohdorf macht das Licht an, stellt die Flasche weg. Nießwandt schnarcht, wenn ich schnarche, hatte Nießwandt gesagt, werden Sie es mit mir schwer haben; Rohdorf kann also unbesorgt das Radio anmachen, ein endloser Pfeifton, er macht das Radio wieder aus. Er öffnet die Nachttischschublade, eine dicke Schabe bemüht sich, unter einen Apfel zu kriechen.

Ein drittes Mal schläft er kurz ein. Diesmal wird er vom Stöhnen Nießwandts geweckt.

Ist Ihnen nicht gut?

Nießwandt ist bleich wie das Bettzeug.

Sand in einem Sieb bin ich und rutsche durch, nirgendwo Halt, flüstert Nießwandt.

Kann ich was für Sie tun?

Hinter den Augen bin ich gestorben, flüstert Nießwandt.

Nach einer halben Stunde hat Rohdorf Schwester Karin geholt, nach einer Stunde ist Dr. Ortmann, der diensthabende Arzt, zur Stelle.

Rohdorf hört wie in Trance Anweisungen, was ist mit Nießwandt? Keine Antwort.

Gespräche zwischen Schwester Karin (wie oft hat eigentlich Schwester Karin Nachtdienst, denkt Rohdorf) und Dr. Ortmann: Blutdruck? 90/55, Puls: 80, Pupillen: verzögerte Reaktion, Lippenzyanose; sehr unruhig. Rohdorf frierend abwartend, nicht glaubend, daß es Nießwandt wirklich schlecht geht. Er hört: Tropf anlegen,

Elektrolytlösung 153, EKG schreiben, Blut abnehmen, Transaminasen, SGOT-SGPT-LDH, Lito bestimmen, Ampulle Faustan i.m.

Sprache vom anderen Stern. Rumgelaufe, ein übellauniger Internist erscheint, Digitoxin i.v., Pullmophyllin i.v. – einmal versucht Rohdorf, Nießwandt anzusprechen, Nießwandt, hören Sie mich, sagen Sie doch was, nichts – nach zwei Stunden geschäftigen Treibens ist Nießwandts Bett leer. Die Türe schließt sich, Rohdorf alleine, alleine gelassen, als wäre er vergessen worden.

Nießwandt wird in die Intensivstation gebracht.

Es muß ein Irrtum sein; jeder andere eher, Schmitter zum Beispiel, oder er, Rohdorf, aber Nießwandt? Dieser Fetzen Leben?

Wiederholung von Bekanntem: Rohdorf fröstelt, in seinem Innern ein Brennen, als würde das Herz säuberlich mit einer Rasierklinge halbiert.

Tausendmal wird er in Gedanken in die Intensivstation gebracht, tausendmal ist er Nießwandt, tausendmal stirbt er. Er zieht sich in die Vergangenheit wie in einen warmen Mantel zurück. Krankenhausaufenthalte: dreimal war er schon im Krankenhaus, als Fünf-, als Fünfzehn-, als Achtzehnjähriger. Als Fünfjähriger: Er hatte einen Autounfall mit seinem Großvater, die Folge: ein Loch im Kinn, das genäht werden mußte. Genäht, wie das klang, als ob die Mutter an der Nähmaschine sitzt, nein, nein, operiert, das klang besser, war ja auch richtiger. Narbe am Kinn, heute noch steht in seinem Ausweis in der Spalte »besondere Kennzeichen«: Narbe am Kinn. Rohdorf tastet mit den Fingern das Kinn ab, kaum noch etwas zu fühlen.

Von den Freunden des Kindergartens wurde er wegen seiner Narbe und der Tatsache, schon operiert zu sein, beneidet und bewundert, außer von Ulli Kahnert, Ulli wollte selbst bewundert werden; erstens war er auch operiert worden, die Mandeln waren ihm rausgenommen, und zweitens konnte er den höchsten Bogen des gesamten Kindergartens pinkeln, vier Kinder konnten durchlaufen, während bei Rohdorfs Bogen sich keines traute. Aber mit der Narbe war Rohdorf besser dran, Ulli mußte den Mund aufmachen, und die Kinder standen Schlange, um hineinblicken zu können.

Wo ist da eine Narbe?

Na hier, Ulli steckte den Finger in den Hals, da muß sie sein. Mit der Narbe hatte es Ulli schwerer, beinahe hätten die Kinder ihn ausgelacht, als sie sich gegenseitig in die Hälse schauten und feststellten, daß sie nicht anders aussahen als Ullis, Ulli mußte schnell einen glanzvollen Bogen pinkeln, durch den alle hindurch wollten, aber nur zweie schafften es unbeschadet, und das war für Ulli schlimm.

Die Kinder überboten sich nun an Einfällen, was Ulli alles statt der Mandeln aus dem Hals geholt worden war; Gelächter, Gehässigkeiten, Ulli kämpfte mit den Tränen, und Ilschen oder Setti, nein, Ilschen (Setti hieß der Terrier), Ilschen Reiser kam zu Rohdorf und sagte ihm, frage doch deinen Onkel Heinz, der ist doch Doktor, und der hat auch eine Narbe im Gesicht, frage ihn, ob im Hals wirklich Mandeln sind, und Rohdorf antwortete, Onkel Heinz hat keine Narbe im Gesicht, Onkel Heinz hat eine Mensur, und Rohdorf hatte keine Ahnung, was eine Mensur ist; aber Ilschen Reiser hatte bei Rohdorf einen Stein im Brett, er wird Onkel Heinz fragen, sagte er, und sie durfte auch als einzige seine Narbe berühren, vorsichtig, ganz vorsichtig, mit den Fingerspitzen, denn Rohdorf und Ilschen hatten schon mal Onkel Doktor gespielt und das verbindet.

Tatsächlich kam am nächsten Tag zur Klärung dieser Frage Onkel Heinz auf den Spielplatz und sagte, Ulli ist genauso operiert worden wie Horst, und damit ist Ruhe, und Ruhe war ja schon vorher, denn Ulli hatte gerade einen Paradebogen gepinkelt, daß eine ganze Fußballmannschaft hätte durchlaufen können, sein Ruf war wieder hergestellt.

Onkel Heinz Kubitzke, praktischer Arzt, Rohdorfs Vorbild aus der Kinderzeit, ein Onkel, der Faxen machte, ein Onkel, der Geschichten erzählte, ein Onkel, der Rohdorf, überhaupt: Kinder mochte. Er konnte Klavier spielen, daß man gar nicht wußte, wieviele Finger er eigentlich hatte, man konnte sie nicht sehen, so schnell waren sie auf den Tasten. Mit Onkel Heinz gab Rohdorf an vor anderen Kindern, und zu Onkel Heinz hatte er ein schier unzerstörbares Vertrauen. Seinetwegen ist er, ohne schwimmen zu können, vom Drei-Meter-Turm gesprungen, mit Herzklopfen zwar, daß er glaubte, ein Vogel flatterte in seiner Brust, aber er sprang. Schade, daß seine Narbe nicht quer über die Wange gezogen war wie bei Onkel Heinz, aber er war mit seiner auf dem Kinn auch schon sehr zufrieden.

Rohdorf hatte Ilschen Reiser zum Schlosser Kronenberger gelotst, dort nämlich stand der total beschädigte Opel, in dem er und sein Großvater den Autounfall überstanden hatten, bei dem es sogar einen Toten gab, so erzählte er. Er und der Großvater – ob der unvermeidliche Satz, der Esel geht voran, wirklich von Ilse gesprochen wurde, weiß er nicht mehr, er jedenfalls spult den nächsten Satz routiniert in der Manier Erwachsener runter, so oft hat er ihn gehört. Ich und der Großvater – äh – der Großvater und ich wollten den nagelneuen Opel von Lyck nach Jucha fahren, wir haben Lyck gerade verlassen, plötzlich in einer Kurve ein Radfahrer vor uns, mein Großvater bremst und versucht auszuweichen – ein von hinten kommender Lastwagen schiebt uns über den Radfahrer, direkt an einen Baum, erzählt Rohdorf Ilse und später noch vielen anderen – in Wirklichkeit hat er gar nichts mitgekriegt, außer: das bleiche verbissene Gesicht des Großvaters, der vergeblich versucht, die Schleuderbewegungen des hochrädrigen Opels durch Gegensteuern abzufangen, nein, nicht einmal das hat er mitbekommen.

Rohdorf holt die Wahrheit aus der Erinnerung nur stückchenweise, wie den Kern aus einer zerdrückten Walnuß.

Die Schlingerbewegungen – sie glaubt er noch zu spüren, das Quietschen der Räder, das glaubt er noch zu hören – alles weitere entzieht sich seinem Bewußtsein. Das erste, was er wieder aufnimmt ist: Der bewußtlose Großvater im Straßengraben, er erinnert sich, gefragt zu haben, warum der Großvater im Gras schläft, eine Frage, die von einer unbekannten Frau nicht beantwortet wird, stattdessen ihre Aufforderung, still zu sein, liegen zu bleiben, die Hände von der Wunde zu nehmen, und seine Überlegung, ob die Welt verrückt sei, was zum Teufel soll er im Straßengraben mit seinem Großvater schlafen – weiter holt er aus seiner Erinnerung: der aufgewachte

Großvater, der unzählige Male den gleichen Satz wiederholt: Was ist eigentlich passiert? Was ist eigentlich passiert? Wieder die Frau, die ihm die Hände gewaltsam vom Gesicht nimmt, dann: Operationssaal, klapperndes Gerät, eiliges Personal, etwas wird auf sein Gesicht gepreßt, Rohdorf glaubt, ersticken zu müssen – später die Mutter am Bett, die geliebte Mutter, nach der Mutter eine Diakonissin. Wir wollen beten, lieber Horst, und uns beim lieben Gott bedanken, daß er die schützende Hand über dich und deinen lieben Großvater gehalten hat – kannst du ein Gebet? Ja, Komm Herr Jesus, sei du unser Gast und segne, was du uns bescheret hast, Amen, Maaahlzeeiit. Das Mahlzeit zieht er so lang, wie er es von zu Hause her kennt, nämlich, bis sich alle die Hand gereicht haben, darauf singt die Diakonissin mit hoher zittriger Stimme: Harre meine Seele, und er, der das Lied zum ersten Mal hört, stellt sich von diesem Augenblick an die Seele behaart vor, weich behaart, wie das Kaninchen Suse im großelterlichen Pfarrhaus.

Seitdem ist die Göttlichkeit für ihn weich und behaart und der Himmel voller Sofas; denn in einem der häufigst gesungenen Lieder der Familie, Befiehl du deine Wege, heißt es in der achten Strophe, ihn, ihn laßt tun und walten, er ist ein weiser Fürst – nun kommt jene Stelle: und wird sich Sofa halten, daß du dich wundern wirst (verhalten war noch nicht in seinem Sprachgebrauch).

Als die Diakonissin ihm auf sein Drängen hin den Hergang des Unfalls schilderte und die Wunde am Kinn folgendermaßen zu erklären versuchte, er wäre beim Unfall so unglücklich mit dem Gesicht, vor allem dem Kinn, auf das Armaturenbrett geschlagen, daß es genäht hätte werden müssen, wiederholt er, genäht? Richtig genäht? Und ist über alle Maßen erstaunt. Richtig genäht, wie man einen Anzug näht? Da kann man also, so fragt er, an der Haut rumnähen wie an einem Anzug oder einem Hemd? Da kann man vielleicht auch ein Ohr an die Backe nähen? Oder? Und ist nähen operieren? Und die Haut am Ende nichts anderes als ein Anzug für die behaarte Seele? Oder? Die Diakonissin entzog sich den Fragen, indem sie sagte, er solle nicht soviel reden, sondern schlafen, damit er schnell wieder auf die Beine kommt – nur noch eine

Frage: Warum man ihn ersticken wollte und was Narkose wäre. Die Diakonissin, hartnäckig im Nichtbeantworten, sagte, wir wollen lieber statt der vielen Fragen die Hände falten und ein Gebet sprechen.

Die Gebete wurden für Rohdorf mehr und mehr eine Qual und die Diakonissin mit der hohen schrillen Stimme ein Beobachtungsobjekt; denn sobald sie beim Gebet die Augen schloß, konzentrierte er sich auf die Warze in der Nähe des Mundes, die sich beim Sprechen auf und ab bewegte.

Der zweite Krankenhausbesuch im Winter 45 – Typhus, Gelbsucht, Mittelohrvereiterung hatten ihn so geschwächt, daß er ohne Hilfe das Bett nicht mehr verlassen konnte. Schulfreunde, die ihn besuchten, kamen nicht wieder, so sehr muß sie sein Anblick erschreckt haben. Selbst Ocka Braun, sein Spiel- und Schulfreund von klein auf, gefürchtet wegen seiner großen Klappe, schien verlegen, erst nach einer Stunde hatte er den Schock überwunden: du siehst aus, als hättest du ein Jahr in der Bibel als Buchzeichen gelegen, Haut und Knochen, ein aufgeschnappter Satz, Ocka war voll mit Aufgeschnapptem.

Im folgenden erzählte er von Diebstählen, Gaunereien, von abenteuerlichen Lebensmittelbeschaffungen und wen er dabei alles übers Ohr gehauen hätte – Rohdorf hörte zu, desinteressiert, aber er erinnerte sich, daß er empfindlich gegen Ockas Sprechen geworden war; so mochte er ihn nicht. Dabei hatten vor zwei Monaten noch er und Ocka eine Zuckerklauaktion gestartet. Ein Güterwaggon mit braunem Rübenzucker stand auf dem Bahnhof. Rohdorf hatte seine guten Knickerbocker angezogen, die wie große Säcke um die dünnen Beine flatterten, da hinein sollte der Zucker. Rein waren sie ohne weiteres gekommen; in dem Augenblick, als sie den Waggon verlassen wollten, postierte sich ein sowjetischer Soldat direkt vor ihrem Ausgang auf. Wie sie getürmt sind, weiß er nicht mehr; er sieht sich erst wieder die Winterfeldtstraße runterflüchten, die Knickerbocker festhalten, weil der schwere Zucker sie nach unten ziehen will (dieselben Knickerbocker, mit denen er ein Jahr später in der Tanzschule mit dem Kaiserwalzer einen zweiten Platz und mit den Caprifischern einen ersten Platz ertanzt). Auf der

Flucht stellt Rohdorf besorgt fest, daß der aus der Hose rieselnde Zucker seinen Weg anzeigen könnte, er schlägt einige Haken übern Exer.

Zu Hause angelangt, wird der Rübenzucker sorgfältig aus der Hose gebürstet, sogar von den behaarten nackten Beinen, und aus den Schnürlackschuhen gekippt (er besaß nur jene Lackschuhe).

Die Ausbeute ist gering, aber groß genug, um ihn bis heute einen Widerwillen gegen braunen Zucker haben zu lassen. Unzählige Male erlebt er im Traum die Zuckerflucht, immer wird er von hinten ins Herz getroffen. Noch heute kann es passieren, daß er – etwa beim Spazierengehen – spürt, wie eine Gewehrkugel durch das Schulterblatt ins Herz dringt.

Ob und was damals Rohdorf Ocka geantwortet oder gesagt hatte, läßt sich in der Erinnerung nicht mehr finden, er weiß nur, daß ihm das Verständnis für dessen Erlebnisse abhanden gekommen war – Ocka war mit seiner angeberischen Weltlichkeit für Rohdorf in unerreichbare Weiten gerückt, ein Teil seines Inneren war dem Diesseits schon entrückt, und Rohdorf stellte damals fest: Nicht Ocka, sondern er habe sich verändert, zum Besseren wie er hoffte. Der Tod zum Beispiel spielte keine Rolle, man hatte sich an den Umgang mit ihm gewöhnt. Die fünfköpfige Familie des Reichsbahndirektors Knallberg, mit der die Familie Rohdorf die Dreieinhalb-Zimmerwohnung teilte, starb an Typhus oder Tuberkulose. Erst der Vater, dann die Mutter, nach und nach die drei Kinder. Rohdorf erlebte, wie fünf Menschen im Nebenzimmer in kurzer Zeit starben, die Furcht vorm Tod war gewichen, es war, als wären die Gestorbenen angekommen – wo allerdings konnte er auch nicht sagen. Der Tod war so ziemlich das einzige, was im Überfluß zu haben war. Ocka war für ihn weiter entfernt als die gerade unter die Erde gebrachte Familie Knallberg. Dabei hatten Ocka und er ein schönes Stück gemeinsamer Vergangenheit hinter sich. Rohdorf wollte wie Onkel Heinz Mediziner werden, und Ockas Vater war Arzt wie Onkel Heinz. Praktischer Arzt, sogar das Emailleschild mit den dicken schwarzen Buchstaben erinnerten ihn an Onkel Heinz, alles war wie bei Onkel Heinz – geachtet, respektiert –, so sollte Rohdorfs Zukunft aussehen. Ocka wollte Pistolen haben, er war unheimlich scharf darauf, und Rohdorf wollte langsam beginnen, sich eine Praxis einzurichten. So begann ein reger Handel zwischen beiden. Pistolen gegen medizinisches Gerät. Rohdorf wurde Waffenschieber. Er klaute Zigaretten und Schnaps aus dem Schreibtisch seines Vaters und erstand dafür Pistolen von kriegsmüden Landsern. Das erste Geschäft: eine Mauser gegen eine Urinschleuder. Bald besaß Rohdorf eine ansehnliche Praxis, es kam sogar vor, daß Dr. Braun sich dieses oder jenes Instrument von Rohdorf ausleihen mußte, ohne zu wissen, daß er sich sein Eigentum borgte.

Das letzte Geschäft eine Katastrophe. Rohdorf hatte von einem Landser, der in einem Güterzug auf den Weitertransport an die Front wartete, eine 08 erstanden, gegen zwei Päckchen Zigaretten. Nix verraten, sonst Loch hier und hier, er zeigte auf seine Schläfen, und Rohdorf erhielt von Ocka eine Narkoseausrüstung. Maske mit Ätherspritze. Los, Ocka, laß uns ausprobieren. Ocka legte sich die Maske aufs Gesicht und Rohdorf sprühte Äther drauf, zunächst vorsichtig, dann unvorsichtig. Ocka gab kein Lebenszeichen mehr von sich. Und Rohdorf brach in Panik aus. Nach einer Stunde kotzte sich Ocka im Zimmer aus. Was dann geschah, weiß Rohdorf nicht mehr. Er erinnert sich erst wieder an Dr. Braun, der mit seiner Frau Rohdorfs schwer erhandeltes medizinisches Gerät einpackt, stumm. Am nächsten Tag wird Rohdorf vom bestätigten Jungenschaftsführer zum gemeinen Pimpf degradiert, verurteilt, sechs Wochen den Friedhof zu säubern, Hausverbot bei Dr. Braun und Sprech- und Treffverbot mit Ocka.

Rohdorf nahm sich vor, den Arztberuf an den Nagel zu hängen, seine erste Nagelperiode, der noch viele folgen sollten. Was war noch? Rohdorf stellt fest: Hat er die Vergangenheit erst am Wickel, kommt immer mehr zum Vorschein, die Erinnerung treibt ihr Spielchen mit ihm, schweift ab, verläßt das Thema, es sind Variationen um das Thema Krankenhausaufenthalte. Ach ja, bei jedem dieser Aufenthalte ist er operiert worden. Beim zweiten Mittelohrvereiterung (Operation hinter dem rechten Ohr). Er erinnert sich, daß er nicht zählen konnte, als ihm die Äthermaske aufs Gesicht gedrückt wurde. Er hörte sich nur einen gurgelnden Laut von sich geben, dann war er verwundert, wieder zu erwachen, er hatte geglaubt, er würde körperlos im Jenseits auftauchen – zu häufig hatte er aus dem Nebenzimmer die Tante beten hören: Lieber Gott, nimm ihn zu dir, wir schaffen es nicht, ihn durchzukriegen. Dann erinnert er sich an das trockene Brot zum Frühstück, Muckefuck, 'nen Kanten Brot – und die Mutter hatte ein Sirupglas auf den Nachttisch gestellt, Sirup aus braunem Zucker.

Später hörte er, nach Rohdorf hätte Dr. Kirchstein einen sowjetischen Soldaten aus der Krim operiert. Während einer Sauferei war ihm eine Kugel in den Oberschenkel geschossen worden. An stärksten Fusel gewöhnt, schien ihm der Narkoseäther offensichtlich wie Öl die Atemwege runterzufließen. Bis 121 zählte er vergnüglich unter der Äthermaske, dann entschloß sich Dr. Kirchstein, die Kugel ohne Betäubung zu entfernen.

Der dritte Krankenhausaufenthalt. Achtzehnjährig: Mandeloperation. Charité, lange Gänge, schnelle Schwestern, die leise sprechen, langsame Doktoren, die laut sprechen. Merkwürdig, diese Wahrnehmung hat sich aufbewahrt trotz des Morphiums, das ihm vor der Operation gespritzt war. Er liegt auf einer fahrbaren Trage. Dann eine wunderschöne Schwester, die auf ihn zuschwebt. Na, Herr Rohdorf, wie geht's? Gut, erwidert Rohdorf, Rohdorf möchte sich bei der Schwester bedanken, bei allen, ich habe euch alle lieb, sagt er, oder sagt es auch nicht, jedenfalls, jeder kann spüren, daß es so ist, dann beugt sich die junge Schwester über Rohdorf – warum, Rohdorf weiß es nicht, Berührung, die Menschen brauchen Zärtlichkeit, sie müssen sich spüren, er sieht ihren Hals, sein Blick fährt ihn hinunter, in den weißen Kittel hinein, und plötzlich wird die Schwester eine alte Frau, eine perfekte alte Frau – Veränderungen werden bei ihr kaum noch anfallen, sie ist jung und schon alt – etwas faltiger kann sie werden, etwas runzliger, ansonsten bleibt sie wie sie ist: kein Dickwerden, kein Haarausfall, keine körperlichen Deformationen, und Rohdorf sagt: Wenn man Sie heiratet, hat man das ganze Leben immer nur Sie – sie lächelt und erwidert: das ist nun mal so, wenn man heiratet, und Rohdorf lächelt ebenfalls.

Wollen Sie den Kaffee mit Milch und Zucker?

Ja, gerne, danke.

Also gestern war er schon wieder obenauf, Frau Dr. Kneiffke war drüben, zuerst sah es ja so aus, daß niemand mehr einen Sechser für ihn gegeben hätte, aber schon am Vormittag ging's ihm wieder besser, auf dem Nachttisch fand Dr. Kneiffke einen Zettel, auf dem stand:

Im Himmel ist Jahrmarkt
wenn man Heinz Nießwandt einsargt

Schwester Karin hat Rohdorf ins Schwesternzimmer eingeladen. Schwester Karin, die Rohdorf für einen arroganten Stinkstiebel und Rohdorf, der Schwester Karin für ein eingetrocknetes Wunder hielt. Schwester Karin sagt:

Also morgen kommt er wieder, alle sind wir froh, ist ja ein herzensguter Mensch, immer hilfsbereit, für jeden ein freundliches Wort und interessiert sich für alles und jeden. Auf die Fußballweltmeisterschaften freut er sich ja schon eine Ewigkeit. Niesi, wie wir ihn nennen, war ja schon dreimal hier auf der 3b, und nie gab's auch nur einen kleinen Streit, und was der alles gemacht hat, da wollte er doch die Schaben wegkriegen, was der alles für Mittel angeschleppt hat, wir haben gesagt, er braucht es gar nicht zu versuchen, da waren schon etliche Schädlingsbekämpfer hier und nie hat es was genützt, aber er hat sie so gut wie wegbekommen, sind ja zu widerlich, diese Schaben, besonders in der Küche. Wer die Schaben hat, braucht für den Spott nicht zu sorgen, ein Ausspruch von Niesi. Frau Mohnhaupt, die Küchenmamsell, kann ein Lied davon singen. Ja, also Niesi, der ist sehr intelligent und nicht auf den Mund gefallen, der hatte einen Arbeitsrechtsstreit mit dem Christlichen Hospiz, wo er doch als Heizer tätig war, und da waren verschiedene Herren hier, einmal einer vom Bundesvorstand des

Freien deutschen Gewerkschaftsbundes, einmal einer vom Kreisvorstand, da waren wir ja zugegen bei dem Gespräch, Niesi hat darum gebeten, er sagte, wenn ich keinen Zeugen habe, ziehen die mir das Fell über die Ohren, also habe ich zugehört, war ja interessant, einmal war auch Frau Dr. Kneiffke hier, war ja schlimm, wie sie ihn da behandelt haben. Niesi sagte, hier geht es um eine ungerechte Lohneinstufung, um eine lohnpolitische Manipulation, obwohl, so sagte er, die Heizleistung zu neunzig Prozent für die Räume des Bundes der EK/DDR erfolgten, hat man ihn auf der Lohnliste des Christlichen Hospizes geführt, und dadurch erhielt er nur vierhundert Mark, während der vorige Heizer neunhundert Mark bekam, ebenso der jetzige (der jetzige die Summe sogar unter technisch verbesserten Bedingungen), also eine Differenz von fünfhundert Mark. Na ja, und die Herren haben herumgedruckst, und schließlich haben sie ihn gefragt, ob er denn überhaupt zur DDR positiv stehe, und ich habe mich da eingemischt und gesagt: was hat das mit dem Geld zu tun, das ist doch eine Schweinerei, das sieht doch ein Blinder mit dem Krückstock, und Niesi hat mir zugezwinkert und gesagt, das ist eine sehr gute Frage, und er wird darauf antworten, und dann hat er gesagt, er ist doch Genosse, jedenfalls ist er von sich aus nie aus der Partei getreten und rübergegangen ist er wegen seiner Krankheit, und jetzt will er auch wieder rüber wegen seiner Krankheit, und er will an die Nordsee wegen des Klimas und nicht wegen seiner Gesinnung, und nicht nach dem Kudamm, und daß er schon von alters her und erst recht von seiner Lebenserfahrung her keine Sehnsucht nach dem Westen oder dem Kudamm hat, ist klar, denn, sehen Sie, sagte er den beiden, ich kenne den Kudamm – der ja nicht nur eine besondere Straße, sondern auch eine spezifische Gegend ist – aus vielen Begegnungen in meinem Leben, als Kind war ich bei einem steinreichen Patenonkel zeitweilig als Adoptivsohn, aber immer wieder zog es mich zu Muttern nachn Osten, nach Friedrichshain, nach der Frankfurter Allee, natürlich ist klar, daß ich hin und wieder als Tangojüngling einen Abstecher dorthin gemacht habe, und dann bei Siemens, bei Siemens als Kurier, sagte er, habe ich häufig mit Konsulaten und Gesandtschaften aufm Kudamm zu tun gehabt und etwas weiter ab – aber doch die gleiche Gegend – in der Bellevue-Allee bei der bornierten Ami-Botschaft, viel lieber jedoch war ich in der Lindenstraße, sagte er, einer ganz anderen, aber sympathischen Gegend – bei der russischen Botschaft beziehungsweise Handelsmission. Hier habe ich schon als junger Mann einen praktischen Einblick in die verschiedenen Sozialstrukturen erhalten. Mußte ich bei der Ami-Botschaft wie ein Hausdiener im Vorzimmer warten und alle Gebühren in Dollar entrichten, die ich von der Siemens-Direktion erhalten oder mir von der Commerzbank abholen mußte, so wurde ich in der Lindenstraße sofort vom Handelsmissionsrat empfangen, mit Tee und Zigaretten bedient, und als ich ging, habe ich oftmals ein Wertpapier von einer Million Goldrubel in der Kuriertasche gehabt, kam natürlich auf den Auftrag an, und dann, sagte Niesi, ganz unter uns, damals zahlte die sowjetische Staatsbank an die deutschen Firmen mit sogenannten Russenwechseln, wissen Sie, sagte er, die Russenwechsel hatten eine kurze Laufzeit von neunzig Tagen und konnten an jeder ausländischen Großbank in Feingold oder der gewünschten Währung eingelöst werden, und nun werden Sie vielleicht verstehen, meine Herren, warum damals schon mein Herz für die SU schlug. Und ich will Ihnen noch ein Beispiel für meine positive Haltung zur DDR nennen: Ich war sehr traurig, sagte er, daß der Teil in Pankow, in dem meine Eltern wohnten, am Bahnhof Wollankstraße, zum Westsektor kam, ich habe meine Eltern gemäß meiner Einstellung auf unserer Seite beisetzen lassen, im Bürgerpark-Friedhof von Pankow, das Grab meiner Mutter ist zirka nur einen Meter von der Staatsgrenze entfernt, und nun fragen Sie mich bitte nicht mehr, wie ich zur DDR stehe.

Frau Dr. Kneiffke kommt ins Schwesternzimmer. Ah, guten Tag Herr Rohdorf, nun wissen Sie ja alles, morgen früh kommt er wieder, und wie geht's Ihnen?

Gut.

Ich denke, wir können Sie bald entlassen, ich muß zum Chef, sagt Frau Dr. Kneiffke, heben Sie mir etwas Kaffee auf, ich komme gleich.

Ja, sagt nun Schwester Karin, am 1. 6. hat er ja seinen Prozeß, hoffentlich bekommt er Recht, wenn man erstmal in einer Psychiatrischen Klinik war, ist das mit dem Recht kriegen sehr schwer; jedenfalls, bei uns hat er nicht getrunken, Alkoholiker, keiner hat was gemerkt. Und verrückt, der? Die haben wohl 'nen Knall. Da sind alle andern eher verrückt; Pech hat er mit seiner Frau, das weiß Frau Mohnhaupt, die Küchenmamsell, die wohnt in Pankow direkt unter ihr, also die hat wohl überall rumerzählt, er wäre ein Aussätziger, wer weiß, was die alles erzählt hat, müssen Sie mal die Mohnhaupt fragen, in Wirklichkeit hatte die schon nach seinem Autounfall, Anfang der fünfziger Jahre, einen andern. Sie müssen wissen, daß er jede Woche seiner Frau und seiner Tochter einen Brief schreibt, seit fünfundzwanzig Jahren, jede Woche einen Brief, Pfleger Wolfgang will das beschwören, geantwortet hat ihm die Tochter, aber nur einmal, er hängt doch an der Tochter, an der Bärbel, so heißt sie nämlich, immer hat er auf Antwort gewartet, fünfundzwanzig Jahre immer auf Antwort gewartet, und als im vorigen Jahr die Bärbel wirklich geantwortet hat, zu Weihnachten wohl, sie wollte ihn mal besuchen, da hat's ihn erwischt, so aufgeregt hat's ihn, ein Schub übern ganzen Körper, das war sehr schlimm. Schade, daß seine zweite Frau, mit der war er ja nicht verheiratet, umgekommen ist, Autounfall, eine sehr kluge Frau, Lehrerin und Organistin, über alles spricht er ja, aber darüber nicht.

Wie hieß die Frau?

Sie hatte einen polnischen Namen, Jablonski, glaube ich.

Jadwiga Jablonski?

Ja, sagt Schwester Karin. Übrigens Schmitter, sagt sie, hat heute einen zusammenhängenden Satz gesprochen, es geht mit ihm bergauf, und lacht und zeigt wirklich schöne Zähne.

Rohdorf blättert in Arnos Tagebuch. Leere Seiten. Dann viel Durchstrichenes, Unleserliches; Arnos Handschrift eine Katastrophe.

Arno, Tagebuch.

Ich rufe Gen. Kohnert an, verabschiede mich, mein Entschluß ist endgültig. Bleibe fair, sagt er, laß dich nicht hinreißen und laß mich aus dem Spiel. Ich sage: Da du dich mit mir hast quälen müssen, als du dich mit mir hast quälen sollen, und du es ein Achtel ehrlich mit mir gemeint hast, warum sollte ich dich ins Spiel ziehen.

Du weißt schon, was ich meine, sagt er, Presse, Fernsehen, dieser Rummel da drüben.

Er lacht durchs Telephon, ich lache, und sicher die anderen, die immer ganz zufällig in der Leitung ihre verantwortungsvolle Leitungstätigkeit ausüben.

Wir haben eine Stunde gesprochen. Was ist von seinen, was von meinen Argumenten übriggeblieben. Nichts. Von meinen: bestenfalls ein paar Kreise, für Augenblikke, im Gewässer der Macht. Oder?

Die Überschrift lautet: Versuch einer Zusammenfassung. Vor dieser Überschrift sitze ich, und was ich zu Papier bringe, zerreiße ich. Nach zwölf Versuchen gebe ich auf (als wäre ein Leben irgendwo abzuschließen, um es anderswo aufzuschließen).

Bleibt an Wichtigem nachzutragen: Als der Termin näherrückte, an dem ich meinen Abschiedsbrief abgeben mußte und wollte, versuchte Kath nicht mehr, was sie vor einem Jahr versuchte, mich abzuhalten, mich umzustimmen; sie bewältigte das Näherrücken des Termins auf ihre Weise. Vierzehn Tage vorm Stichtag rupfte sie Unkraut, schnitt Rosen und Rasen mit unbekannter Inbrunst, eine Woche vorm Stichtag malerte sie Fenster und Türen mit unbekannter Inbrunst, drei Tage vorm Stichtag überraschte sie mich mit einer jungen Katze, sie wollte immer schon ein Kätzchen, ein Wunsch, der von Christoph voll geteilt wurde, der nun seinerseits glaubte, ein junges Kätzchen anschleppen zu dürfen, welches wahrscheinlich schwanger ist. Sie sollen sich an das Haus gewöhnen, sagte Christoph, und Kath nickte mit dem Kopfe und Christoph nickte mit dem Kopfe, und ich schüttelte ihn.

Vor der Garderobe eine Schlange. Die Garderobiere, eine alte Frau mit zusammengepreßten bläulichen Lippen und lilaschimmernder Haut, eine Zigarette in langen, gichtigen Fingern, bittet um passendes Geld, rausgeben könne sie nicht, da ihr das Kleingeld ausgegangen wäre.

Rohdorf ist und bleibt der letzte in der Schlange. Als sie ihn abgefertigt hat, setzt sie sich, greift zu ihren Stricksachen, spannt den Faden mit dem Zeigefinger und beginnt in einem Tempo zu stricken, daß er mit den Augen nicht folgen kann. In ihren gichtigen Fingern zucken die Stricknadeln wie kleine Blitze und vollenden eine gestreifte Arbeit, die einem Pullover ähnelt.

Und plötzlich geht ein Ruck durch Rohdorf; ein Pudel unter dem Stuhl der Garderobiere hat ihn, da er selbstvergessen dem Stricken zublickte, kläffend angesprungen, daß er glaubte, er wäre gebissen, obwohl das gar nicht möglich war, da eine Barriere sie trennte; blöder Köter, kommt es aggressiv und unbeherrscht über seine Lippen, und die Alte legt das Strickzeug brummend beiseite, lockert die Leine, die den Pudel zu straff an das Stuhlbein gefesselt hatte, streichelt weiter brummend über seine gepflegte Pudelfrisur und sagt, ruhig Berry, ganz ruuuhig, entschuldigen Sie schon, mein Herr, er is hier abjejeben worden, wird er ja oft, immer 'ne Aktentasche und Berry, isn schöner Pudel, wa, sagt die Alte mit von Alkohol und Nikotingiften angerauhter Stimme, is ja nich meiner, nich Berry, ja, ja, mein Kleener, son schöner Pudel und so ne alte Frau, det jeht ja auch nich zusammen, nu sitz Berry, sitz Berry ...

Rohdorf schießt im Fahrstuhl aufwärts, geräuschlos, die Stockwerke rasen wie die aufleuchtenden Zahlen an ihm vorüber, in den Ohren dumpfes Gefühl und Knacksen, Reflexe höherer Nerventätigkeit, anämisches Kribbeln und Prickeln in den Beinen, in der Magengrube leichte Übelkeit, den Brief kann er auswendig: *Wir sind uns etliche Male begegnet. Ich trug einen grauen Flanellmantel. Meine Haare sind lang und blond. Ich werde am Dienstag um fünfzehn Uhr im Café sitzen, im siebenunddreißigsten Stockwerk (ich denke, es ist das siebenunddreißigste) des Hotels »Stadt Berlin«. Ich würde mich freuen, wenn Sie kämen. Eine Unbekannte.*

Rohdorf hat Freude am Aufwärtstempo, gleichzeitig Furcht, der Fahrstuhl könnte im siebenunddreißigsten

Stockwerk halten, während er doch gerne durchs Dachgeschoß und weiter in den Himmel schießen möchte.

Ich habe Ihnen keinen Brief geschrieben, ich habe mich nicht mit Ihnen verabredet, dennoch freue ich mich, Sie zu treffen, sehr sogar, sagt Käte von Reichenbach, und Rohdorf macht eine aufregende Entdeckung, nämlich, daß er im Augenblick nicht *er* ist, sondern die Person oder der Gegenstand, die oder den er gerade betrachtet: Er war vor kurzem die Garderobiere, er war vor kurzem der Fahrstuhl, jetzt ist er Käte von Reichenbach, er wird alles sein, was in den nächsten Minuten oder sogar Stunden auf ihn zukommt, wer weiß. Und während Käte von Reichenbach weiterspricht, von jemandem spricht, der bald erscheinen müßte, blickt er auf die halbe Stadt hinunter, auf die Schornsteine, Giebel, Dächer, Gassen, auf das Antennengestrüpp, und sein Blick fährt der scharfen Lichtkante nach, die dort, wo Licht und Schatten zusammenstoßen, die Stadt zerschneidet, sie noch einmal halbiert. Die rechte Seite liegt träge, dunstig und dunkel da, während die linke im Sonnenlicht quirlt, dunkle Pünktchen im Hellen wie von Signac gemalt – die Schatten von größeren Häusern tummeln sich auf Dächern und Fassaden kleinerer –, und plötzlich bricht aus der rechten dunklen Seite ein Stück heraus, wie ein Körper mit ausgestreckten Armen, kriecht über die helle Seite wie ein Mensch, überholt eine S-Bahn-Schlange, schwimmt über bonbonfarbene Autokäfer, die müde durch die Straßen schleichen, rutscht über eine Kirche, verfängt sich im Antennengestrüpp und löst sich irgendwie auf.

Rohdorf blickt in den Himmel, die Helle schmerzt den Augen, er entdeckt das Flugzeug, welches den Schatten warf.

Guten Tag, sagt die Hinzugekommene, und Rohdorf blickt in das ihm bekannte Gesicht und sagt, wieder er, Guten Tag und er lacht und fragt, wo haben wir uns das erste Mal gesehen? Im Palast der Republik, erwidert die Hinzugekommene. Ich betrachtete die Bilder, Sie traten hinter mich und folgten mir auf dem Fuße.

Aber Sie waren plötzlich nicht mehr da, haben sich in Luft aufgelöst.

Nein, ich setzte mich in einen Sessel, mir taten die Beine weh, Sie blickten mich an, ich blickte Sie an; aber Sie suchten und suchten, unablässig.

Ich war wohl nur einen Moment geistig weggetreten und sah Sie nicht mehr; ich dachte tatsächlich, Sie hätten sich in Luft aufgelöst. Wo war der zweite Treff, fragt Rohdorf. Im Krankenhaus, ich erkannte Sie gleich wieder. Und der dritte? Im Tierpark, ich folgte meiner Tochter, die zu den Eisbären wollte, immer will sie zu den Eisbären und deswegen bog sie gleich nach der Wegkreuzung rechts ein; ich begrüßte Sie, aber von Erwiderung keine Spur, es schien, als hätten Sie mich im Augenblick gar nicht wahrgenommen. Später erst blickten Sie mir hinterher.

Aber, sagt Rohdorf, und blickt die Hinzugekommene eindringlich an, ich sah Sie auf dem langen Weg kleiner werden, immer kleiner, bis Sie verschwanden.

Das haben Sie geträumt.

Ausgeschlossen.

Sie blickten weder links noch rechts, hätten Sie's getan, hätten Sie mich gesehen.

Aber, sagt Rohdorf zögernd, auf dem Campingplatz, hatten Sie, und er wendet sich an Käte von Reichenbach, nicht einen schiefergrauen Mantel an?

Und Käte von Reichenbach und die Hinzugekommene blicken sich an, zögernd erst lachen sie, dann mehr, schließlich aus vollem Halse, ja, sagt die Hinzugekommene, der Mantel, das mag wohl sein, es war ein schöner, aber kühler Tag, Käte von Reichenbach und Horst Buchfink waren bei mir, und ich gab ihr, wegen der Kühle, den Mantel mit.

Ja, ich hatte ihn an, als wir uns verabschiedeten, mir war kalt, sagt Käte von Reichenbach und lächelt.

Und Rohdorf erwidert das Lächeln, und leise sagt er, mir war im Gegenteil sehr warm, und seine Augen suchen Käte von Reichenbach und die Hinzugekommene auf, woher kennen Sie sich?

Vor drei Jahren, sagt die Hinzugekommene, machten wir auf dem Campingplatz Urlaub. Dort lernten wir uns kennen, ergänzt Käte von Reichenbach.

Und Rohdorf schießt ein Erlebnis in den Kopf, das

höchstens eine Sekunde gedauert haben mag, ein Erlebnis, das zu erzählen schon einige Minuten dauern würde, und das er möglicherweise ein ganzes Leben im Kopf tragen wird: Ein kippelnder Koffer, der auf ihre Füße zu fallen droht, beim Aufrichten berühren sich ihre Hände für den Bruchteil einer Sekunde. Etwas geschieht in seinem Körper, als ob diese Berührung nur der Anstoß für eine Gefühlslawine ist, die ihn augenblicklich überrollt, so intensiv, daß er befürchtet, ohnmächtig zu werden, es schwimmt vor seinen Augen, als würde der Kreislauf das Blut in die entgegengesetzte Richtung pumpen, als müßte der vom Tohuwabohu der letzten Zeit und von allerlei Auf und Ab strapazierte Körper die auf der Strecke gebliebene Zärtlichkeit mit einem Wesen, das er noch nicht eines Blickes gewürdigt hat, zurückerobern. Würde ihm jemand die Augen zuhalten und fragen, wie sieht sie aus: blond, schwarz, klein, dick – er hätte nichts, gar nichts antworten können, und in diesen Gedankenwirrwarr schiebt sich heute wie damals ein neuer. Diese Situation hast du schon mal erlebt. Damals blickte er sie an, und der Blick rückte wieder ins Lot, was da außer Lot geraten war. Die Lawine, die ihn überrollte, spulte zurück, wie im Film verkehrt eingelegt – über die Gefühlsexplosion bis zur Handberührung: Häßlich keineswegs, nur ... was nur ... schwer zu sagen, er konnte nichts entdecken, was in dem Gesicht Spaß machen könnte: unzugänglich, abgearbeitet, gleichgültig, aber er wollte auch gar nichts anderes finden als eben das.

Und Rohdorf sagt, sich an die Hinzugekommene wendend, ich wußte gar nicht, wie anders Sie aussehen, wenn Sie die Haare offen tragen, wie schön Sie sind, wie wirklich schön.

Und Rohdorf lächelt
und Käte von Reichenbach lächelt
und Schwester Karin lächelt.

Nießwandt ist tot. Es sickerte durch: Selbstmord durch Tabletten (Eudorlin). Rohdorf erfuhr es vor einer halben Stunde, geflüstert erfuhr er's. Vor wenigen Minuten übergab ihm Karin diesen Brief.

Rohdorfs Finger zittern, während er das Kuvert öffnet.

Lieber Rohdorf,

wenn Sie diesen Brief erhalten, werde ich nicht mehr am Leben sein. So wie ich immer wußte, daß es mir nicht möglich sein wird, dem Alkohol, sollte ich in eine nächste Phase kommen, zu widerstehen, so wußte ich immer, daß in der nächsten Phase des Glücks, welches mir Kraft verleiht, ein langgehegter Wunsch von mir in Erfüllung gehen wird, nämlich freiwillig und von selbst dieses Leben zu verlassen.

Es hatte mich, wie Sie wissen, gebeutelt genug, ich wollte es ihm nicht noch überlassen, wann und wie und auf welch schäbige Weise, es mich ins Jenseits befördert.

In einer solchen Phase des Glücks und der Kraft befand ich mich, nicht zuletzt durch unsere gemeinsame, wenn auch sehr begrenzte Zeit (vier Wochen, was ist das schon), in der ich dabei war, am Leben Spaß und auf das Leben Lust zu bekommen, auf das Glück zu vertrauen, von dem ich aber, wie ich Ihnen sagte, zu wenig verstehe, vor allem den Umgang mit ihm; so schien mir die Zeit mehr als reif für die Erfüllung meines Wunsches, um so mehr, als ich fühlte, der nächste Schub ist unterwegs, der nächtliche Zusammenbruch nichts anderes als ein Vorbote von ihm. Die Psor, der Psor. Der Psor hat seine Schuldigkeit getan, der Psor kann gehen.

Ich erinnere mich, vor kurzem bei Cioran, E. M., gelesen zu haben, daß die Krankheit uns, die Kranken, zur Tiefe verdammt, uns veranlaßt, einen unfreiwilligen Zugang zu uns selbst zu finden, der Kranke, so sagt Cioran, ist ein Metaphysiker wider Willen. So wird es wohl sein – und so will ich abtreten von den gesprochenen, den gedachten, den geschriebenen Lettern, den Lettern, die die Welt bedeuten, will abtreten von diesem Globus, dem ich eine angenehmere Menschheit wünsche, wie Ihnen auch.

Ihr alter, junger Freund
Heinz Nießwandt.

Und während Rohdorf den Brief zusammenfaltet, denkt er an den gestrigen Tag, an Nießwandts Tod, den er alleine gelassen miterlebte, von dem er nicht ahnte, daß er durch Eudorlin herbeigeführt war, aber auch wenn er's gewußt hätte, was hätte er ändern können?

Den Rücken der Tür zugewandt saß er vor einem kleinen Tisch, auf dem das Frühstück abgestellt war.

Guten Tag, Nießwandt, sagte Rohdorf, keine Reaktion.

Die linke Hand hing schlaff herab, während die rechte die Sprosse einer Leiter umklammerte, die aus unerfindbaren Gründen direkt vorm Fenster stand. Rohdorf wiederholte, Guten Tag, Nießwandt, keine Erwiderung, er legte Nießwandt die Hand auf die Schulter, Guten Tag. War das überhaupt Nießwandt?

Aschgrau, die geäderten Schläfen, wie aus Marmor, die Augen zwei Drittel geschlossen, nur Weißes im Spalt sichtbar, die Wangen eingefallen, der Mund ein wenig geöffnet, war das Nießwandt, von dem er hörte, der ist wieder gesund, und Rohdorf hatte gedacht, das sieht ihm ähnlich, ein kleiner Schlagabtausch mit dem Jenseits, sie lassen ihn noch nicht rüber.

Schwester, sagte Rohdorf, kommen Sie schnell, es ist dringend, auf dem Korridor sagte er's und die Schwester darauf, was hat er denn, ich komme gleich und verschwand im Nebenraum, ihre laute Stimme war im Abstellraum zu hören.

Rohdorf griff unter Nießwandts Arme, löste die Finger von der Leiter und zog den schweren Körper aufs Bett.

Während er das Gesicht betrachtete, dachte er, Nießwandt, helfen Sie mir, jetzt, wo ich Ihre Hilfe brauche, können Sie mich nicht im Stich lassen, und als ob Nießwandt Rohdorfs Gedanken verstanden hätte, verzog er schmerzlich das Gesicht, reichen Sie mir eine Schale, schien er zu sagen, ich werde mich übergeben, und Rohdorf hob Nießwandts Kopf an, hielt die Schale unter den Mund, in die hinein sich Nießwandt erbrach.

Die Schwester kam und nahm Rohdorf die Schale aus der Hand, tätschelte Nießwandts Wangen und sagte, na, Herr Nießwandt, wird's besser? Na, Herr Nießwandt, wird's besser... Mit einschläfernder Monotonie wiederholte sie diesen Satz, und in Nießwandts Gesicht kehrte Frieden und Freundlichkeit ein, das war wieder Nießwandt, so wie man ihn kennt, ein kurzes Zucken in den

Mundwinkeln, als wollte er sagen, ich will euch antworten, ich verstehe euch, aber ich schaffe es nicht mehr.

Bleiben Sie hier, sagte die Schwester, ich hole einen Arzt.

Das Atmen wurde schwächer, unregelmäßiger, warum kommt die Schwester nicht, warum kommt der Arzt nicht, dachte Rohdorf, warum wird er unerfahren und hilflos gegenüber dem Sterben alleine gelassen mit jemand, der vielleicht sterben will, aber es noch keineswegs bräuchte.

Und während er alleine im Zimmer war, fühlte er sich nicht alleine; er glaubte, Nießwandts Stimme zu vernehmen: Ich glaube, das Sterben wird mir deswegen leicht fallen, weil mir das Leben so schwer gefallen ist, der Tod gehört zum Leben und bei mir wird mit dem Tod der bessere Teil beginnen.

Nießwandts Gesicht war friedlich, Rohdorf zugeneigt – wie friedlich die Gedanken aus dem Körper fliehen.

Rohdorf spürte keine Trauer, kein Gerührtsein, nicht einmal die Perfektion des Todes rührte ihn, im Gegenteil, als würde ein Teil des Wesens, das Nießwandts Körper verließ, in ihn, Rohdorf, eingehen und ihm unbekannte Kraft verleihen, Kraft, den Tod als Befreiung zu empfinden. Der Tod ist kein Feind.

Im Nebenzimmer spielten Krankenpfleger Skat, sie schlugen auf den Tisch, daß der Fußboden dröhnte.

Rohdorf blickte ein letztes Mal auf Nießwandt, vier Wochen, ein Monat, ein Leben verlängern durch Erlebnisse, zwei verordnete Sonntage, einmal gelebt, wer hat das schon, und wie verdreht alles ist: Schmitter, der lebt und nicht sterben kann, Nießwandt, der starb und leben müßte, und er, Rohdorf, der dabei war zu sterben und nun endlich leben will ...

Packen Sie Ihre Sachen aus und dann melden Sie sich im Arztzimmer, sagt Karin (im gleichen Tonfall wie vor vier Wochen zu Rohdorf) einem schwarzgekleideten Herrn mit rosigem lächelndem Gesicht, der, mit einem Koffer in der Hand, zögernd in die 117 tritt.

Rohdorf sagt, Guten Tag, darf ich mich bei Ihnen bekanntmachen, ich heiße Rohdorf, Horst Rohdorf, Dramaturg, ich werde morgen entlassen.

Oskar Wodrich, Sprecher, erwidert der andere und ohne daß eine Pause entstanden wäre, fährt er fort, ja, Sie haben recht gehört, Sprecher, ich bin es gewöhnt, Erklärungen abzugeben, niemand glaubt, daß man vom Sprechen leben kann, ich kann es, und gut. Da, wie gesagt, Sprechen mein Beruf ist, werden Sie verstehen, daß ich in den Freizeiten, am Feierabend und im Urlaub schweige. Von Natur aus bin ich ein schweigsamer Mensch. Daß jemand fürs Schweigen bezahlt wird, ist ja bekannt, aber fürs Sprechen? Ich will Ihnen das kurz und bündig erklären, ich spreche auf Friedhöfen, ich bringe Nichtgenossen unter die Erde, oder jene Genossen, die sich ein Leben lang ihren Glauben aufbewahrt haben und nicht wünschen, daß ein überzeugter Atheist die letzten Worte spricht, oder jene etablierten Nichtgenossen, die nicht wünschen, daß ein Pfarrer die letzten Worte spricht. Ich bin für die Zwischenfälle zuständig, damit meine ich die Gestorbenen, die sich insgeheim einen Pfarrer wünschten, aber es den Hinterbliebenen und den staatlichen Organen nicht zumuten wollen. Für jene, die an die Partei nicht glaubten und auch nicht glaubten, daß sie an Gott glauben, den zaghaft Glaubenden. Für diese spreche ich. Für sie bin ich in der letzten Stunde ihres Hierseins zuständig. Ich spreche mit leichtem Akzent zu Gott, was sehr gut ankommt. Ich bin sehr gefragt. Natürlich, wenn es gewünscht wird, spreche ich auch mit leichtem Akzent zur Partei. Kommt auch sehr gut an. Meine Arbeit geht rund um die Uhr und rund um Berlin. Hauptwirkungssätte Berlin-Baumschulenweg. Normalerweise überreiche ich am Ende der Ausführungen meine Visitenkarte, hier, bitte, für den Fall der Fälle, ich stehe Ihnen jederzeit zur Verfügung oder jemandem aus dem Kreise Ihrer Lieben. Aber auch ein Sprecher ist abergläubisch, im Krankenhaus, ich bitte um Ihr Verständnis, verteile ich keine Visitenkarten.

Ich habe volles Verständnis, erwidert Rohdorf.

Ich bin Ihnen sehr verbunden, erwidert Oskar Wodrich.

Rohdorf steht mit seinem Koffer und einem Paket (Nießwandts Hab und Gut), auf einer der vielen Treppen des

S-Bahnhofes Ostkreuz. Er hat den schweren Koffer – nie mehr wird er den Koffer so voll packen – auf einer Stufe abgestellt und blinzelt in die Sonne. Menschen schieben sich an ihm vorüber, beim Ein- und Ausfahren der Züge, Beim Auf- und Absteigen der Menschen vibriert die Treppe, im Stehen spürt er die Bewegung, das ist Gegenwart, denkt er, verpaßtes Leben ist vergeudetes, denkt er, mit ihm geizen will er, um jede Stunde wie eine Kokotte feilschen will er, und er blickt auf die Menschenmenge und fühlt sich neu, fühlt unter der ersten eine zweite Haut wachsen, eine gesunde, und seine Augen gehen mit den Menschen mit, fahren mit den S-Bahnzügen mit, fliegen mit einem Flugzeug mit, in fremde Städte Europas, in ferne, klirrende Städte fremder Erdteile und suchen und suchen, sie werden nicht aufhören mehr zu suchen ...

Rohdorf blickt, während er sich zum Koffer bückt, auf die Bahnhofsuhr, es ist zwölf, der 1. 6. und heute wurde er aus dem Krankenhaus entlassen und heute am 1. 6. ist der Beginn der Fußballweltmeisterschaft in Argentinien.

ECON UNTERHALTUNG

Dinah Dean
Seide und Stein
Ein Roman aus dem Mittelalter
TB 27066-4

Lady Ellys, aufgewachsen in einer normannischen Aristokratenfamilie, soll nach den Plänen ihrer frommen Mutter ins Kloster gehen. Die einzige Alternative zu diesem Leben hinter grauen Mauern ist eine Heirat; Ellys aber hat ihre eigenen Vorstellungen vom Leben, und es ist ausgerechnet der englische Bürgerkrieg, der ihr zur Freiheit verhilft...

Dinah Dean
Tochter des Abendlandes
TB 27085-0

Gytha, die Tochter des englischen Königs Harold Godwinson, wird nach ihrer Flucht nach Dänemark zur Schachfigur der Diplomatie. Als man sie mit einem russischen Großfürsten verheiratet, muß sie sich in einer völlig neuen Lebenssituation zurechtfinden...

Barbara von Bellingen
Luzifers Braut
TB 27108-3

In der Silvesternacht des Jahres 1626 begegnet der siebzehnjährigen Susanna ein geheimnisvoller Fremder, der als „Sohn des Satans" bezeichnet wird. Die Liebe zu ihm bringt sie in höchste Lebensgefahr: Sie wird der Verbindung zu den Mächten der Finsternis bezichtigt. Susanna kämpft um ihr Überleben in einer Zeit, da der Dreißigjährige Krieg ganze Landstriche entvölkert und man ahnungslose Frauen zum Scheiterhaufen verurteilt.

U 004

ECON TASCHENBÜCHER

ECON